太郎の窓《まど》

中島信子
Nobuko Nakajima

汐文社

もくじ

ひみつのはじまり 5
ひみつのトイレ 19
ひみつの心 33
ひみつの教室 47
ひみつの水色 56

ひみつのからだ 74
ひみつのいじめ 97
ひみつの病気 108
ひみつの女の子 123
秘密《ひみつ》から未来《みらい》へ 143
『太郎《たろう》の窓《まど》』を読みおえた
みなさんへ 杉山文野《すぎやまふみの》 152

ひみつのはじまり

「ほしい。この子がほしい。おばあちゃん、おばあちゃん、おねがいこの子を買って。おねがい買って」

太郎《たろう》は目に涙《なみだ》をためて、黒い子ぐまのぬいぐるみを抱《だ》きしめて離《はな》さなかった。

丸い顔に丸い耳、黒くて丸い大きな目、やっぱり丸くて小さな黒い鼻。そして胸《むね》に白い三日月がある月の輪《わ》ぐまの子ぐまだ。足はたれていてお店の棚《たな》に座《すわ》っていた。耳から足先まで五十センチぐらいの大きさだ。とても、とても可愛《かわい》いぬいぐるみだった。誰《だれ》だって抱《だ》きしめたくなるようなぬいぐるみだった。

太郎は四月になれば、小鳩幼稚園《こばとようちえん》の年長さんになる。そのお祝《いわ》いにおばあちゃんは、太郎に何かおもちゃを買おうと思っていた。デパートのおもちゃ売り場で、太郎はその子ぐまのぬいぐるみを見つけた。そして、ほしくて、ほしくてたまらなくなった。

「わかりました。わかりましたから、泣《な》かないの。買ってあげます。でもいいわね。この子はお父さんには絶対《ぜったい》見つからないようにしないとね。お父さんに見つかると、ばらばらにされて捨《す》てられてしまいますからね。お母さんにもないしょがいいわね。

太郎のお母さんは、たいていお父さんの言うとおりにしてしまう人ですからね」

「うん。お父さんにもお母さんにもないしょにする。だから買って。おねがい買って。お父さんが買ってくれるミニカーなんてほしくないもの」

太郎は、ずっと、ずっと可愛《かわい》いぬいぐるみがほしかった。でも、お父さんとお母さんには、そのことを言えなかった。同じマンションに住む久美《くみ》ちゃんから、ダッフィーのぬいぐるみのルナを借《か》りた時、お父さんはルナを床《ゆか》に叩《たた》きつけようとした。

「なんで男がこんな物を、抱《だ》いているんだ。太郎、お前は女なのか」

「あっ、総一郎《そういちろう》さん、それは久美ちゃんに借《か》りているんです。返させますから。ねっ。太郎ちゃん、やっぱりお父さんに叱《しか》られたでしょっ。お父さんが買ってくれたミニカーがたくさんあるじゃないの。ミニカーにしなさい。ダッフィーはお母さんが久美ちゃんに返してきます。いいわね」

お父さんが、顔を赤くして太郎を叱《しか》った。お母さんはあわてて、ルナを久美ちゃんの家に返しに行った。太郎は泣《な》きながらおばあちゃんの部屋に飛《と》び込《こ》んだ。

おばあちゃんは、泣《な》きじゃくる太郎をだまって抱《だ》きしめた。おばあちゃんだけは、太郎がどんなに女の子のようにしようとゆるしてくれていた。


「すみません。この子がこのまま抱《だ》いて帰りますので、包装《ほうそう》はしないでください。でも、このぬいぐるみが入る大きさの紙袋《かみぶくろ》はいただけますか」

おばあちゃんが店員さんに言うと、店員さんは、

「このぬいぐるみは、並《なら》べるとすぐに売れてしまうのですよ。本当のくまの赤ちゃんのようですものね。誰《だれ》だってほしくなりますよ。ねっ、あなたもなんて可愛《かわい》いおじょうちゃんでしょう」

太郎を女の子とまちがえながら、ぬいぐるみの足に、お店のシールをはった。それ

からバラの花がらの大きな紙袋《かみぶくろ》を、おばあちゃんにわたしてくれた。

太郎は帰りの電車の中で、ぬいぐるみにこぐちゃんという名前を付《つ》けた。でも、お母さんに内緒《ないしょ》で、こぐちゃんをどうやって家に入れるかは二人でいろいろ考えた。そして、太郎は玄関《げんかん》のドアの前で、こぐちゃんをデパートの紙袋《かみぶくろ》に入れた。その紙袋《かみぶくろ》を、おばあちゃんが受け取った。

「ただいまあ」

太郎とおばあちゃんが、玄関《げんかん》のドアを開けると、

「おかえりなさあい」

お母さんが廊下《ろうか》を走ってきた。

「まあ、おばあちゃん何を買ったの。私《わたし》も一緒《いっしょ》に行けばよかったって思っていたのよ」

お母さんは、おばあちゃんが持つ紙袋《かみぶくろ》の中を見ようとした。

「枕《まくら》ですよ。枕《まくら》。ほしかった枕《まくら》があったのよ。太郎はおもちゃはいらないんですって。それで、お昼はとびきり美味《おい》しいお寿司《すし》を食べたの」

「そうなの。じゃあよけいにどんな枕《まくら》か見たいわ」

太郎のお母さんは、時々子供《こども》のようになってしまう。おばあちゃんと太郎はちょっとドキンとした。

「百合《ゆり》、太郎はのどがカラカラなの。先に何か飲ませてあげて」

おばあちゃんはうそをついた。

「お母さん、のどかわいた。りんごジュースが飲みたい」

太郎もうそをついた。

「あら、太郎ちゃん、疲《つか》れたのね。りんごジュースね」

お母さんは、すぐに枕《まくら》のことは忘《わす》れてキッチンへ走っていった。

「こぐちゃんは部屋のクローゼットに入れておくわね」

おばあちゃんは右目をつぶって、太郎にウインクをした。太郎はぎゅっと紙袋《かみぶくろ》ごとこぐちゃんを抱《だ》きしめた。

太郎がまだ三歳《さい》で、小鳩幼稚園《こばとようちえん》に入る前だった。お母さんのお父さん、太郎のおじいちゃんは天国にいってしまった。それで、太郎の家族はおばあちゃんと一緒《いっしょ》に住むようになった。駅から歩いて五分。グリーンマンションの九階六号室が太郎の家になった。このグリーンマンションに越《こ》してきた日、お父さんが太郎に、

「今日からここが太郎の部屋になる。もう、ひとりで寝《ね》なさい。男はいつまでもお母さんと一緒《いっしょ》に寝《ね》ていてはだめだ」

と言って、東側《ひがしがわ》の真ん中の部屋を、太郎の部屋と決めた。前のマンションはせまかったので、布団《ふとん》をしいて、太郎はお母さんと二人で寝《ね》ていた。それでお母さんは、太郎をまだひとりで寝《ね》かせたくなかったので、

「もう少し一緒《いっしょ》に寝《ね》ないと、太郎ちゃんがかわいそうよ」

と泣《な》きそうだった。太郎も泣《な》きたかった。でも、怖《こわ》い顔をしているお父さんは、

「いやだめだ。独立心《どくりつしん》を持たせなければ強い男にはなれない」

と目も大きく怖《こわ》くしながら、お母さんと太郎をにらんだ。太郎はその夜から、自分

の部屋にひとりで寝《ね》た。とても、とてもさみしかった。お母さんの代わりに、ぬいぐるみがほしくてたまらなかった。

太郎のお父さんは警察庁《けいさつちょう》で働《はたら》いていた。日本を、いろいろな犯罪《はんざい》から守る仕事をしていた。太郎の家ではお父さんが「だめ」と言えばなんでもだめになった。お母さんは「だめ」と言うお父さんに反対はしなかった。お父さんが、家族のために一生懸命《いっしょうけんめい》働《はたら》いているのを知っていたからだ。でも、太郎はひとりで寝《ね》るようになってから、心がどんどん冷《つめ》たくなっていった。そんな太郎の心がわからないお父さんは、

「太郎、お前は男だ。男はお母さんに甘《あま》えるな。ぐっと胸《むね》をはって何にでも向かっていく強さが必要《ひつよう》だ。そうしないと弱い女の人を守れないぞ」

と言って、太郎が幼稚園《ようちえん》の年中さんになると、お母さんに甘《あま》えることも叱《しか》った。太郎はお父さんに、

「男だ。男は強くなれ」

そう言われると泣《な》きたくなって、だんだんお父さんが嫌《きら》いになった。

小鳩幼稚園《こばとようちえん》には、茶色い子ぐまのチャチャといういぬいぐるみがあった。太郎は登園すると、すぐにチャチャを抱《だ》きしめた。久美ちゃんの家に行った時は、ルナをしっかりと抱《だ》きしめた。

太郎はりんごジュースを大急ぎで飲むと、自分の部屋に走ってきた。そして、おばあちゃんがクローゼットに隠《かく》してくれたこぐちゃんを抱《だ》きしめた。

「こぐちゃん、こぐちゃん。大好《だいす》き。お母さんに見つからないようにね。がんばろう。お父さんには絶対《ぜったい》に、絶対《ぜったい》に見つかっちゃだめだよ。見つかったらきっとハサミで切られて、ゴミ箱にすてられるからね」

夜、お母さんがお休みを言いに来た時は、こぐちゃんはクローゼットの奥《おく》の方にいた。お母さんがいなくなると、太郎はクローゼットからこぐちゃんを出して、しっかりと抱《だ》きしめたまま布団《ふとん》にもぐった。こぐちゃんを抱《だ》くと温かい気持ちになって、とても幸せだった。

小鳩幼稚園《こばとようちえん》は、女の子が多い小さな幼稚園《ようちえん》だった。それで太郎が女の子たちとばかり遊んでいても、誰《だれ》も何にも言わなかった。

「太郎ちゃん、今日はお父さんになる。それともお母さんになるの」

久美ちゃんとは小鳩幼稚園《こばとようちえん》でも一緒《いっしょ》で、ままごとやなわとびで毎日遊んでいた。

「うん、お母さんがいい。お父さんは男だもの」

「いいよ。じゃあ、久美がお父さんになるね」

久美ちゃんだけではない。ほかの女の子たちも、太郎がお母さんになったり、お姉さんになったりしてもにこにこしていた。太郎も乱暴《らんぼう》な正和《まさかず》くんや潤《じゅん》くんとは遊びたくなかった。女の子たちと一緒《いっしょ》が大好《だいす》きだった。

太郎が女の子のトイレに入っても、女の子はみんな、

「あら、太郎ちゃん。女の子なのね」

と言うだけで、

「きゃあ、なんで男の子がいるのよ」

なんて言わなかった。先生たちも、

「太郎ちゃんは女の子よね」

と優《やさ》しく叱《しか》らないで見守ってくれていた。

そのころはお母さんも、

（小学生になって、男の子の多いクラスになれば、自然《しぜん》に男の子たちと遊ぶでしょう）

と思っていた。「男になれ、強くなれ」と言ってばかりいるお父さんも、

「幼稚園《ようちえん》時代は、まあいいだろう。自分を犬と思っている子もいるというし、女の子でも立ったままオシッコがしたいと言う子もいるらしいから。太郎も小学生になれば自分は男であることがわかるだろう。なにしろ太郎は橘家《たちばなけ》の跡取《あとと》りなのだからな」

と優《やさ》しく言ってくれる時もあった。


こぐちゃんが、太郎の大切な宝物《たからもの》になってもうじき一年になる。まだ、こぐちゃんは、

お母さんにもお父さんにもひみつだった。太郎が家にいない間は、おばあちゃんがこぐちゃんを隠《かく》した。太郎も、太郎の部屋によく来るお母さんから、必死《ひっし》でこぐちゃんを隠《かく》した。

三月十六日の土曜日に、太郎は大好《だいす》きだった小鳩幼稚園《こばとようちえん》を卒園《そつえん》した。

「太郎ちゃん、学校は違《ちが》うけれど、お休みの時は遊ぼうね」

久美ちゃんは中学、高校、大学まである私立《しりつ》の小学校に入学する。理恵《りえ》ちゃんとカナちゃんと彩香《あやか》ちゃんは第二小学校に行く。萌《もえ》ちゃんも尚《なお》ちゃんも私立《しりつ》の小学校に行く。小鳩幼稚園《こばとようちえん》で仲良《なかよ》しだった女の子たちは、みんな太郎とは違《ちが》う小学校に通う。

「どうして、久美ちゃんとおんなじ学校に行けないの」

太郎はドキドキしながら、お父さんに聞いた。

「男は、公立の小学校できたえられるべきなのだ。一小から一中へ、そして高校、大学は自分の希望《きぼう》する学校を選《えら》べばよい。いいか、太郎。お前の名前がなぜ太郎なのかわかるか。太郎は日本の男の一番代表的《だいひょうてき》な名前だ。むかし話の桃太郎《ももたろう》や浦島太郎《うらしまたろう》、金《きん》太郎《たろう》も太郎がつく。お父さんの生まれた岡山県《おかやまけん》は桃太郎《ももたろう》がいたと言われるところだ。それでお父さんは、お前が強くたくましい日本男児《だんじ》であってほしいと思うからこそ、太郎という名前にした。いつも言うように、太郎は橘家《たちばなけ》の御曹司《おんぞうし》、すなわち跡取《あとと》りだ。橘家《たちばなけ》は岡山《おかやま》で鎌倉《かまくら》時代から続《つづ》いている名家だ。橘太郎《たちばなたろう》という名は武士《ぶし》そのものの名だ。けがさぬように、しっかりと男らしく生きていってほしい。いいな。太郎」

この時のお父さんも「男になれ。男らしく武士《ぶし》のように生きよ」と言い続《つづ》けた。太郎は学校のことなんか聞かなければよかったと思った。そばにいたお母さんは、

「そうね、久美ちゃんと同じ学校に行ってもいいかなってお母さんは思ったけれど、お父さんの言うことも正しい気もするのね。太郎は優《やさ》しい女の子みたいな男の子だから、大きくなった時のことをいろいろ考えると、一小でがんばってもいいかなって思うのね。強い男の人になるためにはね」

と、お父さんと同じようなことを言った。

太郎は、お父さんやお母さんに、

「男らしくなれ、強くなれ」

と言われると、息が苦しくなるようになってきた。

「違《ちが》うよ。男らしくなんてなりたくないよ。太郎っていう名前なんてだいっきらいだ」

太郎は、そう言い返したいのに言えなかった。太郎にはお父さんが言う、強くたくましい武士《ぶし》のような男の心が、どういう心なのかわからなかった。自分の心の中にはそんな心がない。それが少しずつわかってきていた。

太郎は男の子たちと遊ぶよりも、女の子たちと遊ぶ方が楽しかった。洋服も男の子の服は着たくなかった。スカートをはきたかったし、お母さんが着るようなワンピースが着たかった。太郎の胸《むね》の真ん中には、女の子がいた。でも、なぜそうなのかはわからなかった。それで心が苦しくなると、こぐちゃんをぎゅっと、ぎゅっと抱《だ》きしめた。

ひみつのトイレ

四月五日金曜日。第一小学校にある五本の桜《さくら》が満開《まんかい》になった。入学式だ。三月に届《とど》いた学校からのお知らせには、太郎《たろう》は一年二組、山際陽子《やまぎわようこ》先生のクラスと書いてあった。二組にはもうひとり、茂田祐一《しげたゆういち》先生が副担任《ふくたんにん》でいた。

一小に制服《せいふく》はない。普通《ふつう》の日はフードやひもがなければ、何を着ていってもよい。それでも入学式は違《ちが》う。みんな特別《とくべつ》な服になる。太郎は、紺色《こんいろ》のブレザーにそろいの半ズボン、白いワイシャツを着ることになっていた。お母さんがデパートに太郎を連《つ》れていって作った服だ。壁《かべ》に掛《か》かった入学式の服を見るたびに、

「ああ、水色の可愛《かわい》いワンピースが着たいな」

と太郎はため息をついた。服を着る前に、顔を洗《あら》いながら洗面台《せんめんだい》で鏡《かがみ》を見た。その時もため息が出た。鏡《かがみ》に映《うつ》った顔は男の子っぽくなっていた。太郎は目が大きく眉毛《まゆげ》

もすっとしていて鼻も高い。お母さんに似《に》て、とても可愛《かわい》く美しい顔をしていた。それが昨日《きのう》美容院《びよういん》で髪《かみ》を少し短くしたので、男の子に見えた。

（あああ。嫌《いや》になっちゃう）

太郎は顔を洗《あら》うと、着たくないワイシャツを着た。うまくボタンがとめられない。

「太郎ちゃん何をしているの。着替《きが》えたの。早くご飯《はん》を食べに来なさい。大好《だいす》きなぶどうパンが冷《つめ》たくなるわよ」

お母さんが呼《よ》んでいる。お父さんは仕事で、入学式に出席《しゅっせき》できなくなった。太郎はよかったと思った。普通《ふつう》でも緊張《きんちょう》する入学式に、

「いいか、男らしく胸《むね》を張《は》れ」

なんて励《はげ》まされたら嫌《いや》だなと思っていたからだ。

パンの焼《や》ける美味《おい》しい匂《にお》いがしていた。

「久美《くみ》ちゃんのように、優《やさ》しい女の子がきっといると思うわよ」

おばあちゃんが、太郎の部屋に入ってきた。そして、太郎のワイシャツのボタンを

とめてくれた。おばあちゃんが、お父さんの代わりに入学式に出席《しゅっせき》する。おばあちゃんは薄茶色《うすちゃいろ》のスーツを着て、ちょっと学校の先生のようだった。おばあちゃんはボタンをとめ終わると、こぐちゃんをクローゼットの奥《おく》に隠《かく》した。

「お母さんにはそのうち見つけられちゃうかもね。でも、お父さんに見つからなければ大丈夫《だいじょうぶ》よ。お母さんはお父さんと同じ考え方だけれど、あなたが可愛《かわい》くてしょうがないのね。あなたを守ろうとも思っているわよ。でもこぐちゃんを一年間もひみつにできたなんてすごいわね。天国のおじいちゃんが守っているのね。さあ、ご飯《はん》食べましょう」

おばあちゃんは、半ズボンをはいた太郎の両肩《りょうかた》をポンと叩《たた》いた。

「うん、お母さんには見つかってもいいかなって思っている。お父さんには言わないでくれると思うから」

太郎は、おばあちゃんの目を見て笑《わら》った。それから二人はダイニングへ行って、四角いテーブルを囲《かこ》む自分の席《せき》に座《すわ》った。お父さんは六時前に車で出かけた、とお母さんが、お茶を入れながら言った。お父さんは、土曜日や日曜日でもいないことはしょっちゅうあった。

テーブルには、お母さんが焼《や》いたぶどうパンとオムレツ、トマトのサラダ、それにお赤飯《せきはん》とあさりの味噌汁《みそしる》が並《なら》んでいた。

「太郎ちゃん入学おめでとう。お赤飯《せきはん》はおばあちゃんが蒸《む》してくれました」

お母さんは、太郎の好《す》きな水色のワンピースを着ていた。とても可愛《かわい》らしく、お母さんに似合《にあ》っていた。太郎は思った。

（お母さんはいいな、好《す》きな服が着られて。そのワンピースが着たい）

お母さんは、服が汚《よご》れないように赤いエプロンをかけていた。太郎もおばあちゃんも、白いふきんを胸《むね》の前にかけた。お母さんが、

「あら、パンにお赤飯《せきはん》にお味噌汁《みそしる》なんてちょっと変《へん》ね。でも、みんな太郎ちゃんが好《す》きなものだからいいわよね。いただきます」

と言うと、向かいに座《すわ》るおばあちゃんが、お母さんと太郎の顔を見てにっこり笑《わら》った。

「いただきまあす」

太郎は元気になって、まず、ケチャップのかかったオムレツをはしで食べだした。

太郎の家ではあまりナイフやフォークを使わない。お父さんが、

「日本人は、はしで食べるのが一番食べやすい。そりゃあ僕《ぼく》だってナイフやフォークで食べる時もある。しかし、家にいる時ははしで食べたい」

と言うので、みんなもはしで食べられる物ははしで食べていた。

お母さんの焼《や》くぶどうパンは、とても美味《おい》しい。太郎は三つも食べた。お赤飯《せきはん》を少し、味噌汁《みそしる》も飲んで、最後《さいご》にトマトのサラダを食べた。

入学式は九時から、受付《うけつけ》は八時半に始まる。一小まではマンションから歩いて十五分だ。家を八時に出れば、ゆっくり歩いても間に合う。まだ二十分も時間があった。でも、歯磨《はみが》きをしてトイレにも行かなければならない。太郎はそのトイレがとても心配だった。二月に一小の見学会に行った時、

「トイレは一階にはここにあります。もし、並《なら》んでいて我慢《がまん》できなくなったら、職員《しょくいん》

室《しつ》の前のトイレも使えます」

若《わか》い女の先生が説明《せつめい》してくれた。

「見てみたい人はどうぞ」

先生がトイレの入り口で、右手を広げてどうぞをした。太郎はドキドキしながら、十人ぐらいの男の子たちと男子トイレに入ってみた。小鳩幼稚園《こばとようちえん》のトイレとはずいぶん違《ちが》っていた。

「やべえ、俺《おれ》このトイレ使ったことねえや」

太郎の知らない男の子が、またいでしゃがんで使う和式トイレのドアを開けて言った。太郎も和式トイレは使ったことがない。それよりも男子がオシッコを立ってする、アサガオと呼《よ》ばれている便器《べんき》が、ずらりと並《なら》んでいるのが怖《こわ》くなった。小鳩幼稚園《こばとようちえん》にも男子トイレにアサガオはあった。でも小さいのが一つだけで、あとは太郎の家と同じ洋式トイレだった。

（ああ、立ってオシッコなんてできないよ。なんで、なんでチンチンがあるのよ）

太郎は歯を磨《みが》きながら、学校のトイレを思い出した。洗面台《せんめんだい》の鏡《かがみ》には不安《ふあん》そうな顔が映《うつ》っていた。

「太郎ちゃん、トイレにも行っておきなさいね」

お母さんがダイニングの方で言っている。

「はあい」

太郎はもう一回チラッと鏡《かがみ》を見て、玄関《げんかん》のわきにあるトイレに入った。オシッコもウンチもすぐに出た。でも、八日月曜日からは七時三十分に、マンションのロビーに集合になっていた。太郎はだんだん何もかもが心配になってきて、トイレを出た。

八時になった。三人そろって時間どおりにエレベーターに乗れた。真珠《しんじゅ》のネックレスをしたお母さんは、楽しそうだった。はねながら歩いていた。

「太郎ちゃんが小学生になるなんて夢《ゆめ》のようね。太郎ちゃん、その服とっても似合《にあ》うわよ。太郎ちゃんはきっと素敵《すてき》な青年になって、可愛《かわい》いお嫁《よめ》さんを連《つ》れてくるわね。太郎ちゃん、お母さんはたったひとりの子供《こども》が、男の子でよかったと思っているの。

だってお父さんがおじいさんになった時、今度は太郎ちゃんがお母さんを守ってくれるから」

お母さんはいつの間にか、太郎の左手をにぎって歩いていた。太郎はだまっていた。おばあちゃんも、二人の後ろでだまって歩いていた。

一小の校門に『ご入学　おめでとうございます』と虹色《にじいろ》のペーパーフラワーで飾《かざ》られた看板《かんばん》が立っていた。桜《さくら》の花びらが舞《ま》って、看板《かんばん》の前で写真を撮《と》っている家族が何組もいた。

正面玄関《げんかん》にはクラスごとに受付《うけつけ》の机《つくえ》が並《なら》んでいた。お母さんが太郎の名前を言うと、

「二組の橘太郎《たちばなたろう》さんですね。太郎さんは教室へ、ご家族は体育館へいらしてください」

胸《むね》にすみれのコサージュを着けた先生が、笑顔《えがお》で太郎の胸《むね》にも同じコサージュを着けてくれた。六年生の女子に案内《あんない》されて、太郎は一年二組の教室へ行った。

教室の入り口に、お兄さん先生が立っていた。茂田祐一《しげたゆういち》先生だ。

「君の名前は」

ご入学
おめでとうございます

声もさわやかで優《やさ》しかった。太郎はすぐに茂田《しげた》先生が好《す》きになった。

「橘《たちばな》です」

太郎は橘太郎《たちばなたろう》と名前までは言えなかった。でも茂田《しげた》先生はにっこりして、廊下側《ろうかがわ》から三列目、前から二番目の席《せき》に太郎を案内《あんない》してくれた。机《つくえ》には名札《なふだ》が置《お》いてあった。太郎は嬉《うれ》しくなった。これから茂田《しげた》先生と一緒《いっしょ》に勉強ができると思うと、学校が好《す》きになれそうだった。

次々と二組の子が、六年生に連《つ》れられて入ってきた。二組は男子が十七人、女子が十二人だ。太郎の知っている子もいた。小鳩幼稚園《こばとようちえん》もマンションも同じ山口海《やまぐちかい》くんがいた。でも海くんとはあまり遊んだことがない。石原光二《いしはらこうじ》くんもいた。それに乱暴《らんぼう》な松崎正和《まつざきまさかず》くんがいた。太郎はなんとなく不安《ふあん》になった。

山際《やまぎわ》先生が入ってきた。銀色のスーツを着て、太郎のお母さんよりもずっとおばさんだった。山際《やまぎわ》先生と茂田《しげた》先生が、黒板の前に並《なら》んだ。

「二組の皆《みな》さん、ご入学おめでとうございます。一年二組の担任《たんにん》の先生になる山際陽《やまぎわよう》子《こ》です。そして副担任《ふくたんにん》をしてくださる茂田祐一《しげたゆういち》先生です。どうぞよろしく。楽しい二組にしましょうね。これから、体育館で入学式です。まず、男子から後ろに一列に並《なら》んでください。背《せ》の順番《じゅんばん》を決めますから」

山際《やまぎわ》先生と茂田《しげた》先生は、教室の後ろにわいわいと並《なら》んだ男子の背《せ》の高さを目で測《はか》って、あっと言う間に入《い》れ替《か》えて順番《じゅんばん》を決めた。太郎は後ろから三番目だった。女子も同じように並《なら》んで入《い》れ替《か》えた。男子も女子も低《ひく》い方から高い方へときれいにそろった。

「では、体育館に行きます。廊下《ろうか》を歩く時は、これからも静《しず》かにですよ」

男子と女子が二列になって廊下《ろうか》に出ると、一組も三組も同じように廊下《ろうか》に出ていた。山際《やまぎわ》先生が前、茂田《しげた》先生が後ろで歩きだした。体育館にはすぐに着いた。お父さんお母さんたちが椅子《いす》に座《すわ》って待っていた。そして、一年生が入ってくると拍手《はくしゅ》をしてくれた。舞台《ぶたい》の正面の壁《かべ》に、

『ご入学おめでとう』

の幕《まく》が張《は》ってある。一年生みんなが舞台《ぶたい》の前の椅子《いす》に座《すわ》ると、後ろで音楽が始まった。

鼓笛隊部《こてきたいぶ》の六年生が、校歌を演奏《えんそう》して入学式が始まった。矢部恵子《やべけいこ》校長先生のおめでとうの言葉の後に、一年生の担任《たんにん》の先生が紹介《しょうかい》された。一年生の先生の紹介《しょうかい》が終わると、一組から順番《じゅんばん》に新一年生が紹介《しょうかい》された。

「橘太郎《たちばなたろう》くん」

山際《やまぎわ》先生が太郎の名前を呼《よ》ぶと、太郎は、他の子と同じように、

「はい」

と手をあげて立ち上がった。三組までみんなの名前が呼《よ》ばれた。次は一小の全部の先生の紹介《しょうかい》だった。一年生の席《せき》がザワザワしてきた。太郎もあきてきた。先生の紹介《しょうかい》が終わった。今度は眼鏡《めがね》をかけたPTA会長のおじさんが挨拶《あいさつ》をした。

「ああ、疲《つか》れたな」

一組の後ろの方で声がした。さっきよりももっとザワザワが大きくなった。やっとPTA会長の話が終わった。

「ご入学おめでとうございます。これから僕《ぼく》たち私《わたし》たちと仲良《なかよ》く勉強して、楽しく遊

びましょう」

六年生のみんなが前に並《なら》んだ。鼓笛隊部《こてきたいぶ》も並《なら》んだ。一年生たちが急に静《しず》かになった。式のはじめに演奏《えんそう》した校歌がもう一度演奏《えんそう》されながら、六年生たちが元気な声で校歌を歌った。

入学式が終わった。一年生はお母さんたちも一緒《いっしょ》に、先生に連《つ》れられて教室へ戻《もど》った。教科書や印刷《いんさつ》した紙が配られて、また体育館に戻《もど》って、一組、二組、三組と記念撮影《きねんさつえい》をした。みんな、くたびれて写真を撮《と》るのが大変《たいへん》だった。太郎もくたびれた。それにオシッコもしたくなった。でも終わるまでじっと我慢《がまん》をした。

「お母さん、オシッコしたい」

「あら、じゃあ、あそこの体育館のトイレに行ってらっしゃい」

お母さんが体育館の外にあるトイレを指差《ゆびさ》した。

「あそこはいや。みんないるもん。教室の方のトイレに行きたい」

「えっ。また教室に行くの。どうしてそこのトイレはいやなの」

「嫌《いや》」

「しょうがないわね、おばあちゃん先に帰っていてください。太郎ちゃんが教室のトイレに行きたいって言うのよ」

おばあちゃんはわかりました、という顔をしてうなずいた。

教室のそばの男子トイレには誰《だれ》もいなかった。太郎は家と同じ個室《こしつ》のトイレに入ってオシッコをした。

ひみつの心

太郎《たろう》は入学式から、とても疲《つか》れて帰ってきた。ブレザーを脱《ぬ》ぐと、ベッドに転がってそのまま眠《ねむ》ってしまった。こぐちゃんをクローゼットから出して、抱《だ》きしめる力もなかった。一時になるとお母さんが、

「太郎ちゃん、お昼のミートソーススパゲッティよ。食べなくていいの」

と起こしに来ても、寝返《ねがえ》りをしただけで起きられなかった。でも太郎には、お母さんの声は聞こえていた。お腹《なか》が空《す》いてぼんやり目が覚《さ》めてきた。

「太郎ちゃん。お母さんの可愛《かわい》い太郎ちゃん。お昼《ひる》ご飯《はん》食べないのですか」

お母さんが太郎の顔をのぞき込《こ》みながら言った。最初《さいしょ》に起こしに来た時より、二十分も過《す》ぎていた。太郎はそっと目を開けて、お母さんの顔を見た。目が大きくて、鼻も口も小さいのがお母さんだ。顔が四角く眉《まゆ》毛《げ》も太くて鼻も大きなお父さんとは大違《おおちが》

いだ。太郎が生まれてすぐに、太郎の顔を見たお父さんが、

「これはいかん。橘家《たちばなけ》の顔ではないな。可愛《かわい》すぎるぞ」

と変《へん》な言い方をした。その時はまだ元気だったおじいちゃんが、

「子供《こども》の顔は大きくなると変《か》わってくるから、総一郎《そういちろう》くんのようにいずれ立派《りっぱ》な顔になりますよ」

と言ってお父さんを安心させたとおばあちゃんが言っていた。それなのに太郎の顔は、どんどんお母さんに似《に》てきていた。

「ねえ、お母さんはお母さんの百合《ゆり》っていう名前は好《す》きなの」

太郎はまだぼんやりと、寝《ね》ながらお母さんの顔を見た。お母さんは、太郎のベッドに座《すわ》って、太郎がいとおしくてたまらないように、太郎の前髪《まえがみ》をなでながら言った。

「好《す》きよ。百合《ゆり》って素敵《すてき》な名前と思っているわよ」

「じゃあ、顔は好《す》き」

「好《す》きよ。とびきり美人ではないけれどね。お父さんはね、お母さんの顔が好《す》きにな

ったと思うわ。あのね。お父さんには内緒《ないしょ》のことだけれど、お母さんは太郎ちゃんがお父さんの顔に似《に》なくて本当によかったと思っているの。だってお父さんの顔は、仁《に》王《おう》様みたいでしょ。でもね、お父さんの仕事には、お父さんの顔がとてもいい顔なのよ」

とお母さんは優《やさ》しく笑《わら》った。

お父さんは柔道《じゅうどう》や剣道《けんどう》も強い。交番にいるおまわりさんのように制服《せいふく》は着ていないし、パトカーにも乗らない。それでもいろいろな事件《じけん》を解決《かいけつ》していた。悪いことをした人は、お父さんににらまれると怖《こわ》いだろうなと太郎はいつも思っていた。

太郎の頭の中が、やっとはっきりしてきた。

「お母さん、じゃあ、自分のからだは好《す》き」

お母さんは驚《おどろ》いた目をして、太郎の顔を見た。

「えっ、からだって、手や足やお腹《なか》のこと」

「そう。からだぜんぶのこと」

「なぜ、そんなことを聞くの。おかしな太郎ちゃん」

お母さんは太郎の鼻を、指先でつついてから真剣《しんけん》な顔になった。

「からだのぜんぶねえ。足が太いのはいやかしら。太い足は大根足って言うのよね。あとはもう少し鼻が高かったらよかったかな。太郎ちゃんの鼻はお母さんより高いからよかったわね。でも、お母さんの鼻は今のままでいいかなって思うわ。太郎ちゃんは、太郎ちゃんの名前や顔やからだをどう思っているの」

お母さんは今度は心配そうな顔をした。太郎はお母さんの目を見ないように天井《てんじょう》を見ながら言った。

「本当は、太郎っていう名前が大嫌《だいきら》い」

そして、太郎は突然《とつぜん》起き上がるとお母さんにしがみついて、

「お母さん気にしないで、太郎っていう名前でもがんばるから」

と言いながら、お母さんの胸《むね》の中に顔をうずめた。

「えっ、そうなの。太郎という名前が大嫌《だいきら》いなの。ごめんなさいね。でも、お父さん

はね、太郎ちゃんが生まれる前に男の子ってわかって、名前は太郎に決めてしまっていたのよ。お父さんの故郷《こきょう》の岡山県《おかやまけん》に桃太郎《ももたろう》がいたからって、それでお母さんも、太郎ちゃんがお腹《なか》の中で動くと、太郎ちゃん元気で生まれてきてねって、お腹《なか》をさすっていたの。お母さんも太郎っていう名前がいいなって思っていたのよ」

お母さんの声が、お母さんの柔《やわ》らかなおっぱいの中から聞こえてくるみたいだった。太郎はずっとそのまま、お母さんに抱《だ》かれていたかった。こぐちゃんを抱《だ》きしめるのとおんなじように、お母さんに抱《だ》かれていることも幸せな気がした。

「さあ、ご飯《はん》よ。まず、着替《きが》えなさいね。もう一度温め直さないとね。ミートソースはできたてが美味《おい》しいのにな」

お母さんは太郎を胸《むね》から離《はな》して、笑《わら》いながら口をとがらせて見せた。太郎も真似《まね》をして口をとがらせると、ピーと口ぶえを吹《ふ》いてしまった。そして、二人で笑《わら》った。お母さんがキッチンへ行ってしまうと、太郎はクローゼットからこぐちゃんを出した。

「ごめんね、ほっといて。あのね、茂田《しげた》先生が大好《だいす》きになりそう。だからきっと一小も好《す》きになれるよ」

太郎はこぐちゃんを思いっきり抱《だ》きしめた。それから着替《きが》えて、こぐちゃんをベッドの布団《ふとん》の中に隠《かく》した。


「太郎、入学式に行けなくて悪かった。どうだ、仲良《なかよ》くなれそうな子はいたか。女の子とはもうだめだぞ。なるべくゴツイ男がいい。お父さんは顔やからだはゴツイが心は優《やさ》しい。男は強いと優《やさ》しいが同じだ。なっ、お母さんそうだろう」

四月六日土曜日の朝だった。お父さんは昨日《きのう》の夜十一時に帰ってきた。太郎はお父さんを迎《むか》えに、玄関《げんかん》へ走るお母さんの足音を聞いていた。なんとなく眠《ねむ》れなくて、ぼんやり天井《てんじょう》を見ていたから知っていた。

お父さんに、優《やさ》しいだろうと言われたお母さんは、

「そうね、総一郎《そういちろう》さんといればなんにも怖《こわ》いものはないわね。強いし優《やさ》しいし、ねっ、おばあちゃん」

とお父さんと並《なら》んで座《すわ》っている、おばあちゃんに聞いた。おばあちゃんはびっくりして、ご飯《はん》を飲《の》み込《こ》んだ。

「そうね。たしかに総一郎《そういちろう》さんは強くて優《やさ》しいわね。怖《こわ》い顔だけど心は優《やさ》しいわね」

おばあちゃんに怖《こわ》い顔と言われて、お父さんは、

「えっ、えっ、えっ」

とうなって目を見開いた。おばあちゃんがあわてて、

「いえ、いえ、ハンサムです」

と言い直したのでみんなで大笑《おおわら》いをした。太郎も笑《わら》った。今日と明日は学校に行かなくていいのだ。それだけでも太郎は気持ちが柔《やわ》らかだった。お父さんは朝《あさ》ご飯《はん》を食べ終えると、また、仕事に行ってしまった。お父さんが警察庁《けいさつちょう》でどんな仕事をしているのかは、おばあちゃんもお母さんも、もちろん太郎も知らない。きっと家族にも言ってはいけないことがたくさんあるのだろう。だから、

「どんな仕事をしているの」

などと太郎もお父さんに聞いたことはない。お母さんが言うように、太郎もお父さんがそばにいれば何にも怖《こわ》いものはなかった。幽霊《ゆうれい》だって、泥棒《どろぼう》だってちっとも怖《こわ》くなかった。でも、

「男らしく、強く生きろ」

と言うお父さんはすごく怖《こわ》かった。

朝ご飯《はん》を食べると、太郎は八日から始まる学校の用意をお母さんとした。教科書にお母さんが名前を書いたり、持ち物をそろえてランドセルにつめてみたりした。ランドセルの色は黒だ。太郎は水色がほしかったけれど、お父さんが黒色以外《いがい》はだめだと言ったので、ランドセルを買ってくれたおばあちゃんが、

「今、黒のランドセルの子が少ないって言うから、黒が素敵《すてき》かもしれないわ」

と太郎をなぐさめた。太郎は水色のランドセルを見ながら、口をぎゅっと結《むす》んで泣《な》きたいのを我慢《がまん》した。

学校に持っていくものをつめてみると、ランドセルは重かった。

「水色のランドセルだったら、重くないかもしれない」

太郎はお母さんに言ってみた。お母さんは、

「おんなじだと思うわ。太郎ちゃんより背《せ》の小さな女の子も背負《せお》っていくのよ。大丈夫《だいじょうぶ》、太郎ちゃんはこれからどんどんたくましくなっていくんですもの」

と笑《わら》った。太郎はあきらめた。そして、

「もうじき、一年生になるんだ。うれしいな」

と小鳩幼稚園《こばとようちえん》でみんなが、言っていたのを思い出した。

次の日の日曜日は、晴れていたけれど風が強かった。久《ひさ》しぶりにお父さんが家にいた。それでお父さんの車で、みんなで横浜《よこはま》の中華街《ちゅうかがい》へ出かけた。太郎はこぐちゃんを連《つ》れていきたかった。でもとても連《つ》れてはいけない。こぐちゃんを何回も抱《だ》きしめてから、ベッドの足の方へ隠《かく》して寝《ね》かせた。

「太郎の入学祝《にゅうがくいわ》いだ。ちょっと豪華《ごうか》にフルコースで中華料理《ちゅうかりょうり》を食べるか」

お父さんは嬉《うれ》しそうだった。お父さんが日曜日に家にいて、家族みんなと出《で》かける

ことなんて、太郎には初《はじ》めての気がした。

中華街《ちゅうかがい》はものすごく人がいた。大きなおまんじゅうを、道路で食べている人もたくさんいた。どの店の前にも人が並《なら》んでいた。太郎たちは、中華街《ちゅうかがい》の有名なお店に入った。

お父さんが、

「橘《たちばな》です」

とカウンターで言うと、

「はい、お待ちいたしておりました」

背広《せびろ》を着た人が、みんなを二階へ案内《あんない》してくれた。大きな部屋は太郎の家族だけだった。

「素敵《すてき》なお部屋。太郎ちゃんの入学祝《にゅうがくいわ》いにぴったりね」

お母さんは、お父さんも一緒《いっしょ》の外出に嬉《うれ》しそうだった。自動車に乗っている時は、中島《なかじま》みゆきの『糸』を歌い続《つづ》けていた。助手席《じょしゅせき》のおばあちゃんは、お母さんの歌を聞きながら笑《わら》っていた。

「お飲み物はなにしますか」

接待《せったい》の女の人が入ってきた。続《つづ》いてコースメニューを持った男の人が来た。女の人は中国の人らしくアクセントが違《ちが》った。

「いやあ、本当はビールで乾杯《かんぱい》したいのですが、橘家《たちばなけ》の運転手ですから。今日はうちのひとり息子《むすこ》が小学校に入学したお祝《いわ》いなのです」

お父さんが二人に言うと、

「それはおめでとうございます」

と男の人が言った後に、女の人が、

「坊《ぼっ》ちゃんなんですか。すっごく可愛《かわい》いので女の子かと思ったです」

と言った。お父さんはちょっと嬉《うれ》しそうに、

「いやあ、これからたくましくなりますよ。私《わたし》も子供《こども》のころは可愛《かわい》かったですから」

などと、みんなが笑《わら》いだしそうなことを言った。太郎は丸いテーブルにお父さんと並《なら》んで座《すわ》っていた。それで、お父さんの顔はよく見えなかったからよかったと思った。

どう考えたって、お父さんが子供《こども》のころは可愛《かわい》かったとは思えなかった。

大人三人はノンアルコールのビール、太郎はオレンジジュースで乾杯《かんぱい》をした。

次々と料理《りょうり》が運ばれてきた。鯉《こい》の唐揚《からあ》げ、蟹爪《かにづめ》のフライ、北京《ペキン》ダック、どれも美味《おい》しかった。でも、お父さんが、

「いいか男とはな、心も強くなければいけないが、腕《うで》っ節《ぷし》も強くなければならないのだ。弱きを助け強きをくじくだ。太郎も柔道《じゅうどう》か剣道《けんどう》、いや合気道《あいきどう》でもいいかな。三年生になったら習いはじめればいいと思っているが」

と、太郎にとっては恐《おそ》ろしいことを言いだした。太郎はだんだん胸《むね》が苦しくなってきて、大好《だいす》きな蟹《かに》のチャーハンが食べられなくなった。

「総一郎《そういちろう》さん。今日はこの子のお祝《いわ》いですから、そのくらいでよいのでは」

おばあちゃんが言った。お母さんもうなずきながら、

「そうよ。太郎ちゃんは総一郎《そういちろう》さんのように男だぞ、っていう顔をしてないんですもの。警察庁《けいさつちょう》に勤《つと》めないかもしれないわよ。ねっ、太郎ちゃん。きっと太郎ちゃんはモテモ

テのイケメンさんになって、女の子に囲《かこ》まれるわね」

とやっぱり太郎の頭が痛《いた》くなるようなことを言った。

「そうか、俺《おれ》はそんなに男らしい顔をしているのか」

そのお父さんの一言で、太郎も笑《わら》ってデザートの杏仁豆腐《あんにんどうふ》を美味《おい》しく食べた。でも、太郎はお父さんが時々俺《おれ》と言うのも嫌《いや》だった。


お父さんの故郷《こきょう》は、岡山県《おかやまけん》の倉敷《くらしき》という有名な街《まち》だ。今もその街《まち》に太郎にとっては、倉敷《くらしき》のおじいちゃんとおばあちゃんが元気に暮《く》らしている。それにお父さんのお姉さんと、妹の家族も倉敷《くらしき》にいる。お父さんのお姉さんは、結婚《けっこん》して岩城《いわき》という苗字《みょうじ》になった。妹もやっぱり結婚《けっこん》して、北原《きたはら》という苗字《みょうじ》になった。それで、橘《たちばな》という苗字《みょうじ》はお父さんだけが継《つ》いでいた。

お父さんも、

「橘家《たちばなけ》の跡取《あとと》りだ。しっかりと男らしく生きるのだぞ」

と言われて大きくなった。でもお父さんは太郎とは違《ちが》って、

「ようし、誰《だれ》よりも男らしく強くたくましく生きていくぞー」

と川に向かって大声で叫《さけ》ぶような男の子だった。岡山《おかやま》の高校を卒業《そつぎょう》すると、東京のスポーツで有名な大学に入学して剣道部《けんどうぶ》で大活躍《だいかつやく》をした。剣道《けんどう》の学生選手権《せんしゅけん》大会にも出場した。そして、剣道《けんどう》の腕《うで》を生かして、大学を卒業《そつぎょう》すると警察庁《けいさつちょう》で働《はたら》くようになった。

お母さんと出会ったのは、お父さんが警察庁《けいさつちょう》に勤《つと》めて十年目だった。怖《こわ》い顔のおじさんと、可愛《かわい》い顔の女子大学生が、電車の中で出会って恋《こい》をした。二人が結婚《けっこん》したのは、お父さんが三十四歳《さい》、お母さんが二十三歳《さい》の時だった。太郎が知っているのはそんなことだ。

ひみつの教室

八日月曜日の朝が来た。太郎《たろう》は幼稚園《ようちえん》のころは八時まで寝《ね》ていた。その時は、こぐちゃんはおばあちゃんが七時に隠《かく》してくれていた。でも、もう六時五十分には起きないと遅刻《ちこく》になる。太郎は時計の読み方を、おばあちゃんに教えてもらっていた。それで目覚《めざ》まし時計は六時四十分に鳴るようにした。こぐちゃんを自分でクローゼットの奥《おく》の方に隠《かく》すためだ。気まぐれなお母さんは、突然《とつぜん》入ってくることもある。早く起こしに来るかもしれない。だからお母さんが来る前に太郎は起きようと思った。

今日からはふだん着で学校に行ってよい。灰色《はいいろ》のトレーナーに紺色《こんいろ》のハーフパンツをはいた。鏡《かがみ》を見ると、

（しょうがないか）

と思った。美しく可愛《かわい》い男の子ができあがっていた。

「おう、太郎カッコいいなぁ。モテモテになるな」

ダイニングへ行くと、ワイシャツ姿《すがた》で朝ご飯《はん》を食べているお父さんがいた。こんな早い時間にお父さんと一緒《いっしょ》に、朝ご飯《はん》を食べたことはなかった。お父さんは、太郎が起きる前に出勤《しゅっきん》していつもいなかった。夜も遅《おそ》い帰りだ。

「太郎ちゃんおはよう」

「おはよう」

キッチンにいたおばあちゃんとお母さんが一緒《いっしょ》に言った。朝ご飯《はん》は焼《や》き鮭《ざけ》とカボチャの煮物《にもの》、それにキュウリとわかめの酢《す》の物《もの》が並《なら》んでいた。納豆《なっとう》もある。味噌汁《みそしる》はお豆腐《とうふ》とキヌサヤだ。

太郎が椅子《いす》に座《すわ》ると、おばあちゃんもお母さんも座《すわ》って、

「いただきまあす」

三人の声がそろった。太郎は元気だった。いろいろ考えるのがめんどうになって、よく眠《ねむ》れた。

「太郎、子供《こども》は元気が一番だ。今日から本当の意味で太郎の新しい人生がスタートだな。しっかり食べて、しっかり学んで、日本を背負《せお》うたのもしい男になってくれよ。お父さんの仕事を継《つ》げとは言わんが、橘家《たちばなけ》を守るために一直線だ。頼《たの》むぞ、太郎」

お父さんはお茶を飲み終え、立ち上がると太郎の後ろに回ってきて太郎の肩《かた》を両手で叩《たた》いた。それから、

「さて、出動だ」

とダイニングを出ていった。お母さんも、走るように出ていった。そして、太郎が焼《や》き鮭《ざけ》を食べている時に、

「じゃあ、太郎がんばってこいよ」

とお父さんが背広《せびろ》を着てネクタイを締《し》めて、ダイニングのドアから顔を出した。太郎もおばあちゃんもびっくりしたように立ち上がって、

「行ってらっしゃあい」

と二人で一緒《いっしょ》に言って顔を見合わせると、お父さんを玄関《げんかん》まで送りに出た。お父さ

んは靴《くつ》をはきながら、

「じゃあな、太郎、期待しているぞ」

と太郎に笑《わら》いながら言うと出ていった。お母さんはマンションの外廊下《ろうか》に出て、お父さんを見送った。太郎はまたご飯《はん》を食べだした。早くしないと登校の時間になってしまう。歯を磨《みが》いて、一番大事なトイレがある。

七時二十分には家を出る。一小は集団《しゅうだん》登校をしない。近所の仲良《なかよ》しの子と登校をしてよいことになっていた。でも、新一年生は違《ちが》う。リボンが同じ色の子たちは、四月と五月はみんな一緒《いっしょ》になって付《つ》き添《そ》いのお母さんと登校する。

太郎の住むマンションで一小の一年生になったのは三人だ。太郎と海《かい》くんともう一人七階の村本凛《むらもとりん》くんだ。凛《りん》くんは保育園《ほいくえん》に通っていたので遊んだことはない。クラスも一組で違《ちが》ってしまった。マンションと学校まで同じ道を通る子たちは、赤のリボンを胸《むね》に着ける。付《つ》き添《そ》いは太郎のお母さんだ。

「我《わ》が家《や》は私《わたし》もおばあちゃんも家にいますから」

太郎のお母さんはにこにこと付《つ》き添《そ》いを引き受けた。

(本当は、心配でたまらないんだよね)

太郎がそう思うほど、お母さんは幼稚園《ようちえん》の遠足や、いろいろな所の見学会にもついてきていた。

「太郎ちゃん、あと十分よ。トイレね」

お母さんがどこかで叫《さけ》んでいる。一日中お父さんと太郎の心配ばかりしているお母さんだ。太郎はランドセルを玄関《げんかん》まで持ってきてトイレに入った。

(あと十分。あと九分)

トイレの左側《ひだりがわ》に棚《たな》がある。真ん中にスヌーピーが笑《わら》っている時計が置《お》いてある。もうじき七時十分になる。オシッコは出た。ウンチが出ない。太郎はあせった。

一小のトイレで、ウンチは絶対《ぜったい》にしたくなかった。学校で、男子がウンチをするといじめられると聞いたことがあった。太郎はオシッコだって立って絶対《ぜったい》にしたくなかった。でも、個室《こしつ》に入ればウンチだといじめられるかもしれない。

「太郎ちゃん、もう時間になるわよ」

お母さんがトイレの前に来ている。

「もう少し待ってえ」

太郎は身体中《からだじゅう》が熱《あつ》くなった。思いっ切りいきばった。やっと出た。すごく疲《つか》れた。

学校に行きたくなくなった。起きた時の元気が消えた。

あわててトイレから出ると、お母さんはもう靴《くつ》をはいて待っていた。

「早くして。みんな待っていると思うわよ」

お母さんが言うと、送りに出てきたおばあちゃんが、

「大丈夫《だいじょうぶ》よ。みんなで走ればいいから」

と太郎にランドセルを背負《せお》わせてくれた。

「おばあちゃん行ってきまあす」

「行ってらっしゃい。元気に帰っておいでね」

お母さんと太郎は、エレベーターまで走った。エレベーターが下からなかなか上が

ってこない。マンションは、マンションの外に出るまで時間がかかる時がある。

「おはようございます」

海くんも凛《りん》くんも、お母さんたちとマンションのロビーで待っていた。

「遅《おそ》くなってすみません。さあ、行きましょうね」

太郎のお母さんを先頭に、歩きだした。海くんのランドセルはこいグリーン、凛《りん》くんのランドセルは茶色だった。でも新一年生は市から配られた交通安全の若草色《わかくさいろ》のカバーをランドセルのふたに掛《か》ける。それで、みんなおんなじ色に見える。太郎のランドセルも若草色《わかくさいろ》になった。マンションの新一年生の三人は、だまって歩いていた。

「海くん、凛《りん》くん、太郎をよろしくね。あら、あなたは何年生なの」

太郎のお母さんは、道で会う小学生みんなに話しかけていた。途中《とちゅう》で一緒《いっしょ》になる一年生ひとりひとりに、

「おはよう、今日からがんばってね」

と言い、

「新一年生たちです。どうぞ見守ってください」

信号《しんごう》のところや道の曲がり角に立つ、見守り隊《たい》のおじさんやおばさんにもていねいにおじぎをした。ともかく、お母さんは忙《いそが》しく挨拶《あいさつ》を繰《く》り返《かえ》していた。

太郎は誰《だれ》とも話さないで、学校に着いた。一小の正面玄関《げんかん》に大きな時計がある。七時五十五分になっていた。お母さんは、

「お迎《むか》えは交差点《こうさてん》の信号《しんごう》のところね」

校門で手を振《ふ》って帰っていった。太郎は海くんと一緒《いっしょ》に、一年二組の教室に入った。

太郎がランドセルを机《つくえ》に置《お》いてすぐに、

「おはようございます。今日は四月八日月曜日です。天気は晴れです。みんな校庭に出てからだを動かしましょう」

六年生の放送部男子の声が校舎《こうしゃ》に響《ひび》いた。

「さあ、みんな茂田《しげた》先生と一緒《いっしょ》に校庭に出てみましょう」

山際《やまぎわ》先生が、校庭に出ようかどうしようかと迷《まよ》っている二組のみんなに言った。茂《しげ》

田《た》先生が、後ろの出入口で、教室のみんなにおいでおいでをした。男子が先に教室から、

「うわあい」

と茂《しげ》田《た》先生の後を追いかけて出た。太郎は、女子に交《ま》じりながら靴《くつ》をはき替《か》えて校庭に出た。校庭は上級生でいっぱいだった。茂《しげ》田《た》先生が、

「鬼《おに》ごっこだよ」

と走りだした。二組のみんなが、上級生をよけながら茂《しげ》田《た》先生を追いかけた。太郎も追いかけた。

「おはようございます。間もなく新一年生を迎《むか》えての朝礼が始まります。学年ごとに並《なら》んでください」

さっきと同じ六年生の放送部の男子の声がした。朝礼台に向かって一斉《いっせい》に集まりだした。

朝日《あさひ》がまぶしかった。やわらかな風が、一小のみんなを包《つつ》んでいた。太郎は校長先生の話を聞きながら、ずっと茂《しげ》田《た》先生のことを考えていた。

ひみつの水色

一年二組は男子がうるさかった。じっとしていられない男子が三人もいた。太郎《たろう》の後ろの安部真《あべまこと》くんは一番大変《たいへん》な子で、突然《とつぜん》、

「疲《つか》れた。おなかすいたあ」

と叫《さけ》んだり、太郎の椅子《いす》をけとばしたりした。それで茂田《しげた》先生が安部《あべ》くんの席《せき》のそばにいつもいた。太郎は嬉《うれ》しかった。

「水曜日までは、一年生は給食《きゅうしょく》はありません。勉強もしません。みんなが学校に早くなれるように、二時間目は学校を探検《たんけん》してみましょうね。では一時間目はまず自己紹介《じこしょうかい》をしましょう。名前を言ってから、好《す》きな食べ物と好《す》きな色を言ってください。たとえば私《わたし》、山際陽子《やまぎわようこ》先生はお寿司《すし》が好《す》きで、色は紫《むらさき》が好《す》きです。茂田《しげた》先生はどうかな」

黒板の前にいる山際《やまぎわ》先生が、太郎の後ろにいる茂田《しげた》先生を見た。

「はい、名前は茂田祐一《しげたゆういち》です。焼肉《やきにく》が大好《だいす》きです。好《す》きな色は空と海の水色がだあいすきです」

茂田《しげた》先生が大きな声で、元気よく言ったので、教室が、

「うわあい」

と爆発《ばくはつ》しそうになった。

「はい、静《しず》かにしてね。では、女子の青山《あおやま》さんからにしましょう」

「青山れい、です。好《す》きな食べ物はお寿司《すし》です。好《す》きな色は水色です」

女子から始まった自己紹介《じこしょうかい》は、みんな好《す》きな食べ物はお寿司《すし》か焼肉《やきにく》。好《す》きな色は紫《むらさき》か水色になってしまった。太郎の番が来た。太郎は、みんなと同じになっちゃう、と思いながら、

「橘《たちばな》です。好《す》きな食べ物はお寿司《すし》です。好《す》きな色は水色です」

と言った。すると山際《やまぎわ》先生が、

「橘《たちばな》くん、太郎という名前が抜《ぬ》けましたね。今度は名前もしっかりね」

と太郎を見て笑《わら》った。太郎は大嫌《だいきら》いな名前が言えなかった。きっとずっと言えない気がした。

山際《やまぎわ》先生と茂田《しげた》先生は、みんなが同じことを言っても、

「そうでしょう。そうだよね」

とにこにこうなずいていた。自己紹介《じこしょうかい》が終わると休み時間になって、二時間目はトイレや正面玄関《げんかん》の靴箱《くつばこ》を見に行った。トイレを見に行った時、

「オシッコ、オシッコ」

八人の男子が、競争《きょうそう》しながらオシッコをしていた。太郎も本当はオシッコがしたかった。でも、我慢《がまん》をした。

教室の後ろにある、ロッカーの使い方も練習した。二組は何をしても大騒《おおさわ》ぎだった。教室のドアにぶつかりそうな子。椅子《いす》から落ちる子。飽《あ》きてあくびをする子。突然《とつぜん》立ち上がってゴリラの真似《まね》をする子もいた。山際《やまぎわ》先生は何回も、

「シー、静《しず》かにね。もう一年生になったのですよ」

と注意をした。茂田《しげた》先生は、あっちこっちで騒《さわ》ぐ男子のそばを行ったり来たりしていた。女子はおとなしかった。一年生になって初《はじ》めての日は、本当に勉強は何にもしなかった。三時間目に家に持って帰るお知らせが配られて、

「先生や誰《だれ》かが話している時は、だまって聞きましょう。学校に来る登校の時も、学校から帰る下校の時も、自動車や自転車に気をつけて、ふざけたりしないで静《しず》かに歩きましょう。わかりましたか。わかった人は手をあげてください」

山際《やまぎわ》先生が言うと、

「はあい、わかりました」

男子の大きな声が響《ひび》いた。一年生は五月の終わりまで、班《はん》ごとに先生が付《つ》き添《そ》って帰る。赤のリボン組は三組の豊川美子《とよかわよしこ》先生が付《つ》き添《そ》いだった。茂田《しげた》先生は緑のリボンの班《はん》の付《つ》き添《そ》いだ。太郎の通学路とは反対の方向だ。

「では、また明日元気で登校してください。さようなら」

ランドセルに毎日セットの筆記用具や、配られたお知らせを入れた。太郎はそこで

どうしても、オシッコに行きたくなった。それで手をあげて、

「先生、トイレに行っていいですか」

とがんばって言った。

「えっ、はい、いいですよ。大急ぎでね」

山際《やまぎわ》先生がそう言うと、

「あっ、僕《ぼく》もだ」

「私《わたし》も」

合わせて六人の男子と女子が、太郎と教室を走り出た。太郎は走りながら、

（どうしよう。どうしよう）

と思った。一人なら個室《こしつ》に入れる。でも、後ろに三人の男子がいた。太郎は考えた。

そして、三人の男子が太郎を追《お》い抜《ぬ》いたのを見て、先生用のトイレに走った。太郎は
必死《ひっし》だった。個室《こしつ》に飛《と》び込《こ》んで、震《ふる》えながらオシッコをした。

「えっ、おまえ先生のトイレに行ったの」

まだ、太郎が名前を覚《おぼ》えていない男子だった。教室に入る時に一緒《いっしょ》になったのだ。

「うん、こんでそうだったから」

「こんでないよ」

太郎は何も言わなかった。

「さあ、ではもう一度さようなら」

「さようなら」

正面玄関《げんかん》は一組と三組で混乱《こんらん》していた。そこに二組も来たので大騒《おおさわ》ぎになった。山際《やまぎわ》先生は黄色いリボンの班《はん》だ。

赤いリボンの班《はん》はみずき通りを行く。最初《さいしょ》は十五名だった。だんだん、と少なくなった。豊川《とよかわ》先生はマンションのそばの交差点《こうさてん》まで来てくれた。

「さようなら」

「おかえりなさあい」

太郎のお母さんがそこにいた。海《かい》くんと太郎とマンションのそばに住んでいる二人の女子がお母さんと一緒《いっしょ》に交差点《こうさてん》を渡《わた》った。凛《りん》くんは学童へ行くので、帰りは茂田《しげた》先生の班《はん》だ。

「ああ、疲《つか》れた」

太郎は、お腹《なか》も空《す》いてクタクタだった。お昼《ひる》ご飯《はん》のカレーライスを食べるとクローゼットからこぐちゃんを出して、ベッドに転がった。そして、こぐちゃんを抱《だ》きしめたまま眠《ねむ》ってしまった。

太郎が眠《ねむ》って少しすると、おばあちゃんが部屋に入ってきた。太郎の顔とこぐちゃんの顔が枕《まくら》に並《なら》んでいた。おばあちゃんはそっとこぐちゃんを、掛《か》け布団《ぶとん》の中に入れた。おばあちゃんは、いつもこぐちゃんがお父さんとお母さんに見つからないように気をつけていた。太郎がひとりでこぐちゃんをずっとひみつにするのは、むずかしいからだった。

太郎はよく眠《ねむ》っていた。真っ青な空で鬼《おに》ごっこをしている夢《ゆめ》を見ていた。水色のワンピースを着た太郎を追いかけているのは、お兄さんだった。太郎は、

「ぜったい、つかまらないものねえ」

追いかけてくるお兄さんに手を振《ふ》っていた。お兄さんは茂田《しげた》先生のようだった。

九日火曜日、尿検査《にょうけんさ》のために、朝起きてすぐのオシッコを紙コップに取る。お母さんは心配して、トイレについていきて、

「ひとりでできるかしら。お母さんが取りましょうか、この紙コップの中にするのよ、容器《ようき》にはお母さんが入れてもいいですからね」

と紙コップとオシッコを学校に持っていく、小さなプラスチックの容器《ようき》を、太郎に渡《わた》した。太郎はオシッコを自分で容器《ようき》に入れるまでがんばった。お母さんに、オシッコをするところは絶対《ぜったい》に見られたくなかった。

この日は二時間目と三時間目が国語だった。鉛筆《えんぴつ》の正しい持ち方を山際《やまぎわ》先生が教えてくれた。

「さあ、しっかり正しく鉛筆《えんぴつ》を持って、自分の名前をひらがなでノートに書いてみま

しょう」

太郎は、ひらがなは、あ、から、ん、まできちんと書けた。でも、自分の名前のたちばなたろうは、まだ一度も書いたことがなかった。嫌《きら》いな名前を新しいノートに書くなんてとても嫌《いや》だった。山際《やまぎわ》先生が、三回書いてみましょうと言っているのが聞こえた。

たちばなたろう

太郎は一回書いてもう書きたくなかった。それで鉛筆《えんぴつ》を持ったままじっとしていた。

「あら、たちばなたろう、とてもじょうずに書けたわね。あと二回がんばってね」

山際《やまぎわ》先生が太郎の横に来て、ノートをのぞき込《こ》んだ。太郎はしかたなく、たちばなたろうと続《つづ》けて書いた。書き終わってなんだか茂田《しげた》先生を見たくなった。その時茂田《しげた》先生は、校庭側《がわ》から太郎の方へ来るところだった。太郎と茂田《しげた》先生の目があった。茂《しげ》田《た》先生が太郎ににっこり笑《わら》いかけた。太郎もにっこり笑《わら》った。心が温かくなった。

十一日木曜日から給食《きゅうしょく》が始まった。算数の勉強も始まった。太郎の席《せき》は替《か》わらなか

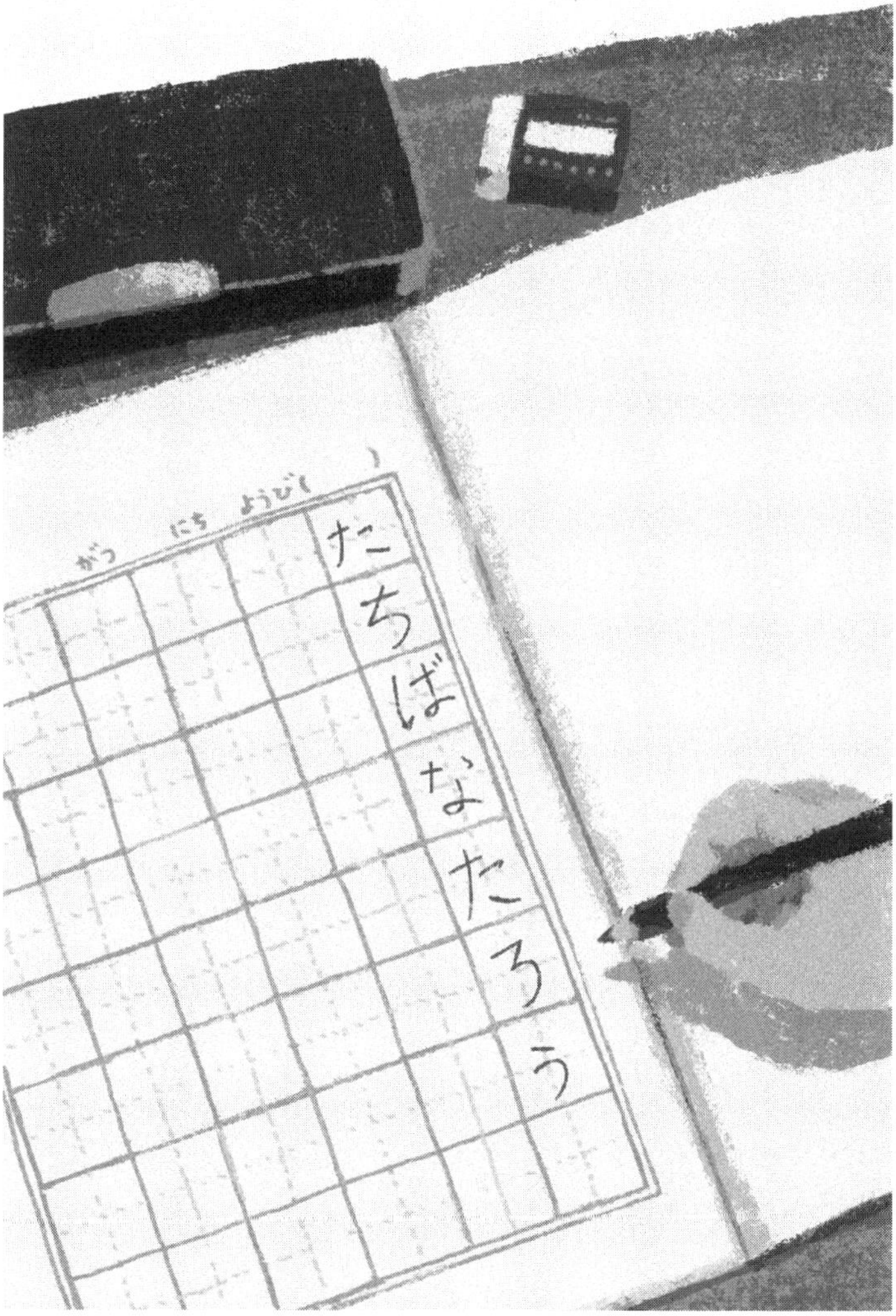
がつ　にち　ようび（　）
たちばなたろう

ったけれど、六人の席《せき》が替《か》わった。太郎の後ろにいた安部真《あべまこと》くんと麻田光《あさだひかる》くん、塚元《つかもと》博己《ひろき》くんの三人が校庭側《がわ》の一番前から順番《じゅんばん》に並《なら》んだ席《せき》になった。暴《あば》れるくんの三人を、茂田《しげた》先生が優《やさ》しく見守れるようにしたのだ。そこの席《せき》にいた女子三人が、安部《あべ》くん麻《あさ》田《だ》くん塚元《つかもと》くんの席《せき》に移《うつ》った。

太郎は少しさみしくなった。茂田《しげた》先生が、太郎のそばにいなくなってしまったからだ。でも、暴《あば》れるくんの三人も茂田《しげた》先生が好《す》きなようで、嬉《うれ》しそうだった。

給食《きゅうしょく》の時間になった。当番の一班《ぱん》の五人が、マスクとエプロンをして教室の前に集まった。みんなそわそわしていた。小鳩幼稚園《こばとようちえん》はお弁当《べんとう》だったので、太郎も初《はじ》めての給食《きゅうしょく》にドキドキしていた。六年生が大きな入れ物や食器《しょっき》を台車で運んできた。豆腐《とうふ》入りのハンバーグにコーンスープ、はいがパンにジャガイモサラダと牛乳《ぎゅうにゅう》もあった。

六年生三人の女子と山際《やまぎわ》先生も手伝《てつだ》って、配膳《はいぜん》が終わった。初《はじ》めての給食《きゅうしょく》は準備《じゅんび》も大変《たいへん》だった。五人の当番の子は、

「重いよ。大変《たいへん》だよ」

「手が痛《いた》くなるよ」

なんて言いながら、それでも嬉《うれ》しそうに配膳《はいぜん》していた。

「さあ、みんな初《はじ》めての給食《きゅうしょく》ですね。おかずやパンが足りない人はいませんか」

山際《やまぎわ》先生が教壇《きょうだん》からみんなを見渡《みわた》した。

「ありまあす」

「おなかすいたあ」

「早く食べたあい」

大騒《おおさわ》ぎだった。暴《あば》れるくんたちの声が教室に響《ひび》いていた。

「では、両手を合わせて、作ってくださった人に感謝《かんしゃ》をして、いただきます」

「いただきまあす」

静《しず》かになった。太郎は牛乳《ぎゅうにゅう》が苦手だ。前に飲んでお腹《なか》が痛《いた》くなったことがあるからだ。

もし、また痛《いた》くなったらと、トイレのことを考えた。それで牛乳《ぎゅうにゅう》は一番最後《さいご》にした。

豆腐《とうふ》入りのハンバーグは食べたことがなかったけれども美味《おい》しかった。スープも美味《おい》しかった。はいがパンはあんまり美味《おい》しくなかった。サラダは美味《おい》しかった。最後《さいご》は牛乳《ぎゅうにゅう》だ。小さな紙パックにストローをさして吸《す》った。

（大丈夫《だいじょうぶ》かな）

あまり冷《つめ》たくなかったので、お腹《なか》は痛《いた》くならなかった。給食《きゅうしょく》が終わると一年生は下校だ。終わりの会をして、下駄箱《げたばこ》のところに来ると、海くんが、

「太郎さ、今日僕《ぼく》んちで遊ばないか。マリオのゲームしてさ」

と言った。海くんの家に太郎は行ったことがない。海くんは乱暴《らんぼう》でいばっていたので苦手だった。だから幼稚園《ようちえん》の時も遊ばなかった。

「いいよ、でもゲームってしたことないけれど」

「じゃあ、教えてやるよ」

そこまで話して、豊川《とよかわ》先生が、

「はあい、赤いリボンさあん。出発しますよ」

校庭で呼《よ》んだので、二人は駆《か》けだした。そして、交差点《こうさてん》のところでお母さんに会《あ》っ

た。

「太郎、あとで迎《むか》えに行くよ」

エレベーターに乗ると、海くんが言った。

「あら、海くんありがとう。太郎ちゃんよかったわね」

お母さんは嬉《うれ》しそうだった。

「じゃあ、あとでな」

海くんの家は四階だ。あっという間に四階で海くんは降《お》りていった。

「給食美味《きゅうしょくおい》しかったの」

「うん、美味《おい》しかったよ。牛乳《ぎゅうにゅう》飲んだよ」

「あら、太郎ちゃんえらい。一年生になると違《ちが》うのね。それに海くんとも遊ぶ約束《やくそく》できるなんて。久美《くみ》ちゃんは学校も遠いし、バレエにピアノと忙《いそが》しいものね」

お母さんに久美ちゃんと言われて、久美ちゃんに会いたいなと思った。

「おばあちゃん、ただいまあ」

玄関《げんかん》のドアを開けると、おばあちゃんがにこにこ顔で迎《むか》えてくれた。

「太郎ちゃんは、給食《きゅうしょく》をみんな残《のこ》さずに食べたんですって。それに、海くんと遊ぶ約《やく》束《そく》もしたのよ」

太郎より先に、お母さんが報告《ほうこく》した。

お母さんはいつもそうだった。

「太郎ちゃんは、あまりしゃべらない子ですものね。男の人は無口《むくち》な方がいいわよ。ペラペラとしゃべる人は軽い感じがするもの。その点、お父さんはちょうどいいかもしれないわ」

お母さんは、太郎が無口《むくち》だと思っている。お父さんもそう思っている。でもそれは少し違《ちが》う。太郎がしゃべらないのは、自分のことを僕《ぼく》と言いたくないからだ。本当は、私《わたし》と言いたい。それに、「だろう」とか、「すんなよな」とか、「やめろよ」とか、男の言葉がパッと口から出てこない。だから、いつの間にか無口《むくち》な子になってしまった。

太郎は自分の部屋にランドセルを置《お》くと、クローゼットの中のこぐちゃんを抱《だ》きしめた。

「こぐちゃん、一年生になった久美ちゃんだったら、お母さんに内緒《ないしょ》でこぐちゃんと遊べたかも」

幼稚園《ようちえん》のころは何度も、久美ちゃんが太郎の部屋に遊びに来た。でも、太郎はこぐちゃんのことを久美ちゃんに内緒《ないしょ》にしていた。怖《こわ》かったからだ。こぐちゃんがあまりにも可愛《かわい》いので、久美ちゃんがほしいと言うかもしれないと思った。それに、久美ちゃんが太郎のお母さんに、こぐちゃんのことを話してしまうような気もした。でも、今ならば、久美ちゃんだってこぐちゃんのことをひみつにできるかもしれない。太郎はそう思った。

月曜日も、火曜日も、そして昨日《きのう》も太郎はお昼《ひる》ご飯《はん》を食べると昼寝《ひるね》をした。今日は給食《きゅうしょく》があったし、少し学校になれて眠《ねむ》くない。それより海くんのことが気になっていた。

「太郎ちゃん、お母さんお買い物に行くけど一緒《いっしょ》に行く」

お母さんが玄関《げんかん》で呼《よ》んでいる。

「行かない。だって海くんが来るもの」

「あっ、そうね。海くんのおうちへ行く時はおばあちゃんにちゃんと言って行くのよ」

「はあい」

お母さんは出かけていった。

「おばあちゃん」

太郎はこぐちゃんを抱《だ》きしめながら、おばあちゃんの部屋に行った。

「なあに。学校楽しそうね」

「うん。でもね、トイレは嫌《いや》だよ。立ってオシッコできないし、ドアのあるトイレに入るといじめられるかもしれないし」

「大変《たいへん》ね。きっとオシッコを立ってしたくない子は、あなただけではないと思うわ。いまはどこの家も座《すわ》ってする洋式トイレだしね」

おばあちゃんはいつのころからか、太郎を太郎と呼《よ》ばなくなった。太郎が自分の名前が嫌《きら》いなのを、なんとなくわかっていたからだ。それで太郎を、あなた、と友達《ともだち》のように呼《よ》んだ。

「ちょっと違《ちが》うよ。洋式トイレだからじゃないもの」

「そう、心の方が違《ちが》うのね」

おばあちゃんは、太郎の目を見た。そして、おばあちゃんのベッドに太郎を座《すわ》らせた。

「ねえ、あなたの心はみんなとなにかが違《ちが》うって、はっきりと思うようになったのね」

「よくわかんない。でも、お父さんの言う強い男の人にはなれない気がする。今日も海くんと遊ぶよりも、久美ちゃんとこぐちゃんで遊びたいし」

「そうなのね。一年生になって、新しい環境《かんきょう》になって、あなたの心はきっとたくさん迷《まよ》っているのね」

「それもわかんない。おばあちゃん、ね、もし、もしも水色のワンピースが着たいから女の子になりたいって言ったら……」

太郎は目を閉《と》じて、おばあちゃんに寄《よ》りかかって聞いた。おばあちゃんは何も言わないで太郎を抱《だ》きしめた。

ひみつのからだ

玄関《げんかん》のチャイムが鳴った。

「あっ、海《かい》くんだ。遊びに行ってくるね」

「行ってらっしゃい」

太郎《たろう》はこぐちゃんをおばあちゃんに渡《わた》して、玄関《げんかん》のドアを開けると、海くんがいた。

「あのさあ、僕《ぼく》んちへ来る前に、太郎の家で少し遊んでいいかな」

海くんが玄関《げんかん》をのぞきながら言った。太郎はびっくりした。

「えっ、いいけどちょっと待って。おばあちゃあん。海くんが最初《さいしょ》にうちで遊びたいって」

太郎はおばあちゃんを呼《よ》んだ。

「あら、海くんいらっしゃい。じゃあ、先にジュースでも飲んでからにしたら」

おばあちゃんが、部屋から出てきて言った。

「太郎の家に来るの初《はじ》めてだよ。ジュース飲んだら太郎の部屋で遊ぼうな。ほんとはさあ、僕《ぼく》んちで遊ぶより太郎の家で遊びたかったんだ。だってさ僕《ぼく》んち、まいがいるからやなんだよ」

海くんには、二歳《さい》の舞《まい》ちゃんという妹がいた。

「僕《ぼく》、まいが嫌《きら》いだよ。僕《ぼく》のプラモなんかすぐ壊《こわ》すんだぜ」

と言った。太郎はエレベーターで、海くんのお母さんと一緒《いっしょ》の舞《まい》ちゃんに何回か会ったことがある。まん丸に太った可愛《かわい》い子だった。スヌーピーのぬいぐるみをいつも抱《だ》いていた。

「へえ、太郎んちってこうなってんの」

ダイニングに入ってきた海くんが、ぐるりと部屋を見回した。同じマンションでもそれぞれの家で間取りが違《ちが》う。太郎の家は一番広くて、部屋の数も多い。ベランダへも、どの部屋からも出られる。

「はい、お待たせしました」

おばあちゃんが太郎と海くんの話を聞きながら、りんごジュースとポテトチップスを用意してテーブルに置《お》いた。

「いただきまあす」

海くんはお母さんの席《せき》に、太郎と並《なら》んで座《すわ》った。海くんはジュースを一気に飲んで、ポテトチップスをほおばった。太郎が二枚《まい》食べる間に、ポテトチップスはなくなった。

「ごちそうさま。太郎の部屋に行こうぜ」

太郎はリビングのソファーに座《すわ》っているおばあちゃんを見た。おばあちゃんはにっこり笑《わら》っていた。太郎は、

「こっちだよ」

廊下《ろうか》に出て、太郎の部屋のドアを開けた。

「いいな、太郎の部屋広くて。僕《ぼく》の部屋なんてベッドだけできつきつなんだ。でもさあ。太郎って何にも持ってないんだな。ミニカーとラジコンカーだけじゃん」

男子の部屋にはたいていゲーム機《き》やサッカーボール、バットやグローブが転がっている。スケボーやマウンテンバイクを置《お》いている子もいる。壁《かべ》にはスポーツ選手《せんしゅ》のポスターがはってある。プラレールが部屋の真ん中にあって、歩くのが大変《たいへん》な部屋もある。

女子の部屋は、人形やぬいぐるみだらけだ。ジャニーズのポスターを壁《かべ》いっぱいにはってある子もいる。ドレスが飾《かざ》ってある子もいる。でも、海くんが言うように、太郎の部屋には何もなかった。勉強机《べんきょうづくえ》の棚《たな》にミニカーとラジコンカーが並《なら》んでいた。机《つくえ》の横の本棚《ほんだな》には、動物、植物、昆虫《こんちゅう》、魚、鳥の図鑑《ずかん》が並《なら》んでいる。図鑑《ずかん》の前には、ケースに入ったアンモナイトが置《お》いてある。それぐらいだ。普通《ふつう》の男子の部屋とは全然《ぜんぜん》違《ちが》う。

太郎は本当は、ぬいぐるみに囲《かこ》まれていたかった。バービー人形やドールハウスもほしかった。

「トランプやオセロはあるよ」

言いながら太郎は、クローゼットの扉《とびら》を開けた。ゲームはクローゼットの中の棚《たな》にある。こぐちゃんの隠《かく》れ場所《ばしょ》は、左奥《ひだりおく》の隅《すみ》のクッションだ。こぐちゃんはいつもそこに座《すわ》って太郎の帰りを待っている。お母さんがのぞいてもわからないように、何も入っていない段《だん》ボール箱が手前に置《お》いてある。みんなおばあちゃんと決めたことだ。

太郎はゲームを取りだす前に、段《だん》ボールをどかしてみた。こぐちゃんはいなかった。おばあちゃんのところにいるのはわかっているのに、心がドキンとしてさびしかった。

「太郎何してんだよ」

海くんがクローゼットをのぞいた。

「うん、なんでもないよ。人生ゲームもあるよ。それともオセロにする」

「どっちもつまんないぜ」

太郎はどうしたらいいかわからなくなった。

「やっぱお前、女とばっか遊んでっから何もないんだよ。うちへ行ってマリオゲームしようぜ」

太郎は海くんの顔をだまって見つめた。

「あのう、本当にゲームしたことないよ」

「えっ、本当にしたことないの」

「うん、お父さんがダメって買ってくれないから」

「いいよ、僕《ぼく》が教えるよ」

どうにか話がまとまって、太郎は海くんの家に行くことになった。

「おばあちゃん、海くんのうちに行ってくるね」

太郎は玄関《げんかん》でおばあちゃんを呼《よ》んだ。おばあちゃんは部屋から出てきて、

「海くん、ママによろしくね。これおやつに食べてね。四時までには帰りなさいね」

と言いながら、駅前のクッキーのお店の紙袋《かみぶくろ》を海くんに渡《わた》した。

海くんの部屋はごちゃごちゃだった。ベッドの上にはパンツや靴下《くつした》やT《ティー》シャツが放り出してあった。床《ゆか》にはレゴブロックやボールが転がっていた。

「こっち来いよ。マリオゲームだ」

リビングに行くと、玄関《げんかん》で迎《むか》えてくれたママと舞《まい》ちゃんがいた。リビングもごちゃ

ごちゃだった。

「太郎ちゃんに頂《いただ》いたクッキーのおやつテーブルに置《お》いとくわね。あとカルピスよ。海、ママ買い物に行ってくるから、まいをみていてね」

「ええっ、だって太郎とゲームすんだよ。やだよ」

「わがまま言わないの。たのんだわよ」

ママはさっさと買い物に行ってしまった。それからが大変《たいへん》だった。

「まいもする」

と舞《まい》ちゃんが太郎と海くんの間に入ってきて、ゲーム機《き》を海くんから取ってしまった。

「ダメだ。女は引《ひ》っ込《こ》んでろ」

海くんは無理《むり》やり、舞《まい》ちゃんからゲーム機《き》を取り上げた。舞《まい》ちゃんがすごい声で泣《な》きだした。太郎はあわてて、

「まいちゃん、ほらスヌーピーだよ」

ソファーに転がっていた、スヌーピーを舞《まい》ちゃんに渡《わた》した。

「まい、お兄ちゃんだいっきらい。太郎ちゃんとお人形で遊ぶ」

それから四時まで、太郎は舞《まい》ちゃんとぬいぐるみで遊んだ。マリオゲームはしなかった。よかったと思った。舞《まい》ちゃんと遊ぶ太郎を見て、海くんが言った。

「やっぱ太郎は女と遊ぶ方がいいんだな。変《へん》なの」

この日から海くんは、太郎に知らん顔をするようになった。学校の行き帰りも教室でもそうだった。太郎も海くんと仲良《なかよ》くしようとは思わなかった。

深大寺植物園《じんだいじしょくぶつえん》への遠足や、五月二十六日の運動会も太郎は男子でがんばっていた。

そして、六月十八日火曜日、晴れた日にプールの授業《じゅぎょう》が始まった。

一年生三クラスが三時間目にプールに入る。男子は一組で女子は二組で水着に着替《きが》えた。小鳩幼稚園《こばとようちえん》でも大きなビニールプールで水遊びをした。その時は水着のパンツにT《ティー》シャツを着ていた。紫外線《しがいせん》を考えて、幼稚園《ようちえん》がみんなにT《ティー》シャツを着せていたのだ。

一小ではＴ《ティー》シャツは着ない。太郎の水着は新しく買った紺色《こんいろ》の半パンツだ。太郎は身体《からだ》にぴったりのそのパンツをはいて、どうしていいかわからなくなった。はっきりとチンチンのふくらみがわかった。Ｔ《ティー》シャツを着ているのとは全然違《ぜんぜんちが》う。太郎は、パンツもはかないで裸《はだか》のまま立っているような気がした。

「さあ、タオルと水中メガネを持ってきちんと並《なら》んで」

茂田《しげた》先生も水着に着替《きが》えていた。太郎と同じようにチンチンのところがふくらんでいた。

（ああ、どうしよう）

太郎は泣《な》きだしたかった。そして、思わず両腕《りょううで》を胸《むね》の前でバツにして身体《からだ》を抱《かか》えた。

「なっ、あいつおかしいだろう」

どこかでそんな声が聞こえた気がした。太郎はあわててタオルと水中メガネを持って列に並《なら》んだ。女子は、紺色《こんいろ》のスポーツ用水着を着ていた。もちろん肩《かた》までが隠《かく》れていた。

太郎は水遊びが大好《だいす》きだ。でも、今までプールや海で泳いだ経験《けいけん》はない。だからパンツだけの水着が、こんなに心を不安《ふあん》にするとは思わなかった。プールサイドに立つと、プールがとても大きく見えた。そして、

（ちゃんと泳げるのかな。どうすればみんなのように、楽しそうにできるのかな）

と思った。

「さあ背《せ》の順《じゅん》に並《なら》んで、準備体操《じゅんびたいそう》をします」

一年生全員がプールサイドに並《なら》ぶと、茂田《しげた》先生がみんなの前に立った。プールの水に太陽の光が反射《はんしゃ》して、キラキラと輝《かがや》いていた。どの子もどの子も笑顔《えがお》でラジオ体操《たいそう》第一をした。太郎も茂田《しげた》先生を見ながら、ラジオ体操《たいそう》をしていた。でも、みんなと同じに動いているのに、心はひとりぼっちでいるようだった。裸《はだか》でいるのが余計《よけい》に太郎を悲しくした。

プールのある日は、学校を休みたかった。それでも、太郎は少し泳げるようになった。

夏休みが来た。去年の夏休みはおばあちゃんとお母さんと三人で、北海道の旭山《あさひやま》動物園に行った。今年は沖縄《おきなわ》の美《ちゅ》ら海《うみ》水族館に行く。お父さんは仕事でやっぱり行けない。お父さんの仕事は何日も続《つづ》けて休めない。でも、太郎はお父さんがいない方が楽しかった。

美《ちゅ》ら海《うみ》水族館では、大きなジンベエザメに、

「うわあ、すごおい。太郎ちゃん見て、見て」

と一番こうふんしていたのは、お母さんだった。太郎も沖縄《おきなわ》の青い海には嬉《うれ》しくなった。でも、太郎たちは海水浴《かいすいよく》をしなかった。太郎はベッドの足元に隠《かく》してきたこぐちゃんに、すごく、すごく会いたかった。そして、こぐちゃんと一緒《いっしょ》に沖縄《おきなわ》の青い海を見たいと思った。

夏休みがあと一週間で終わりになる日、久《ひさ》しぶりに久美《くみ》ちゃんが遊びに来た。

「久美ちゃん。もうひとりで電車に乗って学園に行くのよね」

「うん行きます。でもお友達《ともだち》も一緒《いっしょ》だから」

おばあちゃんもお母さんも、久美ちゃんとおやつを食べながらいろいろ話した。久美ちゃんは少しお姉さんになっていた。

「久美ちゃん学校楽しいんだね」

おやつがすんで、久美ちゃんが太郎の部屋に来た。

「とっても楽しいよ。学園の中の子象山《こぞうやま》で山歩きをしたり、プラネタリウムも見たりするの」

「いいな、久美ちゃんの学校に行きたかった」

「一小つまらないの」

「いろいろ大変《たいへん》だよ」

「どんなことが」

「トイレとかプールなんか。トイレはオシッコを立ってしなければいけないしね」

「家とおんなじじゃないのね」

「そう、ひとりのところに入ろうとするといじめられるよ」

「そうなの。久美の学校は男の子もひとりでするトイレみたいよ」

太郎は久美ちゃんの目を見ながら、今の久美ちゃんだったらこぐちゃんのことを話せると思った。

「久美ちゃん、あのね、見せたいものがあるの。でもこのことぜったいうちのお母さんやお父さんにはひみつにして」

「うん、ぜったいひみつにする。なんなの」

太郎はクローゼットを開けて、奥《おく》からこぐちゃんを連《つ》れ出《だ》した。

「うわあ、かわいい、なんてかわいいの」

久美ちゃんはこぐちゃんを抱《だ》きしめた。

「お母さんがもし入ってきたら隠《かく》してよ。おばあちゃんが買ってくれたの」

「久美、覚《おぼ》えてるよ。前にルナを太郎ちゃんに貸《か》してあげた時、お母さんが返しに来たものね」

「うん、お父さんがすごく怒《おこ》ったからね。男はぬいぐるみなんか抱《だ》くなって」

「どうして、男の子がぬいぐるみ抱《だ》いたっていいのにね。太郎ちゃんは男の子らしくないし、ミニカーが好《す》きな女の子だっていると思うのにね」

久美ちゃんは、太郎の心をわかってくれていた。こぐちゃんを真ん中に置《お》いて夕方まで人生ゲームやオセロをして遊んだ。楽しかった。

「こぐちゃん、また会おうね」

久美ちゃんは、さようならをする時こぐちゃんを何回も抱《だ》きしめた。

太郎は泣《な》きだしたい気持ちを、じっと我慢《がまん》した。


二学期が始まった。二組はみんな元気だった。学校に慣《な》れたので、暴《あば》れるくん三人組は、もっと暴《あば》れるくんになっていた。廊下《ろうか》は走りっぱなし、給食《きゅうしょく》のお代わりの競争《きょうそう》、立ったり座《すわ》ったりと大変《たいへん》だった。茂田《しげた》先生は、おとなしい太郎のそばには来てくれるひまがなかった。

山際《やまぎわ》先生は反対に、太郎にいつもニコニコと話しかけてくれた。美しい顔ですらりとした太郎は、女子にとても人気だった。

「太郎くんて嵐《あらし》のまつじゅんに似《に》てるね。スタイルもいいし」

「えっ、もっとイケメンよ」

「絶対《ぜったい》にジャニーズか超《ちょう》イケメン俳優《はいゆう》にスカウトされるわよ」

一組や三組でも、橘太郎《たちばなたろう》の名前を知らない女子はいなかった。男子の中には、そんな太郎をいじめてやろうとする子がいた。海くんもそうだった。

「おい、太郎、幼稚園《ようちえん》の時から女ばっかりだったもんな」

なんでもない時に海くんは、太郎にぶつかってきたりした。太郎は何にも言わないでさっと逃《に》げた。他にも、

「おんな大好《だいす》き男」

と言いながら、足を引《ひ》っ掛《か》けようとする男子もいた。でも、三人の暴《あば》れるくんたちは、太郎に意地悪をしなかった。それで暴《あば》れるくんたちの誰《だれ》かがトイレに行く時に太郎もトイレに行った。暴《あば》れるくんたちは、太郎がひとりトイレに入っても、

「ああ、そうなの」

そんな顔をして、そのことを誰《だれ》かに言うことはしなかった。

学校の桜《さくら》の木の葉っぱが散《ち》って、寒くなってきた。太郎は薄《うす》い白のジャンパーを着て通学した。お父さんは、

「男だ。そんな厚着《あつぎ》をすることはない」

と、いつものように「男だ。男だ」と言っていた。太郎はお父さん、お母さんの前では、男子でいるようにがんばっていた。家でも学校と同じように言いたくない「僕《ぼく》」とも言った。

十一月十四日、保護者《ほごしゃ》の個人《こじん》面談があって、お母さんが山際《やまぎわ》先生と茂田《しげた》先生に教室で会ってきた。

「太郎ちゃん、あなたは勉強も熱心《ねっしん》にがんばるし、一年生で一番静《しず》かで思慮深《しりょぶか》い男の子かもしれませんって。何も注意する必要《ひつよう》はなくて、このままでいいですって。女の

子にとてもモテますって、茂田《しげた》先生がにこにこ言っていたわよ。山際《やまぎわ》先生も太郎ちゃんが可愛《かわい》いみたい。お母さん嬉《うれ》しくって何回も飛《と》び上《あ》がりそうになっちゃったわ」

お母さんは、面談のことを嬉《うれ》しそうに報告《ほうこく》した。太郎は、

「僕《ぼく》、普通《ふつう》にしているだけだよ」

と男子になって言った。

十二月六日は一小の音楽祭だった。このころには、大騒《おおさわ》ぎクラスの二組もまとまってきた。二組は昔ヒットした『おばけなんてないさ』を歌った。山際《やまぎわ》先生と茂田《しげた》先生が相談して、男子が大声で歌える歌を選《えら》んだのが大成功《だいせいこう》だった。一小音楽祭三位《い》の銅《どう》メダルを一年二組がもらった。

そして、星がよく見える季節《きせつ》になった。太郎にはちっとも嬉《うれ》しくないクリスマスの日が来た。

「サンタクロースなどいるわけない。世界中がだまされている。まあそれでも一年に一度、子供《こども》がほしいものがもらえる日と思えば、いいだろう。ところで太郎、今年は

どんなミニカーかラジコンカーがほしいのかな」

お父さんのプレゼントは、太郎がうんざりするほど、トミカのミニカーかラジコンカーばかりだった。十一月七日の七歳《さい》の誕生日《たんじょうび》にも、

「太郎どうだ。ベンツの消防車《しょうぼうしゃ》だ。見ろ。梯子《はしご》がこれだけ動くんだぞ」

とても精巧《せいこう》なラジコンの消防車《しょうぼうしゃ》を、プレゼントしてくれた。でも、太郎はどんなに高い値段《ねだん》のミニカーもラジコンカーも嬉《うれ》しくなかった。それでも、

「僕《ぼく》、クリスマスプレゼントはパトカーがほしいな」

と太郎は、お父さんに気をつかって言った。

「そうか、やっぱりそうきたか。お父さんはお前がパトカーがほしいと言うのをずっと待っていたんだ。やれやれ、やっと心が通じたな」

お父さんは太郎が本当に、パトカーをほしがっていると思っていた。それでクリスマスイブにラジコンのパトカーを買ってきた。こぐちゃんが屋根に座《すわ》れそうなほど、大きいパトカーだった。太郎はプレゼントのパトカーを抱《かか》えると、一生懸命《いっしょうけんめい》笑顔《えがお》にな

って、

「お父さん、ありがとう」

と言った。でも、自分の部屋に来ると、大きなため息をついた。

（お父さん、全然違《ぜんぜんちが》うのに。今は可愛《かわい》いフード付《つ》きのコートとふわふわの羽根のような飾《かざ》りのついたブーツがほしいのに）

クローゼットの中のこぐちゃんは、赤ずきんちゃんのコートを着ていた。それに黒いブーツをはいていた。おばあちゃんからの、クリスマスプレゼントだ。

「おばあちゃん、こぐちゃんと同じこんなコートが着たい。こぐちゃんとおそろいで着たい」

太郎は、こぐちゃんを抱《だ》きしめた。

一月は暖《あたた》かい日が多かったのに、二月はみぞれや雪が降《ふ》るようになった。一小には、どんなに寒い日も半袖《はんそで》の男子が何人かいた。二組のがんばり男子、松井翔《まついしょう》くんと小松《こまつ》研《けん》くんも半袖《はんそで》Ｔ《ティー》シャツで通学していた。太郎は寒がりだ。三学期はダウンジャケットで通学した。お父さんは相変《あいか》わらず、

「情《なさ》けない。男子たるものが女が着るようなコートを着て。どうして百合《ゆり》はこんなコートを買ってやったのだ」

とお母さんに文句《もんく》を言った。お母さんは、

「総一郎《そういちろう》さん。これはあなたの言うとおりにはできません。太郎は身体《からだ》つきがきゃしゃなんです。総一郎《そういちろう》さんのようにがっちり立派《りっぱ》な身体《からだ》ではないんです。もしですよ。風邪《かぜ》をひいて肺炎《はいえん》にでもなったらどうします。今インフルエンザも流行《はや》っていて、三年一組は学級閉鎖《へいさ》しているんです。もし太郎ちゃんが大変《たいへん》なことになったら、総一郎《そういちろう》さんだって悲しくつらいことになります」

とお父さんに反対していた。太郎は自分の身体《からだ》のことで、お母さんが心配しすぎるのも嫌《いや》だった。背《せ》が伸《の》びてくると、ますます身体《からだ》と心がバラバラになっていく気がしたからだ。

一年生にさようならの時が来た。茂田《しげた》先生ともさようならだ。太郎は茂田《しげた》先生と二人だけで話をしたことがなかった。もっともっと先生のそばにいたいと思ったけれど、二年生になれば、クラスのみんなも先生も違《ちが》ってしまう。さみしくてもどうにもならなかった。

三月十九日、一小は学校中で大掃除《おおそうじ》だった。一年生の教室には五年生が手伝《てつだ》いに来てくれた。床《ゆか》をほうきではいて、雑巾《ぞうきん》でふいて、自分の机《つくえ》は自分でていねいにふいた。窓《まど》ガラスも手の届《とど》くところはふいた。きれいになった教室を掃除《そうじ》のし残《のこ》しはないかなと、茂田《しげた》先生が見て回っていた。そして黒板を見上げて、

「黒板の上の方もふいておこうかな。背《せ》の高い男子はと、おお、橘《たちばな》、ちょうど雑巾《ぞうきん》を持っているからおいで」

と言って太郎を見た。太郎は驚《おどろ》いた。先生が言うように、きれいに洗《あら》ってきた雑巾《ぞうきん》を手に持っていたからだ。茂田《しげた》先生は、先生の椅子《いす》を黒板の下に置《お》いた。

「靴《くつ》を脱《ぬ》いで椅子《いす》に乗って、手が届《とど》くところをふいていこうか」

太郎は言われるままに椅子《いす》に乗って、黒板の上の方をふき始めた。茂田《しげた》先生は太郎の背中《せなか》を、後ろから両手で支《ささ》えていた。

「橘《たちばな》、もし何かつらいことがあったら、いつだって先生のところにおいで。橘《たちばな》のことがずっと気になっていたからね」

小さな声だった。教室で騒《さわ》いでいるみんなには、絶対《ぜったい》に聞こえない声だった。

太郎はちょっとふくのをやめた。でもすぐにまたふきだした。そして、手が届《とど》かないところまでくると椅子《いす》から降《お》りた。それから向かいあった茂田《しげた》先生の顔を見上げた。

茂田《しげた》先生は大きくうなずいてから、

「ようし、後は先生がふいておこう」

と太郎から雑巾《ぞうきん》を受け取った。太郎は、黒板をふきだした茂田《しげた》先生の背中《せなか》に、しがみつきたい心を必死《ひっし》に我慢《がまん》した。

ひみつのいじめ

二年生になった。一小は学年が上がるたびに、クラス替《が》えをする。太郎《たろう》はまた二組になった。今度は女子と男子が十五人ずつで同じになった。担任《たんにん》の先生は、香川学《かがわまなぶ》先生だ。四十五歳《さい》のおじさん先生だ。香川《かがわ》先生は背《せ》が低《ひく》くて、六年生の高い女子と、同じぐらいの身長だ。目がこわい。いつもにらんでいる感じがした。

あの暴《あば》れるくんたちは、麻田《あさだ》くんが一組、安部《あべ》くんが二組、塚元《つかもと》くんが三組と分かれた。海くんは三組になった。少し仲良《よ》くなった梅澤涼人《うめざわすずと》くんは一組になってしまった。

太郎は一年二組の時、後藤佳恵《ごとうかえ》ちゃんか河本利香《かわもとりか》ちゃんと仲良《なかよ》くなりたかった。でも、なれなかった。小鳩幼稚園《こばとようちえん》とは違《ちが》って、女子と仲良《なかよ》くすればいじめられそうだったからだ。佳恵《かえ》ちゃんと利香《りか》ちゃんは一組になった。

「さあ、二年生は一年生のお兄さんお姉さんだよ。一年生の時は学校中が優《やさ》しく見守ってくれたけれど、二年生は一年生を見守らなければね。それに勉強も少し難《むずか》しくなる。宿題も一年生の時より多いかもしれないぞ」

香川《かがわ》先生はにこにこと、それでも怖《こわ》い目のままで言った。太郎は香川《かがわ》先生のことが好《す》きになれないかなとちょっと思った。

二年二組は女子がうるさかった。可愛《かわい》いレースのワンピースを着てくる堀毛《ほりげ》友梨奈《ゆりな》ちゃんが特《とく》にうるさく目立った。

「先生、友梨奈《ゆりな》この席《せき》いやです。平山《ひらやま》さんの席《せき》と替《か》えてください」

先生が決めた席《せき》に、友梨奈《ゆりな》ちゃんはすぐに文句《もんく》を言った。平山茂奈《もな》ちゃんの席《せき》は太郎の右隣《みぎどなり》の席《せき》だった。

「なぜ、席《せき》を替《か》えたいのですか」

香川《かがわ》先生は友梨奈《ゆりな》ちゃんに聞いた。

「ここの席《せき》は、窓《まど》のそばでまぶしいからいやなんです」

友梨奈《ゆりな》ちゃんが言うと、

「じゃあ、平山さん替《か》わってあげて」

と香川《かがわ》先生は、二組のみんながびっくりするようなことを言った。もちろん太郎も驚《おどろ》いて、香川《かがわ》先生の顔をじっと見てしまった。

「橘《たちばな》くん、何か気にいらないかな。君も席《せき》を替《か》わっていいんだよ」

香川《かがわ》先生は、太郎にじっと見られたのに気がついたようだった。

「えっ、ここでいいです」

太郎は、身体《からだ》中が熱《あつ》くなった。

この時から、香川《かがわ》先生は太郎をよく注意するようになった。太郎が何も悪いことをしていないのにだ。友梨奈《ゆりな》ちゃんが太郎の方に机《つくえ》をずらす。友梨奈《ゆりな》ちゃんがわざと太郎の足元にノートを落とす。先生が話しているのに、友梨奈《ゆりな》ちゃんが太郎に話しかける。みんな友梨奈《ゆりな》ちゃんが悪いのに、

「橘《たちばな》、机《つくえ》をガタガタしない」

香川《かがわ》先生は、太郎をにらんだ。太郎はだまって下を向いた。太郎は本当は女子と仲《なか》

良《よ》くなりたい。でも、友梨奈《ゆりな》ちゃんみたいな子は苦手だ。久美《くみ》ちゃんのように、太郎の気持ちを大切にしてくれる子と友達《ともだち》になりたかった。

五月の連休《れんきゅう》が終わった。もうじき運動会だ。五月八日、気持《きも》ちよく晴れた日に太郎は、香川《かがわ》先生が大嫌《だいきら》いになった。太郎は二年生になって、トイレもがんばり、いじめもないので楽しく学校に行っていた。嫌《いや》なのは香川《かがわ》先生と太郎にくっつこうとする友梨奈《ゆりな》ちゃんぐらいだった。その香川《かがわ》先生がこの日、太郎をどん底《ぞこ》につき落とした。

「さあ、今日の算数はテストだ」

二時間目の算数の時間、香川《かがわ》先生が言うと、

「いやだなあ」

とみんなが言った。先生はちょっとにやにやしながら、テスト用紙を配りだした。テストは『力をつけるもんだい』の表とグラフだった。太郎は算数が好《す》きだったので、犬、猫《ねこ》、猿《さる》のそれぞれの数を四角のかっこの中に書いて、表に数の分だけ丸を書いた。香川《かがわ》先生は、みんなのことを見て回っていた。

「なんだ、この紙は」

香川《かがわ》先生は太郎の後ろに来て、太郎の足元からピンクのメモ用紙を拾った。

「大事なテストの時に、こんなメモを渡《わた》そうとしたのか」

先生はメモ用紙を、太郎の机《つくえ》の上に置《お》いた。メモ用紙には『すき』と書いてあった。

太郎はびっくりして、

「えっ、書いていません」

と言った。友梨奈《ゆりな》ちゃんに決まっていた。友梨奈《ゆりな》ちゃんが太郎に渡《わた》そうとして落としたのだ。

太郎は友梨奈《ゆりな》ちゃんを見た。友梨奈《ゆりな》ちゃんは知らん顔で、テストをしていた。

「橘《たちばな》、男は言いわけはしないことだ。たとえ自分でしたことでなくてもあやまっておくものだ」

香川《かがわ》先生は、そう言いながらまた歩きだした。太郎は、泣《な》きだしそうだった。

太郎は女子を、好《す》きにはならない。久美ちゃんを好《す》きなのは、友達《ともだち》として好《す》きなのだ。

だから、太郎が友梨奈《ゆりな》ちゃんに『すき』なんて書くことは絶対《ぜったい》になかった。香川《かがわ》先生は、友梨奈《ゆりな》ちゃんが書いたことを知っていた。その香川《かがわ》先生の心が、太郎にはわかっていた。本当は香川《かがわ》先生が、友梨奈《ゆりな》ちゃんを好《す》きなのだ。そのことは二組のみんなも知っていた。香川《かがわ》先生は友梨奈《ゆりな》ちゃんが、太郎を好《す》きなのが嫌《いや》なのだ。だから香川《かがわ》先生は太郎に意地悪をしていつも叱《しか》っていた。太郎の心が男子の心だったら、太郎も我慢《がまん》をしたかもしれない。友梨奈《ゆりな》ちゃんを、香川《かがわ》先生と取りっこしたかもしれない。でも、太郎の心は女子なのだ。

太郎は教室を飛《と》び出《だ》して、茂田《しげた》先生のいる一年三組に走っていきたくなった。茂田《しげた》先生にぎゅうっと、ぎゅうっと抱《だ》きしめてもらいたかった。心が壊《こわ》れそうな太郎は、四時間目の音楽の時間もぼんやりしていた。給食《きゅうしょく》は太郎の好《す》きな担々麺《たんたんめん》だった。でも、食欲《しょくよく》はなかった。残《のこ》せばまた香川《かがわ》先生に叱《しか》られる。必死《ひっし》で食べた。

「太郎、あいつのあだ名知ってるかい」

昼休み、みんなが校庭へ出ていった。太郎がいつものように誰《だれ》もいないトイレに行くと武藤章《むとうあきら》くんが、ひとりトイレから出てきた。太郎がオシッコをどこでしようと思っていると、章くんが話しかけてきたのだ。章くんは一年の時は一組だった。二年で太郎と同じ二組になった。おとなしい男子で、太郎ともしゃべったことがなかった。

「あいつって、香川《かがわ》先生のこと」

「うん、あいつ女ばっか可愛《かわい》がるから、スケベおやじっていうんだよ」

章くんはそれだけ言うと、トイレから出ていった。太郎は少し心が軽くなった。それでも、五時間目になって香川《かがわ》先生の顔を見ると、気分が悪くなった。

下校の時間になって、太郎はひとりで帰り道を歩いていた。五月の風が、ほおをなでていた。でも、

（もう学校へ行きたくない）

太郎の心は冷《つめ》たい冬の夜のようだった。マンションに帰り着いてエレベーターに乗ろうとした。

「太郎ちゃん、待ってえ」

お母さんがマンションの入り口から、走ってくるのが見えた。買い物の帰りだ。太郎は薄《うす》いオレンジ色のワンピースを着た可愛《かわい》いらしいお母さんを、エレベーターの前で待っていた。

「お帰り。太郎ちゃんがテニスコートの前を歩いているのが見えたのよ。だから一生《いっしょう》懸命《けんめい》に走ったのよ」

エレベーターに乗ると、お母さんは太郎の顔を最高《さいこう》の笑顔《えがお》でのぞいた。そのお母さんの目を見て、太郎の涙《なみだ》があふれた。

「お母さん、お母さん」

太郎は言いながら、お母さんに抱《だ》きついて泣《な》きじゃくった。

「どうしたの、どうしたの。可愛《かわい》い太郎ちゃんどうしたの」

お母さんは右腕《みぎうで》で、泣《な》きじゃくる太郎を抱《かか》えた。こんなに泣《な》きじゃくる太郎は、めずらしかった。お母さんもなんだか悲しくなってきた。そして、太郎と一緒《いっしょ》に泣《な》きだしてしまった。

「まあ。二人でそんなに泣《な》いて、どうしたの」

おかえり、を言いに出てきたおばあちゃんは驚《おどろ》いて、二人を玄関《げんかん》で抱《だ》きかかえた。

太郎はどうして泣《な》いてしまったのか、お母さんにもおばあちゃんにも話さなかった。

お母さんもおばあちゃんもどうして泣《な》いたかを聞かなかった。その代わりに、お母さんは夕飯《ゆうはん》を、太郎の大好《だいす》きなお寿司《すし》にしてくれた。おばあちゃんはおやすみを言いに来た時、

「学校で悲しいことがあったのね」

と言って太郎を抱《だ》きしめて、布団《ふとん》の中にいるこぐちゃんをなでた。太郎はお母さんと一緒《いっしょ》にたくさん泣《な》いたので、悲しさが小さくなっていた。

次の日、下駄箱《げたばこ》のところで章くんに会った。

「太郎、あいつのこと気にすんなよな」

章くんが小さな声で言った。学校に来たくなかった太郎は嬉《うれ》しかったけれど、

「うん」

と返事をしただけだった。二組に章くんがいる。でも太郎をいじめる香川《かがわ》先生が二組の担任《たんにん》の先生だ。太郎のようにおとなしく、勉強ができて、女子にモテる男子を、香川《かがわ》先生は気に入らない。

「橘《たちばな》。ぼんやりしていない」

「橘《たちばな》。お前ならこれぐらいはすぐできるだろ」

香川《かがわ》先生は、一日に二回は太郎をいじめた。ところが、香川《かがわ》先生が太郎に嫌《いや》なことをすればするほど、女子たちはどんどん太郎のファンになった。

運動会でも足の長い太郎は、五十メートル走で一番だった。何をしても太郎は二年生になってからより目立っていた。

「おい、お前が二年の橘《たちばな》だな。イケメンヅラすんじゃねえよ」

太郎をいじめるのが、香川《かがわ》先生だけではなくなってきた。五年生の男子まで、太郎に足をかけてきた。でも、太郎は何を言われてもされてもだまっていた。本当は怖《こわ》くてしょうがなかったのだ。

「橘《たちばな》、元気かい」

大好《だいす》きな茂田《しげた》先生に時々廊下《ろうか》や校庭で会っても、太郎は、

「はい」

としか言えなかった。

「香川《かがわ》先生にいじめられています」

なんて絶対《ぜったい》に言えなかった。

ひみつの病気

またプールの夏が来た。太郎《たろう》はプールの日の前の夜、眠《ねむ》る前にこっそりと水泳パンツをはいてみた。伸《の》び縮《ちぢ》みがするパンツだったけれど、一年生の時よりきつくなっていた。そして、チンチンが一年生の時よりふくらんで見えた。

(ああ、どうすればいい)

太郎は、身体《からだ》中がかたくなって汗《あせ》が出た。

「こぐちゃん、女の子のからだになりたいよ」

太郎は、パンツを脱《ぬ》ぐとこぐちゃんを抱《だ》きしめた。抱《だ》きしめながら、プールを休む方法《ほうほう》を考えた。お腹《なか》が痛《いた》くなった。頭が痛《いた》い。風邪《かぜ》をひいた。いろいろ考えた。でも香川《かがわ》先生には、プールに入る前には言えないと思った。学校を休むしかないと思った。

朝、学校に行く前にお母さんに、

「お腹《なか》が痛《いた》いから学校休む」

そう言おうと思った。

プールの日の朝になった。お母さんが、

「太郎ちゃん、大変《たいへん》よ。雨が降《ふ》っているの。それに午後は雷《かみなり》がなるんですって。プールには入れないわね。残念《ざんねん》ね」

と言いに来た。太郎の目覚《めざ》ましが鳴る前だった。太郎は嬉《うれ》しいと言いそうになって、こぐちゃんを掛《か》け布団《ぶとん》の奥《おく》へ入れた。もう少しでお母さんにこぐちゃんが見つかりそうだった。

「いっぱい雨降《ふ》ってるの」

「いっぱい降《ふ》っているのよ」

夏休みまでに、プールに入れる日はあまりない。雨が降《ふ》ったり、プールの水の温度が二十七度になっていなかったりするからだ。

お母さんは太郎が他の子と同じように、プールが好《す》きだと思っていた。

「じゃあ、体育館でなわとびだね」

太郎はとても嬉《うれ》しかった。こぐちゃんが、見つからなかったことも、よかったと思った。

そして次のプールの日、太郎は本当に風邪《かぜ》をひいて学校を休んだ。朝、身体《からだ》が熱《あつ》くてだるかった。熱《ねつ》が三十八度あった。

「お父さんが午前中は仕事を休んで、車で小寺医院《こでらいいん》へ連《つ》れていってくださるって、大事な太郎ちゃんですものね」

太郎が熱《ねつ》を出したのは久《ひさ》しぶりだった。ずいぶん前の三歳《さい》の時以来《いらい》だ。太郎は覚《おぼ》えていない。お母さんが寝《ね》ないで看病《かんびょう》をしていたのも覚《おぼ》えていない。

小寺医院《いいん》は、駅の反対側《はんたいがわ》にある。お父さんは、

「土日も休まずに働《はたら》いているんだ。ひとり息子《むすこ》の病気ならば、みんな納得《なっとく》するだろう」

と言いながら、太郎の部屋に様子を見に来たのが七時だった。太郎は六時にオシッコに起きた時、

「おばあちゃん頭が痛《いた》い」

とおばあちゃんの部屋に入って、おばあちゃんに言った。こぐちゃんのことが心配だったからだ。おばあちゃんは太郎がトイレにいる間に、こぐちゃんをクローゼットに隠《かく》した。それから、キッチンにいたお母さんに、

「太郎は熱《ねつ》があるみたいなの」

と言いに行った。

お母さんと小寺医院《いいん》の診察室《しんさつしつ》に入ると、おじいさん先生が診察《しんさつ》してくれた。

「インフルエンザではなさそうですね。のどがはれて赤いですね。熱《ねつ》が下がらないようだったらまた明日来てください。薬を飲んで静《しず》かに寝《ね》ていれば、すぐ元気になると思いますよ」

小寺先生はお母さんにそう言った。お母さんはにこにこと太郎を抱《かか》えて、先生にお礼を言った。

お父さんは、小寺医院から帰ってくると、

「どれ、お父さんが午前中はお前のそばにいようか」

と太郎のベッドの横に、椅子《いす》を持ってきて座《すわ》った。そして、お母さんが用意した、カステラとコーンスープを太郎に食べさせてくれた。

「こういう時は、男同士《どうし》のほうが心が通うものだ。太郎とはあまり一緒《いっしょ》にいないからな。どうだ、学校は楽しいか」

「うん、楽しいよ」

「そうか、お母さんが言ってたけれど、太郎はモテるんだってな」

「うん」

「こうして寝《ね》ている顔もりりしく、橘家《たちばなけ》の若様《わかさま》の顔だな。そうだ、今年の夏休みはお母さんと三人で倉敷《くらしき》に行こうか。倉敷《くらしき》のおじいちゃんとおばあちゃんも太郎に会いたがっているし。こんないい男になっていますって太郎を見せに行かなければな。お父さんは去年も、その前の年も夏休みは無《な》しだったから、今年は誰《だれ》がなんと言おうと、夏休みをとって倉敷《くらしき》に行こう」

お父さんは仁王様《におう》の顔で、嬉《うれ》しそうに笑《わら》った。太郎は身体《からだ》がつらくて、夏休みのことは何も考えられなかった。

太郎が、倉敷《くらしき》のおじいちゃんおばあちゃんに会ったのは今までたった二回だけだ。倉敷《くらしき》のおじいちゃんはお父さんと同じ仕事で、岡山《おかやま》の警察《けいさつ》で働《はたら》いていた。今は六十五歳《さい》になって仕事はやめていたけれど、いろいろと忙《いそが》しい人だった。

倉敷《くらしき》に行けば太郎のいとこたちが四人いる。四人とも太郎より年上のお兄さんお姉さんだ。お母さんは、時々倉敷《くらしき》のおばあちゃんと電話で話をしている。そして、倉敷《くらしき》のことやいとこたちのことを太郎に聞かせてくれる。でも、太郎には誰《だれ》がどうなのかよくわからなかった。

少し熱《ねつ》が下がってきた太郎は、お父さんの話を聞きながら眠《ねむ》ってしまった。お父さんは、そっと部屋を出ていった。なかなか休めないお父さんは、太郎が目を覚《さ》ました時にはもういなかった。

「太郎ちゃん、どうなの、まだつらいの」

お母さんが太郎の顔をのぞき込《こ》んだ。

「もう、一時半ですよ。お昼なにを食べますか」

「バナナとりんごジュース」

「はいわかりました。おばあちゃんに持ってきてもらうわね」

お母さんはにこにこしながら、ドアを開けて、

「おばあちゃん、太郎ちゃんが目を覚《さ》ましました。バナナとりんごジュースですって」

とおばあちゃんを呼《よ》んだ。ダイニングの方で、おばあちゃんの返事が聞こえた。

「はいおまちどおさま」

あっという間に、おばあちゃんはお盆《ぼん》にバナナとりんごジュースをのせてきた。

「はや」

太郎が言うと、おばあちゃんもお母さんも笑《わら》った。

「よかった。お薬が効《き》いてきたのね」

太郎はバナナを二本食べ、りんごジュースをお代わりした。

「夕飯《ゆうはん》はおばあちゃんが、肉じゃがを作るわね。他に何か食べたいものはありますか」

「みかんゼリーとプリン」

元気になった太郎の声を聞いて、おばあちゃんは買い物に行ってきますと出ていった。

「太郎ちゃん、お父さんが今年の夏は倉敷《くらしき》のおじいちゃん、おばあちゃんに会いに行くって言ってたわよ。太郎ちゃんのりりしい姿《すがた》を見せたいんですって。お母さんは大賛成なの。こんなに大きくなった太郎ちゃんを、倉敷《くらしき》のおじいちゃん、おばあちゃん、それに親戚《しんせき》のみんなに見てもらいたいんですもの」

お母さんには、太郎の心が見えない。太郎は倉敷《くらしき》には行きたくなかった。倉敷《くらしき》で、太郎が知らない親戚《しんせき》のみんなに、

「立派《りっぱ》な男になって橘家《たちばなけ》をしっかり守りなさい」

なんて言われたくなかった。でも、お母さんには何も言わなかった。

太郎はプールのあった日一日、休んだだけで元気になった。そしてまた、プールの

日には雨が降《ふ》った。夏休みになるまでに太郎がプールに入ったのは、たった一回だった。

お父さんは八月十三日から十六日まで、仕事を休みにした。夏休みになって、倉敷《くらしき》に行く日までに太郎は、久美《くみ》ちゃんと二回、章《あきら》くんと三回遊んだ。お母さんと、倉敷《くらしき》行きの洋服を買いにデパートにも行った。算数ドリルや漢字書き取りの宿題をして、工作でミニカーを置《お》く棚《たな》を作った。

そしていよいよ、倉敷《くらしき》へ行く十三日水曜日になった。涼《すず》しい朝だった。倉敷《くらしき》へは、新幹線《しんかんせん》で岡山《おかやま》駅まで行き、山陽《さんよう》本線に乗《の》り換《か》える。朝七時に家を出て東京駅八時半発車の博多《はかた》行きに乗った。岡山《おかやま》駅には十一時五十分に到着《とうちゃく》。普通《ふつう》の電車に乗《の》り換《か》えて、倉敷《くらしき》駅に十二時二十四分に着いた。

「おおう、太郎か。なんと、なんと男前なのだ。そのまま若様《わかさま》で映画《えいが》に出られそうじゃないか」

倉敷《くらしき》駅にはおじいちゃんが車で迎《むか》えに来ていた。太郎はまだ小さい時に会っただけなので、おじいちゃんのことは覚《おぼ》えていなかった。

「こんにちは」

太郎は、お母さんの後ろに隠《かく》れるようにして挨拶《あいさつ》をした。おじいちゃんはお父さんに似《に》ていたけれど、お父さんより少し優《やさ》しい顔をしていた。倉敷《くらしき》の家に三泊《ぱく》四日いる。車に乗って五分、すぐにおじいちゃんの家に着いた。

「まあ太郎ちゃん、なんと大きくなって。それになんと、なんとイケメン様になって」

倉敷《くらしき》のおばあちゃんは、ころころした丸い人だった。太郎はおばあちゃんのことも覚《おぼ》えていなくて、やっぱりお母さんに隠《かく》れて挨拶《あいさつ》をした。倉敷《くらしき》の家は庭も家も広かった。玄関《げんかん》だけでも太郎の部屋ぐらい広かった。

「太郎ちゃんが赤ちゃんの時に泊《と》まった、この部屋だからね」

おばあちゃんが、太郎たちが泊《と》まる部屋に案内《あんない》してくれた。長い廊下《ろうか》を歩いて、家の一番奥《おく》の部屋だ。太郎の家にはない畳《たたみ》の部屋で、太郎はゴロンと転がって、そのまま眠《ねむ》ってしまった。そして、その夜が大変《たいへん》だった。何人の親戚《しんせき》が集まっただろう。高校生、中学生のいとこが四人、大人が十五人ぐらいいた。

「百合《ゆり》さんはまだ娘《むすめ》さんのように可愛《かわい》いね」

とお母さんをほめる人もいた。でもみんな、

「しかし、太郎は、なんと美しくいい男なのだ。とても総一郎《そういちろう》さんの子とは思えん。大きくなったら倉敷《くらしき》に住んで、橘《たちばな》家の若殿《わかとの》が約束《やくそく》されているような子だ」

「ほんと、こんな美しい男の子がいるなんて倉敷《くらしき》の誉《ほま》れだわ」

少しよっぱらったおじさんたちや、料理《りょうり》を運ぶおばさんたちも同じことを何回も言った。いとこの二人のお姉さんたちは、

「太郎くんちょっと写真撮《と》らせて。私《わたし》、自慢《じまん》できる。こんな美少年のいとこがいるのよって」

ケータイで何枚《なんまい》も太郎の写真を撮《と》った。太郎はお母さんの隣《となり》で、

（男の子だよ。学校にいる時と同じ男の子だよ）

と心の中で言い続《つづ》けていた。鯛《たい》が二匹《ひき》もそのままお刺身《さしみ》になっていたり、お寿司《すし》に

唐揚《からあ》げに煮物《にもの》とご馳走《ちそう》はすごかった。でも、太郎はとても疲《つか》れた。

「お母さん、疲《つか》れた。眠《ねむ》いよ」

「そうよね。太郎ちゃんは疲《つか》れていると思うわ。朝がはやかったんですものね。お風《ふ》呂《ろ》に入って寝《ね》なさい」

お母さんが、

「これで、太郎は失礼《しつれい》させていただきます」

と言うと、

「美しい若殿様《わかとのさま》、ゆっくりお休みなさいませ」

よっぱらったおじさんたちの大声が響《ひび》いた。そして、みんなが拍手《はくしゅ》をして太郎を見送った。太郎はおじぎをして小さな声で、

「おやすみなさい」

を言った。泊《と》まる部屋に帰ると、九時になっていた。その部屋にはお風呂《ふろ》もトイレもあって、太郎は、お風呂《ふろ》にひとりで入り、お母さんが敷《し》いてくれた布団《ふとん》に転がった。

留守番《るすばん》のおばあちゃんのことも、こぐちゃんのことも思い出さなかった。あっという間に眠《ねむ》った。

次の日の十四日は、どんより曇《くも》った空で蒸《む》し暑《あつ》かった。お父さんがおじいちゃんの自動車を運転して、鬼ノ城《きのじょう》へ行った。鬼ノ城《きのじょう》は昔桃太郎《ももたろう》が退治《たいじ》した、鬼《おに》が住んでいたと言われているお城《しろ》だ。

「いいか太郎、これから行く城《しろ》は昔々の山城《やまじろ》だ。岡山《おかやま》は桃太郎《ももたろう》の生まれたところだ。太郎の名前もだからこその太郎だ。それにほら見てごらん。あそこの道路標識《ひょうしき》に総社市《そうじゃし》とあるだろ、お父さんの総一郎《そういちろう》はこの総《そう》からとったのだよ。総はすべてとも読む。橘家《たちばなけ》のすべてを太郎のお父さんに託《たく》したんだ。そして、今度は太郎だ。鬼《おに》を退治《たいじ》した桃太郎《ももたろう》だな。岡山《おかやま》は昔吉備《きび》の国と言って、とても強い国だった。桃太郎《ももたろう》がたくさんいたのかもしれないいな」

一緒《いっしょ》に来たおじいちゃんは、助手席《じょしゅせき》に座《すわ》ってずっと話をしていた。でも後ろの座席《ざせき》にお母さんと座《すわ》る太郎は、おじいちゃんの話を聞いていなかった。お母さんがそっとくれたオレンジ味の飴《あめ》をなめながら、こぐちゃんのことを思っていた。

太郎は桃太郎《ももたろう》も鬼退治《おにたいじ》もどうでもよかった。昨日《きのう》の夜の宴会《えんかい》が夢《ゆめ》のようで、若殿《わかとの》と呼《よ》ばれていたことも、たったひとりで知らない国に来ているようだった。

鬼《き》ノ城《じょう》を見学したあと、遠くに五重の塔《とう》が見えるレストランで、太郎はハンバーグを食べた。それから倉敷《くらしき》の町へ戻《もど》ってきて、おじいちゃんの家と同じような大きな家に寄《よ》った。昨日《きのう》の夜、

「若殿《わかとの》、いや美しい」

とよっぱらって、言い続《つづ》けていたおじさんの家だった。おばさんが昨日《きのう》は来られなかったので、おばさんへの挨拶《あいさつ》だった。

「まあ、本当に何と美しい坊《ぼう》やだろう。まるで錦絵《にしきえ》から出て来たような若殿様《わかとのさま》だねえ。大きくなって倉敷《くらしき》に帰ってきて、橘家《たちばなけ》を守らねばね」

おばさんは倉敷《くらしき》のおばあちゃんに似《に》ていた。しかも近所のおばさんが四人も、美しい太郎の評判《ひょうばん》を聞いて縁側《えんがわ》に座《すわ》っていた。そして、みんなで、

「ほんとまあ美しい、長生きして太郎くんが倉敷《くらしき》の人になるのをみんなで待ちましょうよ」

などと言った。太郎は、

(若殿《わかとの》なんかじゃない。坊《ぼう》やなんかじゃない。もう、ほっといてよ。みんな何にもわかってないじゃない)

と叫《さけ》び出したいのを、お母さんの後ろに隠《かく》れてじっと我慢《がまん》をした。

倉敷《くらしき》への旅行は疲《つか》れた。太郎は帰ってきた次の日から、疲《つか》れで熱《ねつ》が出た。十八日の月曜日に熱《ねつ》は下がったけれど、身体《からだ》がだるくてごろごろしていた。やっと元気になったのは倉敷《くらしき》から帰って一週間もしてからだった。

ひみつの女の子

香川《かがわ》先生の意地悪は、二学期になっても続《つづ》いていた。席替《せきが》えをしても、友梨奈《ゆりな》ちゃんは必《かなら》ず太郎《たろう》の隣《となり》の席《せき》になった。でも、太郎は夏休みに少し強くなった。倉敷《くらしき》でたくさんの大人に会って思った。

(自分の心をわかる大人って、おばあちゃんだけかもしれない)

だから、香川《かがわ》先生に、

「橘《たちばな》、もう少し大きな声で答えなさい」

「橘《たちばな》、先生をにらまない」

と何回言われても、

「はい」

と言えるようになった。友梨奈《ゆりな》ちゃんが、

「消しゴム貸《か》してえ。手伝《てつだ》ってえ」

なんて、ベタベタしてきても平気になった。休み時間はいつも章《あきら》くんと一緒《いっしょ》にいたから、あまりいじめられなくなった。

秋になってもまだ暑くて、それでも空は高く青く澄《す》んできた日のお昼休みだった。

太郎と章くんは、鉄棒《てつぼう》に寄《よ》りかかりながら話をしていた。

「太郎さあ、友梨奈《ゆりな》じゃまじゃないの」

「ううん、しかたないよ。友梨奈《ゆりな》を好《す》きになんかならないし」

「太郎もしかして友梨奈《ゆりな》だけじゃなくって、女の子って好《す》きにならないんじゃないの」

章くんは真剣《しんけん》な目をして、太郎の顔をのぞいた。

「好《す》きになる女の子もいるけど、でも友達《ともだち》の好《す》きだよ。静《しず》かで優《やさ》しい女の子とは友達《ともだち》になりたいって思うよ」

「ほんと言うとさ、僕《ぼく》も女の子が好《す》きになれないんだ。友達《ともだち》にもなりたくないかな。僕《ぼく》はさ、太郎みたいな男の子が好《す》きだ。太郎のことは友達《ともだち》でなくて好《す》きなんだよ」

「えっ」

太郎は章くんの言葉に驚《おどろ》いて、章くんの顔をじっと見てしまった。章くんはにいっと笑《わら》った。太郎はどきどきした。もしかしたら章くんの心は、自分と同じかなと思ったからだ。

この時から二人は親友になった。遊ぶ時はそれまでよりも、もっと一緒《いっしょ》にいた。そして、太郎も章くんが大好《だいす》きになっていった。

太郎は二年生の二学期は学校が楽しかった。香川《かがわ》先生が太郎に嫌《いや》なことを言うと、休み時間に、

「太郎、あんなやつ気にすんな」

章くんはいつも励《はげ》ましてくれた。友梨奈《ゆりな》ちゃんには、

「太郎は、優《やさ》しい女の子が好《す》きなんだよ」

と言って太郎を守ってくれた。

章くんには五年生に、錠《じょう》くんというお兄さんがいた。香川《かがわ》先生より背《せ》が高くて、ス

ポーツは何でもできる子だ。太郎は錠《じょう》くんも好《す》きだったけれど、錠《じょう》くんは太郎が好《す》きではないようだった。章くんの家に太郎が二回目に遊びに行った時、錠《じょう》くんがいて、

「章、イケメンよりごついやつを友達《ともだち》にした方がいいんじゃないのか。イケメンて心の中は何考えているかわかんないからな」

と太郎を見ながら、ひどいことを言った。章くんは黙《だま》っていた。太郎も黙《だま》って下を向いたけれど、涙《なみだ》が出そうになった。それから太郎は章くんの家には行かないことにした。章くんも、

「太郎んちで、遊ぼうよ」

といつも太郎の家で遊ぶようになった。二人で人生ゲームかオセロで遊んだ。章くんはラジコンカーやミニカーが好《す》きで、

「いいな、こんなにラジコンカーやミニカーがあって」

とラジコンで消防車《しょうぼうしゃ》やパトカーを走らせていた。太郎は章くんにラジコンカーとミニカーを全部あげたかった。でも、お父さんが怒《おこ》ると思うとあげると言えなかった。

太郎はそんなにも章くんが好《す》きになったのに、久美《くみ》ちゃんのようにこぐちゃんのことを章くんには紹介《しょうかい》できなかった。何となく章くんは、太郎の心とはちょっと違《ちが》う気がしてきたからだ。太郎のように、章くんの心は、女子になりたいという子ではないようだった。章くんは、心は男子のままで、可愛《かわい》く美しい男子が好《す》きになるようだった。太郎にはだんだんと、その章くんの心がわかってきていた。もし、章くんにこぐちゃんを見せれば、きっと章くんはびっくりして、

「えっ、太郎って本当に女の子なんだ」

と太郎から離《はな》れてしまいそうな気がした。太郎は章くんと遊んだ日はいつも、幸せと不幸《ふこう》がごちゃまぜになった気分だった。

十一月七日金曜日、太郎の八歳《さい》の誕生日《たんじょうび》は暖《あたた》かだった。お父さんは倉敷《くらしき》のおじいちゃんが乗っていたベンツの車が気に入っていた。それで、お父さんは、

「太郎の誕生日《たんじょうび》のプレゼントだが、ラジコンのクレーン車にしようかとも思ったが、倉敷《くらしき》のおじいちゃんと同じ新車に買《か》い替《か》えたからそれでいいかなぁ」

とちょっと申《もう》し訳《わけ》なさそうに言った。お父さんは太郎にではなく自分にプレゼントしたのだ。太郎は心の中で、

（ああ、よかった。もうミニカーもラジコンカーもいらないよ）

と思いながら、

「うん、いいよ。おじいちゃんの車かっこよかったものね」

と言った。でもお母さんは、

「まあ、総一郎《そういちろう》さんずるいわ」

と不満《ふまん》そうだった。おばあちゃんは、

「いいじゃないの。そろそろミニカーやラジコンカーのプレゼントは総一郎《そういちろう》さんが卒《そつ》業《ぎょう》してもね」

と笑《わら》っていた。お母さんからのプレゼントはナイキのスニーカー、おばあちゃんはこぐちゃんとおそろいの真っ白なマフラーだった。

冷《つめ》たい風が吹《ふ》いた十一月二十日の木曜日だった。

「では行ってきますね。お土産《みやげ》は何がいいかしら。美味《おい》しい漬物《つけもの》にしようかな」

おばあちゃんは京都へ、ひとりで行ってしまった。おばあちゃんは前の夜、

「あのね。こぐちゃんは自分できちんと隠《かく》すのよ。おばあちゃんは明日の朝はいるけれど、金曜日と土曜日の朝はいないのよ」

と太郎に注意をした。

「うん、大丈夫《だいじょうぶ》。見つからないようにするもの。京都は安心して行ってきて」

太郎は、にっこり笑《わら》いながら返事をした。そして、おばあちゃんのいない二十一日金曜日の朝になった。太郎は章くんと初《はじ》めて、一緒《いっしょ》に学校へ行く約束《やくそく》をしていた。章くんがこっそり遠回りをして、テニスコートのところで待っていてくれる。太郎は嬉《うれ》しかった。ランドセルを背負《せお》って、こぐちゃんを抱《だ》きしめるとクローゼットの棚《たな》にのせた。心がウキウキしていたので、そこでもお母さんに見つからないと思った。でも、その棚《たな》はクローゼットの扉《とびら》を開ければ、こぐちゃんがいるのがすぐに見えた。

この日は、香川《かがわ》先生はとてもきげんがよかった。給食《きゅうしょく》も太郎の大好《だいす》きなジャージャ

ー麺《めん》だった。太郎はいつもより元気に、学校から帰ってきた。

「ただいまあ」

太郎は元気よく、玄関《げんかん》のドアを開けた。そこで、太郎は立ちすくんだ。お母さんが、こぐちゃんを抱《だ》いて立っていたのだ。

「どうして、どうしてこんな可愛《かわい》い子がいるのをお母さんにひみつにしていたの」

太郎は、お母さんが泣《な》きだしながら、こぐちゃんを抱《だ》いている意味が、しばらくわからなかった。なぜなぜと思いながら、朝、クローゼットの棚《たな》にぽんとこぐちゃんを置《お》いたのを思い出した。そして、太郎は震《ふる》えだして、

「あっ、お母さんお願《ねが》い、お母さんお願《ねが》い。お父さんに、お父さんにはぜったい、ぜったいに言わないで」

とお母さんにしがみつくと泣《な》きだした。お母さんは、

「ごめんね。ごめんね。いつからこの子はいるの」

太郎とこぐちゃんを一緒《いっしょ》に抱《だ》きしめた。泣《な》きじゃくる二人を抱《だ》いてくれるおばあち

ゃんは京都に行っている。玄関《げんかん》で二人が顔じゅう涙《なみだ》だらけにして、泣《な》き止《や》んだのは外が暗くなるころだった。

太郎は、こぐちゃんが来た日のことを、泣《な》きながらお母さんに話した。

「そう、こぐちゃんと言うの。そんなにも長い間こぐちゃんは隠《かく》れていなければいけなかったのね。こぐちゃんごめんね。こんなに可愛《かわい》いのに。お母さんだってほしくなるわ。太郎ちゃんごめんね。太郎ちゃんは、ぬいぐるみが好《す》きだったのね。男の子だってぬいぐるみが好《す》きでもいいのよね。久美《くみ》ちゃんのダッフィーの時に気づいてあげられなくてごめんね。でも、お父さんにはひみつにしましょうね」

お母さんはそう言いながら、また太郎とこぐちゃんを抱《だ》きしめて大声で泣《な》いた。太郎はたくさん泣《な》いてなんだかホッとしていた。お母さんにはもうこぐちゃんを隠《かく》さないでいいのだ。嬉《うれ》しかった。もっと前に、お母さんにはこぐちゃんのいることを教えてあげればよかったと思った。

次の日、おばあちゃんが京都から帰ってきた。

「京都はすごい観光客《かんこうきゃく》よ。まだ紅葉《こうよう》がきれいでね。中国の人がたくさんいたわよ」

そして、こぐちゃんがお父さんの椅子《いす》に座《すわ》っているのを見て、

「やっぱりね。見つかったのね。そうなるかと思ったわ。でもよかったわね。お母さんは叱《しか》らなかったでしょ。それにしてもこれは危《あぶ》ないわ。お父さんが帰ってきたらどうするの」

とおやつを食べていたお母さんと太郎に言った。

「大丈夫《だいじょうぶ》なの。総一郎《そういちろう》さん、今日泊《と》まりになったの」

お母さんはにこにこしていた。太郎もこぐちゃんを抱《だ》きあげると、

「お母さんが、今日の夜はこぐちゃん貸《か》してって言うの。だからお母さんと三人で寝《ね》るんだ」

ととびきりの笑顔《えがお》になった。

お母さんは、こぐちゃんをベランダの椅子《いす》に置《お》いて、日光浴《にっこうよく》をさせた。毎日柔《やわ》らかいブラシで毛をなでてあげた。今までおばあちゃんが、お母さんに内緒《ないしょ》でしていたこ

とだ。太郎は、朝飛《と》び起《お》きなくてよくなった。こぐちゃんを隠《かく》すのにいつもドキドキしていたのがなくなった。でも、まだお父さんにはひみつだ。もし、お父さんに見つかったら、

「お母さんのぬいぐるみだよ」

って、言おうかなと思った。それでも太郎のぬいぐるみだとわかってしまうだろうとも思った。

三学期は章くんと隣《となり》の席《せき》になった。太郎と章くんの背《せ》の高さが、同じぐらいだからのようだった。二月の書《か》き初《ぞ》め会も、小田急電鉄《おだきゅうでんてつ》の車庫見学も章くんといつも一緒《いっしょ》で楽しかった。

太郎は三年生になった。クラスは章くんと一緒《いっしょ》でまた二組だった。担任《たんにん》は渡辺真紀《わたなべまき》先生で、みんな元気で楽しいクラスだった。

四月二十九日のお休みの日、仕事が午後からのお父さんも一緒《いっしょ》に、朝《あさ》ご飯《はん》を食べて

いた。

「そうだ。太郎、三年生になったのだな。覚《おぼ》えているか、お父さんが一年生になった時言ったことを」

と突然《とつぜん》お父さんに言われて太郎は、首を振《ふ》った。

「お前の入学祝《にゅうがくいわ》いで横浜《よこはま》に中華料理《ちゅうかりょうり》を食べに行った時、三年生になったら心も腕っ節《うでっぷし》も強くなければなと言っただろう。太郎は今のままでは、スカートをはけば女の子だと誰《だれ》でも思ってしまう。弱きを助け強きをくじくための体力づくりだ。三年生になると気持ちが落ちついてきて、習いごとを始めるのにはいいそうだ。お前も今から鍛《きた》えればなんとかたくましくなるだろう」

お父さんは、かなり真剣《しんけん》な目で太郎を見た。太郎は目をパチパチさせた。

「お父さんが教えている剣道《けんどう》の道場に通うのは遠くて大変《たいへん》だが、駅前の合気道《あいきどう》はどうだ。先生は知り合いだしな」

お父さんはお茶を飲みながら言った。太郎はお母さんに助けを求《もと》めるように、隣《となり》にいるお母さんの顔を見た。

「太郎ちゃんはまだ、何を習いたいか決められないのよね」

お母さんが、あわてたように言った。太郎はお父さんに、

「いやだ。合気道《あいきどう》なんて」

と言い返せないでいた。言い返せばお父さんは、

「男が精神《せいしん》と身体《からだ》を鍛《きた》えなくてどうする」

と言うに決まっていたからだ。一年生の時から女子は、ピアノや英語《えいご》やバレエを習う子がいた。男子も、ピアノや公文《くもん》の英語《えいご》を習う子もいた。そろばんは男子にも女子にも人気だった。でも、太郎は心と身体《からだ》がどんどん別々《べつべつ》になってきて、毎日が疲《つか》れていた。何か習う力なんてない気がした。

「仲良《なかよ》しの章くんも、何にも習っていないのよね」

お母さんは、また太郎を助けようとした。

「まあいい、そのうちな」

お父さんがそう言ってまたお茶を飲んだ。それで太郎は、合気道《あいきどう》を習うという話は終わったと思った。

五月一日金曜日だった。明日から六日の水曜日までゴールデンウイークの連休《れんきゅう》だ。太郎は、章くんとたくさん遊ぶ約束《やくそく》をして学校から帰ってきた。そして、すぐに宿題の掛《か》け算《ざん》のドリルをしてから、お母さんとスーパーに買い物に行った。

「何を食べたいの。お寿司《すし》ばかりではなくて、たまにはお肉はどうなの」

お母さんも、明日から太郎が家にいるので楽しそうだった。

「ハンバーグ、でもやっぱり、お寿司《すし》がいいな」

お父さんが二人分食べるのでお寿司《すし》は五人分、おばあちゃんに煮物《にもの》を作ってもらう材料《ざいりょう》も買った。いちごにロールケーキも買った。六時におばあちゃん、お母さん、太郎の三人でお寿司《すし》の夕飯《ゆうはん》を食べた。七時半にお風呂《ふろ》に入った太郎は、湯船の中で、

「久美ちゃんとも遊びたいな」

ひとりごとを言った。お風呂《ふろ》から出て、九時まで『ロンドンの旅』というテレビを

見た。そして、太郎はおばあちゃんとお母さんに、

「お休みなさい」

を言って、こぐちゃんと一緒《いっしょ》にベッドに入った。すぐに眠《ねむ》くなって眠《ねむ》った。そのあとだった。

「お帰りなさい」

お父さんが帰ってきた。お母さんが迎《むか》えに出たのが夢《ゆめ》の中で聞こえた気がした。

「えっ、太郎はいま寝《ね》たところです。明日にしたら。起こしてはかわいそうよ」

太郎はそんなお母さんの声も、聞いた気がした。

「太郎、いい話だ」

いきなりだった。お父さんが、太郎の部屋のドアを開けた。太郎は深い眠《ねむ》りに入るところだった。お父さんが部屋に入ってきて、電気をつけたのも夢《ゆめ》だと思った。それでもとっさに、こぐちゃんを掛《か》け布団《ぶとん》の中に隠《かく》そうとした。

「太郎、その黒いものはなんだ。何を隠《かく》そうとした。見せなさい。太郎見せろ」

お父さんは飛《と》ぶように太郎のベッドのところへ来て、掛《か》け布団《ぶとん》をはがした。太郎は一気に目が覚《さ》めて、こぐちゃんを抱《かか》え込《こ》んだ。お父さんは、

「よこせ」

と強い力で太郎の胸《むね》の中から、こぐちゃんをむりやり取り上げた。そして、こぐちゃんを床《ゆか》に叩《たた》きつけた。太郎は、

「ぎゃあ、こぐちゃあん」

と叫《さけ》び声《ごえ》をあげて、こぐちゃんを助けに行こうとした。でも、恐怖《きょうふ》で身体《からだ》が動かなかった。

「総一郎《そういちろう》さん。このぬいぐるみは違《ちが》うの。太郎のものではないの。私《わたし》のものなの」

お母さんがお父さんに体当たりしながら、こぐちゃんを拾い上げた。お父さんの顔は真っ赤だった。

「百合《ゆり》のものでもいい。でもなんで男の太郎が抱《だ》いて寝《ね》るんだ。太郎、どういうことなんだ。男がぬいぐるみを抱《だ》いているなど見たくもない。せっかく俺《おれ》が駅前の合気道《あいきどう》

道場の松村《まつむら》くんと話し合ってきたというのにだ」

太郎はブルブル震《ふる》えていた。目からは涙《なみだ》があふれていた。お父さんは身体中《からだじゅう》で怒《おこ》っていた。

「百合《ゆり》、そのぬいぐるみをよこしなさい。百合《ゆり》のものだろうと、それがあるから太郎が抱《だ》きたくなるのだ。太郎は男なんだぞ。こうなりゃ、身体《からだ》もだが、精神《せいしん》は徹底的《てっていてき》に鍛《きた》える必要《ひつよう》がある。百合《ゆり》わかるか」

お父さんはこぐちゃんを、お母さんの手から取ろうとした。でも、お母さんは身体《からだ》を丸めて必死《ひっし》にこぐちゃんを抱《かか》え込《こ》んだ。お父さんはそれでも取ろうとした。

「いいえ、渡《わた》しません。このぬいぐるみは私《わたし》の大切な、大切なぬいぐるみです。総一《そういち》郎《ろう》さん、総一郎《そういちろう》さんは私《わたし》が大学生の時、電車の中で変《へん》な男に嫌《いや》なことをされそうになるのを毎日守ってくれたでしょ。あの時、僕《ぼく》があなたを一生守りますって言ったじゃないですか。私《わたし》は総一郎《そういちろう》さんの優《やさ》しさが大好《だいす》きでした。なのに、なぜ、太郎には、優《やさ》しくないのですか。太郎は私《わたし》たちのたったひとりの子どもです。その子が男の子だからって、どうしてぬいぐるみを好《す》きになってはいけないのですか。太郎は総一郎《そういちろう》さんのようにたくましい男の子ではありません。でも太郎は乱暴《らんぼう》もしないし、お友達《ともだち》をいじめたりもしません。優《やさ》しい男の子、それだけでいいじゃないですか」

お母さんは、こぐちゃんをしっかり抱《だ》きしめながら、身体《からだ》を震《ふる》わせて泣《な》いていた。太郎も声を上げて泣《な》いていた。ドアのところには、おばあちゃんが立っていた。おばあちゃんの目からも涙《なみだ》があふれていた。

お父さんは、両手を拳《こぶし》にして、泣《な》いているお母さんをじっと見ていた。そして、

「わかった。百合《ゆり》わかった。もう泣《な》くな。太郎には合気道《あいきどう》は向いてないかもしれないな。しかし、男がぬいぐるみを抱《だ》いて寝《ね》るのは俺《おれ》は理解《りかい》ができない」

とお母さんをちょっと抱《だ》きしめると、太郎の部屋を出ていった。お母さんはこぐちゃんを太郎に渡《わた》しながら、

「太郎ちゃん、お父さんを嫌《きら》いにならないでね」

と太郎を抱《だ》きしめた。そして、また二人で泣《な》いた。おばあちゃんは、そっとドアを

閉《し》めて出ていった。

秘密《ひみつ》から未来《みらい》へ

二〇十九年三月二十二日金曜日、太郎《たろう》は一小を卒業《そつぎょう》した。晴れて暖《あたた》かい春の日だった。つらいこともたくさんあった。楽しいこともたくさんあった。章《あきら》くんとは六年生まで、ずっと同じクラスだった。一中にも一緒《いっしょ》に通う。太郎の身長は、もうすぐ、おばあちゃんと同じになりそうだ。身体《からだ》は少したくましくなった。美しい顔は大人っぽくなった。心は誰《だれ》にでも優《やさ》しく、いじめにも負けない少女になっていた。こぐちゃんは、色があせてきてヨレヨレしてきた。それでも太郎には大切な宝物《たからもの》だった。

四月七日日曜日が一中の入学式だ。ところが倉敷《くらしき》のおばあちゃんが、五日の夕方、突然《とつぜん》死んでしまった。夜九時に仕事から帰ってきたお父さんは、とても悲しそうな顔をしていた。

「脳梗塞《のうこうそく》で倒《たお》れてそのままだったらしい。明日が通夜《つや》で、七日が葬儀《そうぎ》だ。本当は太郎も行くべきだが、お前は七日が入学式だ。お父さんとお母さんは入学式に出席《しゅっせき》できないけれど、おばあちゃんが出席《しゅっせき》すれば大丈夫《だいじょうぶ》だ」

「ごめんね、太郎ちゃん。入学式に行けなくて。でも、倉敷《くらしき》のおばあちゃんをきちんと天国に送ってあげたいの」

お父さんとお母さんは、六日の朝六時に家を出て、倉敷《くらしき》へ行ってしまった。太郎も早起きして、お父さんとお母さんを見送った。朝ご飯《はん》はおばあちゃんと太郎と二人で、鮭《さけ》おにぎりに玉子焼《たまごや》きとワカメの味噌汁《みそしる》で食べた。

太郎はおばあちゃんが洗濯《せんたく》をしている間に、こっそりと、お母さんのクローゼットを開けた。お母さんは、水色のワンピースが好《す》きで、同じようなワンピースをいつも買っていた。太郎は、一番青空に近い色のワンピースを取り出した。それから着ていたトレーナーとチノパンを脱《ぬ》いで、水色のワンピースを着てみた。袖《そで》とスカートの丈《たけ》が少し長かったけれど、ほかはぴったりだった。

どうしても着てみたかったワンピースだ。鏡《かがみ》で姿《すがた》を見ると、モデルになれそうなボーイッシュな少女がいた。太郎は嬉《うれ》しくて、鏡《かがみ》の前でくるくる回ってみた。

それから、ワンピースを着たままテレビを見ていた。

「あらまあ、でも、とてもよく似合《にあ》うわね。その姿《すがた》が本当のあなたなのね。あのね、ちょっとおばあちゃんの部屋にいらっしゃい」

洗濯《せんたく》が終わったおばあちゃんがリビングに入ってきて、優《やさ》しく笑《わら》いながら言った。

太郎はこぐちゃんと一緒《いっしょ》に、おばあちゃんの部屋に行くとソファーに座《すわ》った。

「この写真だけれどね」

おばあちゃんのテーブルに置《お》いてある、写真たてに入った写真だ。少女が二人笑《わら》って写っている。右のポニーテールの子がおばあちゃん。ショートカットの子はおばあちゃんの親友だ。太郎はそのことは知っていた。

「これ、おばあちゃんが中学二年生の夏休みに撮《と》った写真よね」

太郎は、言葉も少女になっていた。

「そうよ」

「この子おばあちゃんの親友の、今森貴子《いまもりたかこ》さんでしょ」

「よく覚《おぼ》えていたわね。そう今森貴子《いまもりたかこ》さん。でも本当はね。今森《いまもり》さん、おばあちゃんとこの写真を撮《と》ってすぐに天国へいっちゃたの」

「えっ、そうなの。倉敷《くらしき》のおばあちゃんとおんなじ病気だったの」

「ううん。違《ちが》うの。自分で死んでしまったの」

「自分でって、もしかして、もしかして自殺《じさつ》したの」

「そう、鉄塔《てっとう》に登って飛《と》び降《お》りたの」

「鉄塔《てっとう》って消防署《しょうぼうしょ》のところにある鉄塔《てっとう》」

「そう、あれとおんなじような鉄塔《てっとう》よ。もちろん昔も人が入れないようになっていたけれど、今森《いまもり》さん柵《さく》を乗《の》り越《こ》えたの」

「どうして、どうして自殺《じさつ》したの」

「うん。今森《いまもり》さんね、あなたとは逆《ぎゃく》だけれどあなたと同じことで苦しんでいたの」

「同じことって」

太郎は、しばらく黙《だま》っておばあちゃんの目を見ていた。それからうなずくように言った。

「えっ、今森《いまもり》さんは心は男の子だったっていうことなの」

「そう、こんなブラウスでスカートをはいているけれど心は男の子だったの」

「おばあちゃん、それって悲しすぎる」

太郎はおばあちゃんにしがみついた。

「女の子の身体《からだ》で男の子の心も、どんなにかつらかったかと思うわ。おばあちゃんにはこの写真を撮《と》ってから打ち明けてくれたの。おっぱいが大きくなってきたことや、女の子がなる生理になったことが死にたいぐらい嫌《いや》だって言ったの。この時今森《いまもり》さんがカメラを持ってきていてね。公園で撮《と》ったのよ。通りかかったお姉さんに撮《と》ってもらったの。そしてね。次の日この写真をおばあちゃんに渡《わた》しに来てくれて、それから鉄塔《てっとう》に登ったの。ねえ太郎」

おばあちゃんは、しがみついていた太郎を身体《からだ》から離《はな》して、太郎の目をしっかりと見た。そして、今まで言ったことのない太郎という名前を、はっきりと言った。

「太郎、太郎は絶対《ぜったい》に、絶対《ぜったい》に死んでは駄目《だめ》よ。今森《いまもり》さんもどんなにか生きていたかったと思うの。でも、きっと誰《だれ》も自分の悲しみをわかってくれないと思って絶望《ぜつぼう》したのだと思うの。おばあちゃんにだけ、心は男の子であることを打ち明けてくれたのに、その時おばあちゃんは、今森《いまもり》さんの悲しみをわかってあげられなかったの。人間は男と女だけではないのね。みんな心も身体《からだ》も違《ちが》うのね。違《ちが》っていいのよ。世界中誰《だれ》ひとり同じ人間はいないのね」

おばあちゃんは、太郎の手を強く握《にぎ》った。

「おばあちゃんは、太郎が女の子の心を持っているとわかった時、初《はじ》めて今森《いまもり》さんの悲しみがわかったの。そして、太郎の心の中に今森《いまもり》さんがいると思ったの。『太郎ちゃんを僕《ぼく》の代わりに守って』という今森《いまもり》さんの声を、太郎がこぐちゃんを買ってほしいと泣《な》いた時に、聞いた気がしたの。太郎、中学生になると、男の子も身体《からだ》も声も違《ちが》ってくるし、ひげも生えてくるかもしれないの。今までとは違《ちが》う身体《からだ》に太郎は驚《おどろ》くと思うし、どうしてこんなことになるの、って思うことがあると思うの。今森さんもそうだったのね。でもね、太郎、今森さんが苦しんだ時代より、今は太郎のように、心と身体《からだ》の違《ちが》う人を理解《りかい》してくれる人が多くなったのよ。心と身体《からだ》の違《ちが》いをいじめたり、いじわるしたりする人も、必《かなら》ずみんなと違《ちが》う自分があるはずなの。それに気づいても隠《かく》しているだけ。太郎は太郎だけの自分なの。誰《だれ》も太郎にはなれない太郎なの。だから太郎は自分で、自分の力で悲しみや苦しみに立ち向かっていかなければならないのよ」

おばあちゃんは、太郎の全てを包《つつ》むような優《やさ》しい目で、太郎を見つめた。

「太郎、太郎という部屋の窓《まど》を開けられるのは太郎だけなのよ。太郎の身体《からだ》を心と同じにできるのも太郎だけなのよ。太郎という名前も、変《か》えられる日がきっと来ると信《しん》じて、生きていってほしいの。今森《いまもり》さんが守ってくれるから。お母さんだって、お父さんだって、こんなに水色のワンピースの似合《にあ》う太郎の本当の姿《すがた》を、きっとわかってくれると思うから」

太郎は、おばあちゃんの目を見つめてうなずいた。

「おばあちゃん、私《わたし》は死なないよ。いつかお父さんにもお母さんにも、そして章くんにも、久美《くみ》ちゃんにも、私《わたし》は本当は女の子ですって言うの。そして、大人になったら自分で、名前も身体《からだ》も女の子になって生きていくの。それがおばあちゃんとこぐちゃんへのありがとうだもの」

おばあちゃんは、強くとても強く太郎を抱《だ》きしめた。

『太郎《たろう》の窓《まど》』を読みおえたみなさんへ

杉《すぎ》山《やま》文《ふみ》野《の》

僕《ぼく》は、この物語の主人公・太郎《たろう》くんと同じ、身体《からだ》と心がぴったり合わないことでなやみ苦しんだ『トランスジェンダー』です。僕《ぼく》は太郎くんとは逆《ぎゃく》で、女子の「身体《からだ》」で生まれたけど、「心」は男子。幼稚園《ようちえん》を卒園《そつえん》するまでは、サッカーや鬼《おに》ごっこなど、男子とばかり遊んでいました。だから、僕《ぼく》自身はもちろんのこと、周《まわ》りの友だちもみんな、ズボンをはいて元気に走り回る僕《ぼく》のことを、男子だと思っていたのです。でも、卒園《そつえん》後、僕《ぼく》が入学したのは、女子だけが通う私立《しりつ》小学校でした。このとき初《はじ》めて、自分は「女子」だと気づいたのです。

しかし、心は「男子」ですから、僕《ぼく》の頭の中は『?』マークだらけです。ただ、小学一年生ながらも、自分が「普通《ふつう》」ではないらしいことは、なんとなくわかりました。そして、そのことは、家族にも友だちにも言ってはいけないことなのだなと、ひとり幼《おさな》い心で思ったことをおぼえています。

誰《だれ》にも打ち明けられない悩《なや》みを抱《かか》えながらの毎日は、身体《からだ》が成長《せいちょう》すればするほど、苦しさや辛《つら》さがどんどん増《ま》していきました。「女子の身体《からだ》の着ぐるみ」を身につけているかのような感覚《かんかく》のまま、この先ずっと生きていかなければならないのか。僕《ぼく》が思春期を過《す》ごした二十年以上《いじょう》前には、選《えら》ぶ道はたった二つしかありませんでした。本来の自分を殺《ころ》して生きるか、本当に死んでしまうか。僕《ぼく》も毎日のように「死にたい」と思っていた時期がありましたが、今はもう、たった二つの道しかないなんてことはありません。

僕《ぼく》が『性同一性障害《せいどういつせいしょうがい》』という言葉を初《はじ》めて知ったのは、中学二年生の初《しょ》夏《か》でした。自分の苦しみの理由がはっきりし、身体《からだ》と心の食《く》い違《ちが》いに悩《なや》んでいるのは自分一人ではないとわかったことで生まれた安心感は、生きる希望《きぼう》を僕《ぼく》に与《あた》えてくれました。インターネットなどで知りたい情報《じょうほう》が簡単《かんたん》に手に入れられる現在《げんざい》、早ければ小学生でも、性同一性障害《せいどういつせいしょうがい》やトランスジェンダーという言葉を知ることができるでしょうし、本来のあるべき姿《すがた》を取《と》り戻《もど》すための『性別適合手術《せいべつてきごうしゅじゅつ》』など、苦しみから解放《かいほう》してくれる生き方があることを知ることもできます。

苦しんでいるみなさんに、先輩《せんぱい》の僕《ぼく》からアドバイスを送るとしたら、「あなたはあなたのままでいいんだよ」ということ。けして他の誰《だれ》かになろうとする必要《ひつよう》はないし、自分自身になっていくということを、何よりも大事にしてほしい。そして、家族でも友だちでもいいですが、あなたのことを大事に思ってくれる、信頼《しんらい》できる人がいるならば、悩《なや》み苦しんでいることを知ってほしい、伝《つた》えたいという想《おも》いが生まれると思います。しかし、ここで大切なのが、最初《さいしょ》から相手にすべてを理解《りかい》してもらおうとするのではなく、まずは事実を事実として伝《つた》えて知ってもらうことです。告白《こくはく》はゴールではなく、スタートなのです。

また、告白《こくはく》された側《がわ》の人に注意してもらいたいのは、相手の言葉をさえぎらずに最後《さいご》まで聞くこと。そして、自分を信頼《しんらい》してくれたことに対し、「話してくれてありがとう」とお礼を言い、さらに「なんでも話してね。でも、言いたくないことは話さなくていいよ」「もし間違《まちが》ったことを言ったら教えてね」と伝《つた》えることも大切です。絶対《ぜったい》にしてはならないことは、知ったかぶりと「おまえはそんなことないよ」などと否定《ひてい》することです。

自分の周《まわ》りでは見たことがないからと、他人事と思う人も少なくないでしょう。でも、トランスジェンダーの人は、クラスに一人はいるとも言われています。知らないうちに誰《だれ》かを傷《きず》つけているかもしれません。自分が加害者《かがいしゃ》にならないためにも、世の中には色々な人がいることを知ることは、とても大切だということを忘《わす》れないで下さい。

太郎くんのおばあちゃんが最後《さいご》に言っていたとおり、世界中誰《だれ》一人同じ人間はいないし、みんな違《ちが》っていて良《よ》いのです。太郎くんのような子どもたちが、みんな幸せな人生を歩むことができるように、法律《ほうりつ》や教育を正しく改《あらた》め、そして、助けてくれる仲間《なかま》を増《ふ》やし、いつでも気軽に悩《なや》みを相談できる場所などを、僕《ぼく》らおとなが必《かなら》ず作りますので心配するなと、最後《さいご》にみなさんへ宣言《せんげん》させていただきます。

杉山文野　一九八一年東京都生まれ。フェンシング元女子日本代表。早稲田大学大学院でジェンダー論を学ぶ。著書に『ダブルハッピネス』（講談社）、『元女子高生、パパになる』（文藝春秋）がある。日本最大のLGBTプライドパレードである特定非営利活動法人東京レインボープライド共同代表理事や、日本初となる渋谷区・同性パートナーシップ条例制定に関わり、渋谷区男女平等・多様性社会推進会議委員も務める。現在は一児の父として子育てにも奮闘中。

装画・挿絵　しらこ
デザイン　　鈴木久美

中島 信子（なかじま・のぶこ）
1947年長野県生まれ。児童文学作家。東洋大学短期大学在学中より詩人・山本和夫に師事。出版社勤務などを経て創作活動に入る。主な著作に『薫は少女』（岩崎書店）、『お母さん、わたしをすきですか』（ポプラ社）、『さよならは霊界から』（旺文社）、『君棲む数』（桜井信夫と共著、エクスプレス・メディア出版）など。2019年、20年ぶりに発表した長編『八月のひかり』が読者からの熱い支持を集め、ベストセラーとなった。

太郎《たろう》の窓《まど》

2020年11月　初版第１刷発行

著　者　中島信子

発行者　小安宏幸
発行所　株式会社 汐文社
東京都千代田区富士見1-6-1
富士見ビル1F　〒102-0071
電話：03-6862-5200　FAX：03-6862-5202
印　刷　新星社西川印刷株式会社
製　本　東京美術紙工協業組合

ISBN978-4-8113-2750-1

昭和29年の公開当時に発行された「七人の侍」初版パンフレット。29.5.31との手書きメモは、鑑賞日であろうか？　寺島映画資料文庫所蔵

劇場に貼り出された「東宝写真ニュース」三種　寺島映画資料文庫所蔵

宣伝用に製作・配布された「東宝シナリオ名作集」　寺島映画資料文庫所蔵

『七人の侍』立看板ポスター（山口勝弘氏提供）と筆者　©Izumi.O

これは珍しい！　七人の侍と百姓たちの勢揃いショット
©TOHO CO., LTD.

下丹那に作られた村の全景セットを見下ろす野武士の頭目と副頭目。本作で最もインパクトのある場面はここかも
©TOHO CO., LTD.

宣材用に撮られた侍たちの雄姿 別ヴァージョン。横並びのスタイルが新鮮だが、結局、採用されずに終わる　©TOHO CO., LTD.

七人の侍

ロケ地の謎を探る

高田雅彦

『七人の侍』村の繪地図

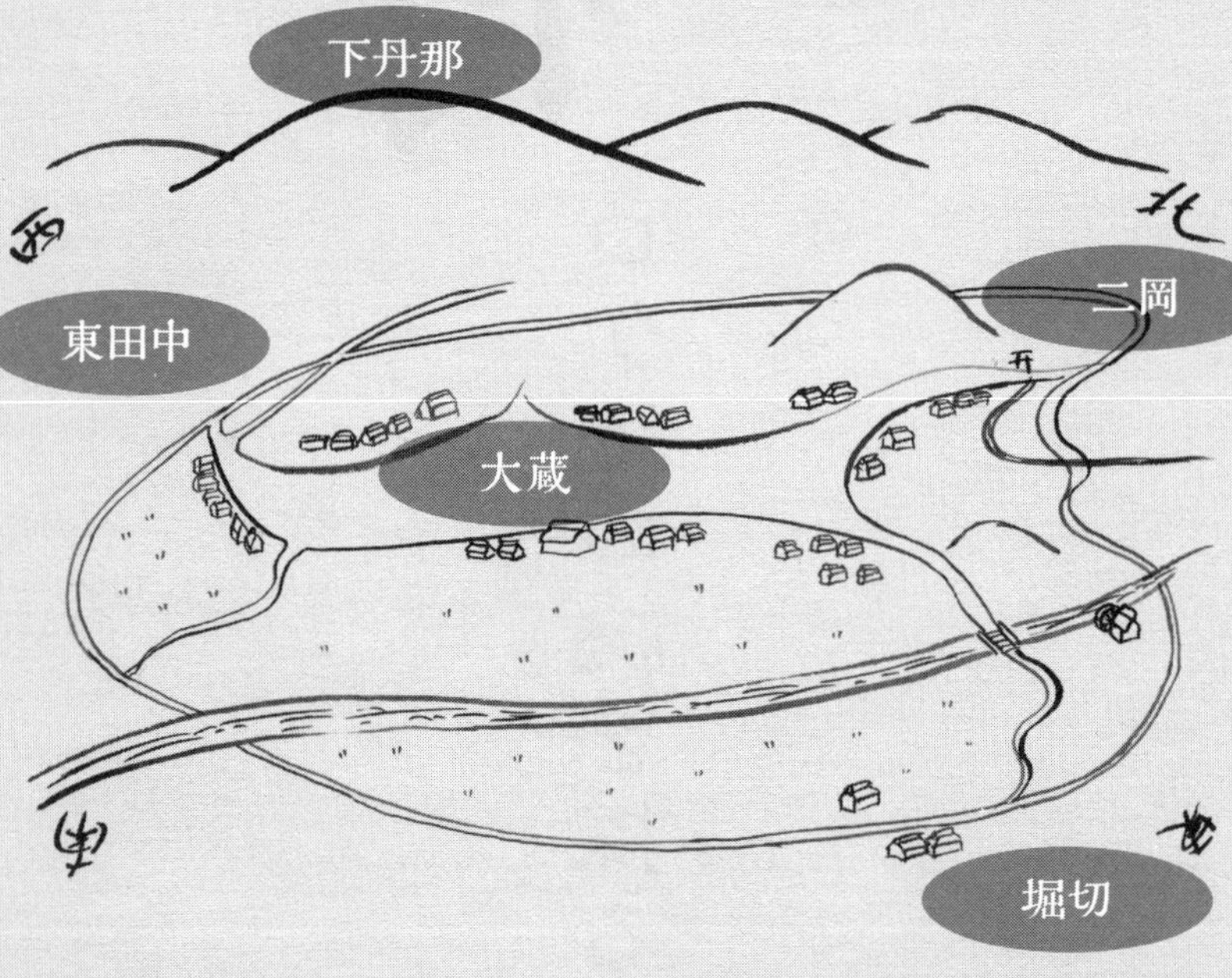

- **世田谷区大蔵** / 村の広場、墓地、合戦の場、水神の森
- **御殿場市東田中** / 村の西・防柵
- **御殿場市二岡** / 野武士の騎馬突入路
- **田方郡函南町丹那**（下丹那）/ 村全景・村の検分、野武士の騎馬襲来、村見下ろしの山
- **伊豆市堀切** / 村の南・水車小屋、田圃

『七人の侍』ロケ地全体図

❶ 世田谷区大蔵 / 村の広場、墓地、合戦の場、水神の森

❷ 世田谷区成城 東宝撮影所内オープンセット / 勘兵衛剃髪、豪農の家、奇襲をかける渓谷、野武士の山塞

❸ 世田谷区大蔵 農場オープン / 侍探しの町

❹ 御殿場市東田中 / 村の西·防柵

❺ 御殿場市二岡 / 野武士の騎馬突入路

❻ 駿東郡長泉町下土狩 / 侍の休憩·滝

❼ 田方郡函南町丹那（下丹那）/ 村全景・村の検分、野武士の騎馬襲来、村見下ろしの山

❽ 田方郡函南町平井 / 街道

❾ 伊豆市堀切 / 村の南·水車小屋、田圃

『七人の侍』ロケ地・世田谷

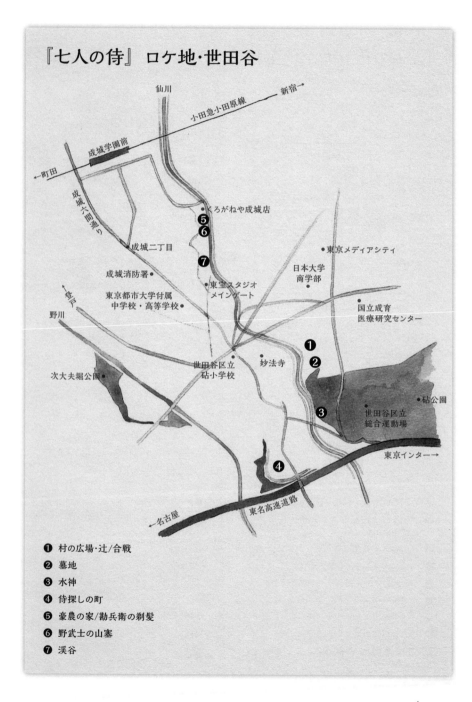

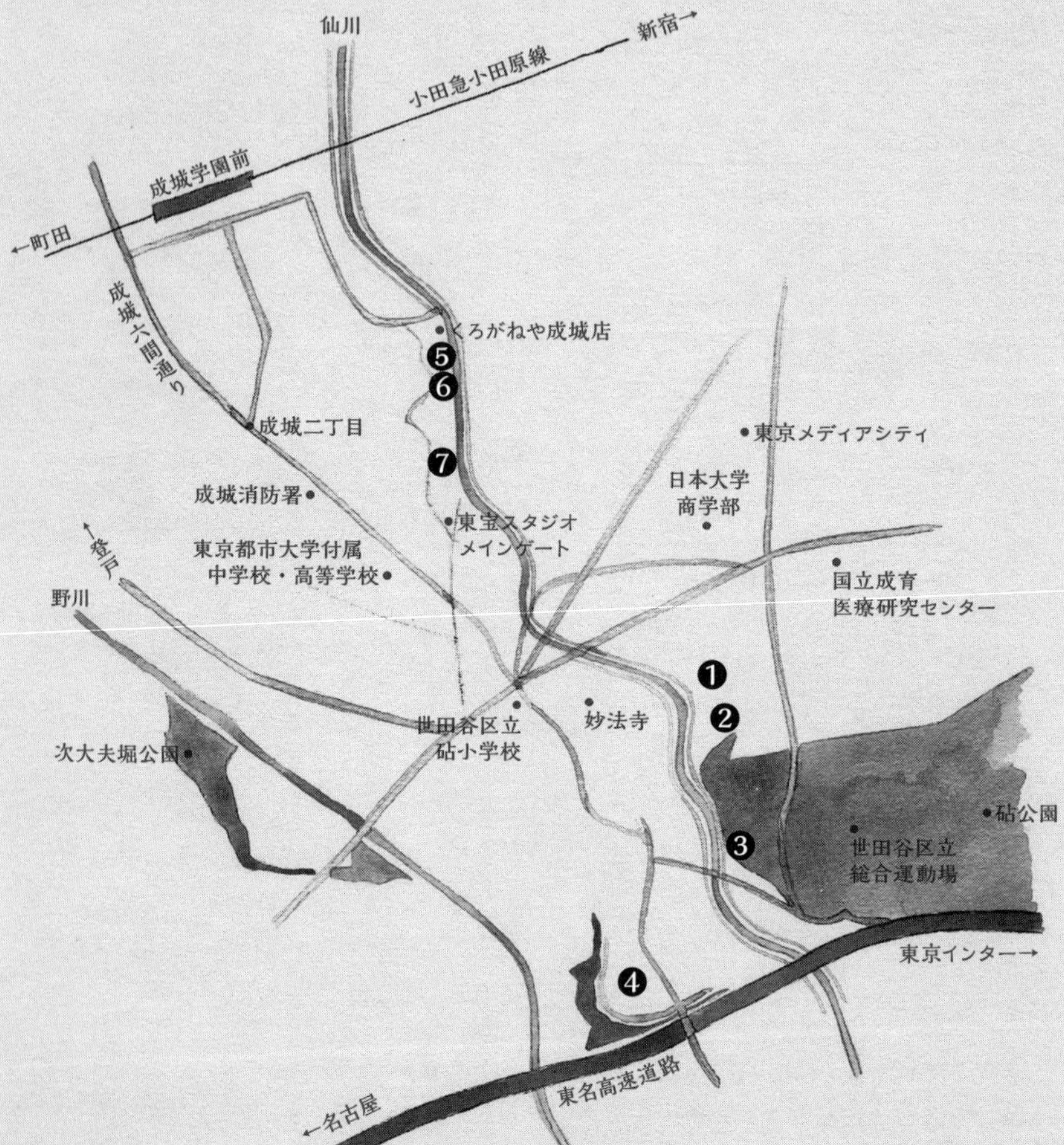

❶ 村の広場・辻/合戦
❷ 墓地
❸ 水神
❹ 侍探しの町
❺ 豪農の家/勘兵衛の剃髪
❻ 野武士の山塞
❼ 渓谷

『七人の侍』 ロケ地・御殿場

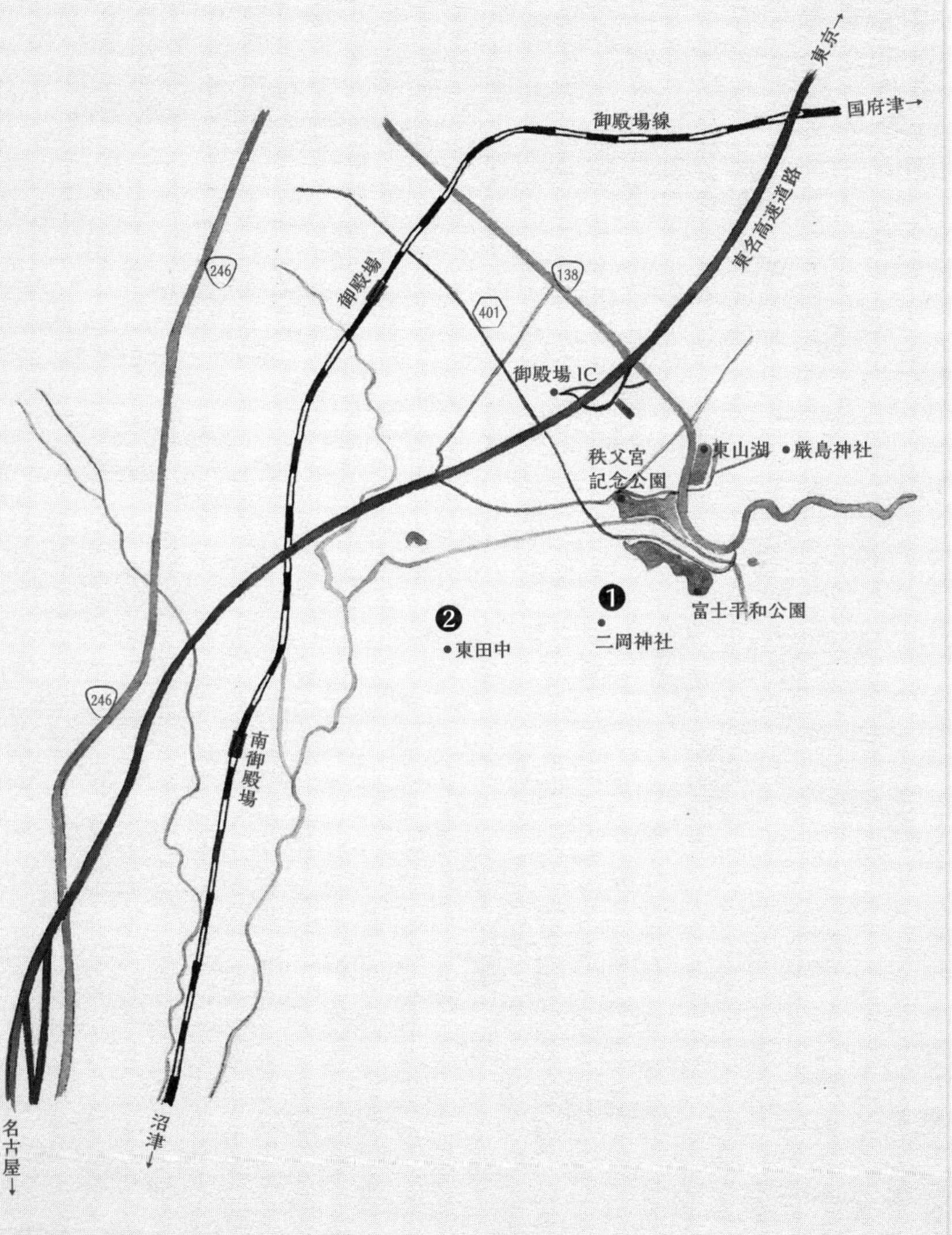

❶ 野武士の騎馬突入路

❷ 村の西・防柵

『七人の侍』 ロケ地・伊豆

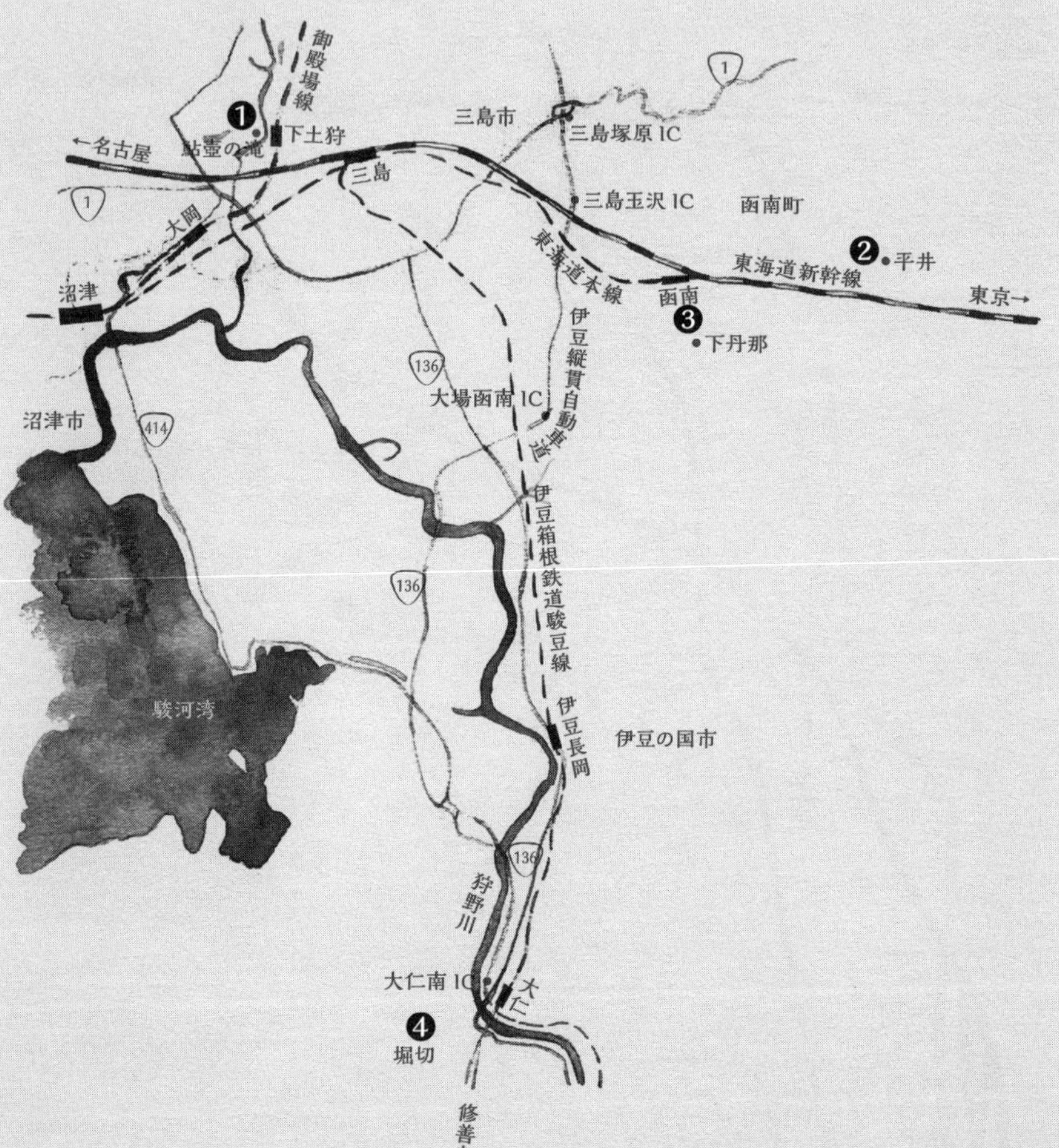

❶ 侍の休憩・滝

❷ 街道

❸ 村全景/村の検分、野武士の騎馬襲来、村見下ろしの山

❹ 村の南/水車小屋、田圃、菊千代の落馬

目次

巻頭『七人の侍』宣材ギャラリー

『七人の侍』ロケ地マップ――2

序章 『七人の侍』という映画――11

第一章 〝七人の侍〟が守る村は、五箇所で撮られた
～これまでの論説のまとめ～――21

第二章 世田谷大蔵こそ侍の守るべき村、
そして侍探しの町が作られた地――37

コラム 〝黒澤組〟安藤精八氏から伺った話――69

第三章 伊豆堀切他のロケ地の秘密を解く――75

第四章 下丹那のロケ地を訪ねる

〜六十数年の時を経て、出演エキストラの方々の声を聞く〜 ―― 105

第五章 御殿場は黒澤映画の聖地？ ―― 135

第六章 御殿場では、あの黒澤映画も
〜『椿三十郎』『隠し砦の三悪人』の撮影現場〜 ―― 177

第七章 クランクインとクランクアップの撮影現場は、意外なところに…… ―― 195

インタビュー：『七人の侍』出演俳優 加藤茂雄さんに聞く ―― 207

インタビュー：二木てるみさんも農民の子供の一人！ ―― 235

最終章 『七人の侍』は成城メイドの映画 ―― 251

あとがき ―― 260

巻末 フォトギャラリー

序章

『七人の侍』という映画

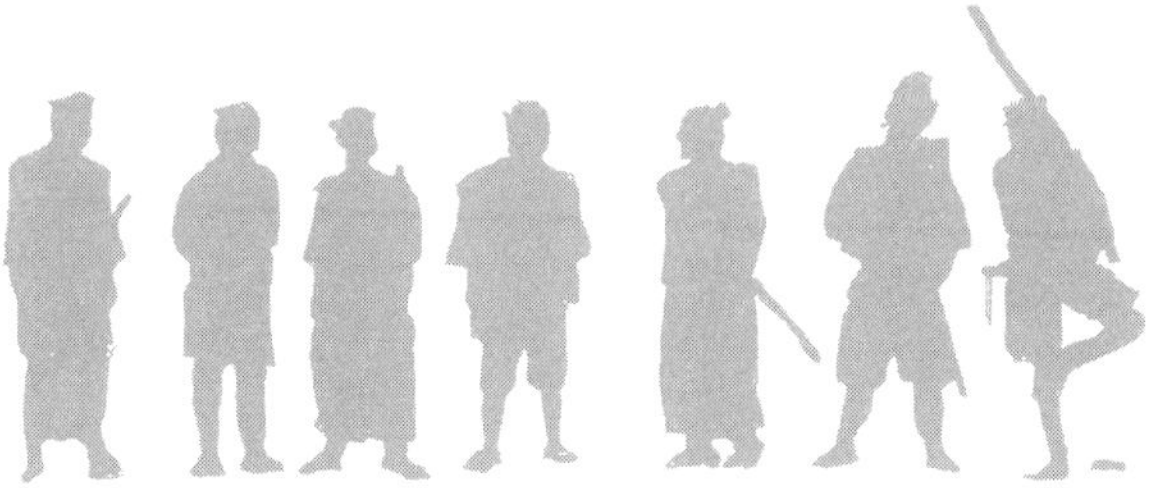

映画ファンなら、いや日本人なら誰知らぬ者とてない黒澤明監督による傑作時代劇『七人の侍』は、１９５４（昭和29）年４月21日に完成（映画記者や批評家向けの試写は20日夜10時12分に始まり、21日の１時32分に終わったとされる）、同月26日に劇場公開された。当時としては類を見ない上映時間３時間27分の超大作となったこの映画、結果として七百万人の観客動員と二億九千万円強の配給収益を記録する。

黒澤にとっては、東宝復帰後、１９５２（昭和27）年に製作・公開した現代劇『生きる』に続く作品であったが、この二本を撮った三年間が、映画作家として最も充実していた時期（撮影当時は四十三歳）に当たるのは、今さら言うまでもないことであろう。

本作の撮影は、前年の１９５３（昭和28）年５月27日（S＃18町はずれの道＝豪農の門前シーン）から始まり、翌１９５４年の３月18日（16日：堀川弘通＆斎藤忠夫説、20日：野上照代＆廣澤榮説など、諸説あり）まで、約十箇月に亘って行われた。

当初はチーフ助監督の堀川弘通により、１９５３年の５月末クランクイン、８月18日にクランクアップ、９月17日には完成、との撮影スケジュール（撮影期間九十日、撮影実数七十三日間）が組まれていたが、一箇所で撮影できる適当な村の撮影地が見つからなかったことから、そのロケ地は一都二県の計五箇所に及ぶ。これが堀川の言うところの「悲劇の始まり」（注１）となり、撮影中に起きた黒澤監督の病気入院、伝説となっている〝天気待ち〟――すなわち複数箇所で撮影したことによる天候合わせ、そしてよく知られる大雪トラブル、さらには予算超過による二度に亘る撮影中断などもあって、撮影日数は延べ２９４日（実働撮影期間１４８日＝堀川の自著『評伝 黒澤明』による）に拡大。結果、製作費も当時の通常の作品（三千万から四千万円）の五～七倍に当たる二億一千万円（『東宝社報』昭和29年4月号による。直接製作費は一億二千五百六十万円）にまで膨れ上がっている（注2）。

それでも、黒澤が「ビフテキの上にバターを塗って、ウナギの蒲焼きを乗せた」あるいは「ウナギどんぶりの上にカツレツを乗せて、その上にハンバーグを乗せたような」と称した、この革命的時代劇は、観客から大きな満腹感、いや、満足感を得て、前述のとおりの大ヒットを記録。黒澤やそのスタッフ・出演者たちの一年に及ぶ

宣材として撮影された七人の侍の勇姿　©TOHO CO., LTD.

苦労は、大いに報われることとなった。

今では大変に意外なことだが、本作は、1954年度のキネマ旬報ベストテンでは第3位（第1位は『二十四の瞳』、第2位は『女の園』で、どちらも木下恵介監督作品）、ベネチア国際映画祭でも銀獅子賞にとどまっている（注3）。ただし、その後にキネマ旬報や文藝春秋などが企画した「オールタイム・ベストテン」などでは、常に第1位もしくは第2位をキープ。英国で2010年と2018年に行った「史上最高の外国語映画100本」でも第1位に選出されるなど、映画のあらゆる要素を兼ね備えた本作は、今でも世界中で「映画の教科書の一本」あるいは「映画の中の映画」としてリスペクトされ続けている（注4）。

実際、アメリカでは1960年に、ジョン・スタージェス監督によって『The Magnificent Seven』（日本タイトルは『荒野の7人』）としてリメイク。さらに2016年には、そのリメイク版『マグニフィセント・セブン』まで作られている。スティーヴン・スピルバーグ監督は、新作を撮る前や製作に行き詰った時には必ずこの映画を見直す、というほどの信奉者（注5）だというし、USC（University of Southern California ＝南カリフォルニア大学）に通っていた時に本作を見たジョージ・ルーカス監督も、「黒澤監督は天才である」（注6）とか「初めて本物の映画に出会って感無量だった」（注7）、あるいは「黒澤は本当の意味での巨匠。映画の作り方についていろいろなことを学んだ」（注8）などという言葉をもって、黒澤とこの作品を賛えている。『影武者』（1980）の海外公開にあたって、ルーカスとともにエグゼクティブ・プロデューサーを務めたフランシス・フォード・コッポラ監督が、いつでもこの映画を見られるよう、自宅にフィルムを備えていたという話（注9）もよく知られるところだ。ほかにも、水車小屋のシーンが好きだというフェデリコ・フェリーニ、本作を三度見たと豪語するジャン・ルノワールから黒澤本人を前にして「侍のテーマ」を歌ったアンドレイ・タルコフスキー（注10）まで、『七人の侍』を愛する映画監督は、枚挙にいとまがない。

ジョン・ミリアス監督の『コナン・ザ・グレート』（1982）やジョン・ランディス監督の『サボテン・ブラザース』（1986）（注11）、さらにはジョージ・ルーカスが創造した『スター・ウォーズ』シリーズなど、世界中の映画に、この日本製時代劇のエッセンスや設定が取り入れられているのも凄いことだ。

また、イタリア映画『黄金の7人』（1965）、ジョン・ミリアス製作によるベトナム戦争もの『地獄の7人』（1983）、ロジャー・コーマン製作のSF映画『宇宙の7人』（1980）、最近ではマーベル・コミックの実写映画化作『アベンジャーズ』（2012）など、7人というチーム編成は全世界的にすっかり定着した感がある。

このように全世界に感動と影響を与えた本作だが、その創作の秘密については、これまで様々な角度や立場から分析と解読がなされてきた。筆者も、いったい何冊の書物を読み重ねてきたことだろう。これらの情報をもってすれば、この映画について新たに語るべきことは、ほとんどないようにも思える。

しかしながら、その撮影現場については、本作で美術助手を務めた村木与四郎さん（故人）、チーフ助監督だった堀川弘通監督（故人）、ほかにはスクリプターの野上照代さんくらいしか、証言を残されていない。黒澤明研究会編による『黒澤明 夢のあしあと』（１９９９：共同通信社）でも、かなり細かいところまで素晴らしい解析がなされているが、いざその地に出向いてみると、どこか違和感を覚えるところもある。

ただ、製作後、六十六年という時を経て、いまやそのロケ地の風景が激変していることは確か。撮影スポットを再検証するなどという行為が可能となる保証はない。

しかし、まだまだ諦めは禁物。なにせ前著『成城映画散歩』（２０１７、白桃書房）で、五箇所に及んだ村のロケ地のひとつでメインの撮影地ともなった世田谷区大蔵の現場（ここに侍が守る村の中心部が設営された）と、農民たちが侍探しをする「町の情景」が撮られた〝農場オープン〟という名のオープン・セット用地跡を詳らかに紹介した筆者であるから、これらの地を「ロケ地巡りツアー」(注12)などで案内する度に、「こちら側は伊豆の堀切、このショットは下丹那と御殿場で撮影されました」などと、訳知り顔で説明するだけでは、『用心棒』のヤクザ（ジェリー藤尾）や『スター・ウォーズ』のルークやアナキン・スカイウォーカーではないが、それこそ〈片手落ち〉というもの。大蔵以外のロケ地まですべて検証・特定して初めて、『七人の侍』撮影地の全貌を明らかにしたことになるのではないか、そう考えるようになった。

そもそもロケ地の謎を探るような所業は、黒澤監督本人の望むところではなかったように思うし、本来の映画の見方や分析の在り方からも外れていることは承知のうえで、筆者はこの序文をしたためている。奇しくも本２０２０年は「黒澤明生誕百十年」、さらには「三船敏郎生誕百年」という節目の年に当たる。こうした機会に、これまでにはなかった観点から世界的傑作『Seven Samurai』を解析することは、黒澤と三船のほか、多くのスタッフ・キャストが成した偉大なる業績にさらなる光を当てることに繋がると信じ、本書では大蔵以外の村のロケ地を徹底検証していこうと思う。これにより本作の撮影のマジックが明らかとなり、新たなる魅力を感じていただけたら幸いである。

なお、この度の検証にあたっては、〝現場百遍〟を意識したことはもちろん、国土地理院「地理空間情報ライブラリー」の地図や航空写真、加えて登山者用地図ソフトの「カシミール３Ｄ」など、最新テクノロジーによる画像データも利用した。当時の撮影風景写真と当該データをつき合わせて、これまで不明不詳だったロケ現場が、それこそピン・ポイントで特定できた事例もある。また、撮影に関わった方のほとんどが物故者となり、明確な記録やデータも少ない中、製作後六十七年目にしてこのようなことを成し得たのも、当時セカンド美術助手を務められた竹中和雄さんの明確なご記憶とご助言によるところが大きい。誌面をお借りして、竹中さんには深く謝意を表したい。

（注1）　NHK-BS2で1999年12月4日に放送された「シネマ・パラダイス・スペシャル 我こそは七人の侍」における発言。

（注2）　斎藤忠夫著『東宝行進曲 私の撮影所宣伝部50年』（1987、平凡社）には、直接製作費は、オープン三千五百万円、俳優費七千万円、ロケ費二千万円、そしてフィルム費を合わせ一億三千万円、完成は4月20日とある。

（注3）　3時間27分に及ぶオリジナル版だが、ベネチア国際映画祭の出品規定に合わせて、160（2時間40）分程に短縮、再編集され、これが海外版となる。長年に亘り、ジョン・ミリアスやジョージ・ルーカス、スティーヴン・スピルバーグといった外国の映画人が見ていたのは、この海外版であった。のちにスピルバーグが全長版を見た時、「まったく別の映画のようだ」との感想を述べた話も漏れ聞くところだ。オリジナル全長版は、1975（昭和50）年のリバイバル公開まで長らく国内でも見られず、再公開後は、海外版の方が鑑賞できなくなってしまう。なお、1991（平成3年）公開時には音声がリマスターされ、2016（平成28）年には4K化もされている。

（注4）本作は、2010年に英国の「エンパイア」誌が選んだ「史上最高の外国映画100本」で第1位（『羅生門』22位、『生きる』44位、『乱』98位、『東京物語』は16位、『ゴジラ』が31位に入る）、同年のトロント国際映画祭「エッセンシャル100」では第6位、米国「エンターテインメント・ウィークリー」誌の「オールタイム・ベスト100」（2013年）では第17位にランクインしている。

（注5）「黒澤を師と仰いで、今後もずっと学び続けたい」と言うスピルバーグの「黒澤映画、この三本」は、意外なことに『隠し砦の三悪人』、『蜘蛛巣城』、『生きる』だという（『黒澤映画の美術』1985、学習研究社）。

（注6）ルーカスは、黒澤作品が上映される度に、仲間のジョン・ミリアスから「これは見ないと！」と、映画館に連れ出されていたとのこと（米クライテリオン版『隠し砦の三悪人』BR特典映像における発言）。ちなみに、ルーカスの〈長年のお気に入り〉の一番目は『七人の侍』、次が『用心棒』と『生きる』、そのあとが『隠し砦の三悪人』だという。

（注7）ルーカスが美術書『黒澤映画の美術』に寄せたコメント。

（注8）NHK-BS2で1991年6月2日に放送された「七人の侍はこうつくられた」におけるインタビューでのコメント。

（注9）十六歳の時に初めて本作を見たコッポラの、黒澤映画の一番のお気に入りは『悪い奴ほどよく眠る』。確かに『ゴッドファーザー』の第一作目（1972）では、『悪い奴ほどよく眠る』と同様、結婚式から始まり、その中で登場人物が紹介されていくという手法が採られている。
ちなみにコッポラは、黒澤との対談（『週刊朝日』1978年11月30日号）において、『七人の侍』だけでも12回も見ていると発言している。

（注10）黒澤がソ連を初めて訪れた時、歓迎会の席上、タルコフスキーがいきなり歌いだしたものとされる。

（注11）ジョン・ランディス監督の『サボテン・ブラザース』（1986）の設定（西部劇の役者が、間違えられて村を守る用心棒として雇われる）は、『七人の侍』というより『荒野の7人』からのいただき（パロディ）であろう。

（注12）筆者が案内人を務めるロケ地巡りツアーは、2015年に世田谷美術館が開催した「東宝スタジオ展 映画＝創造の現場」において実施された関連企画「成城映画散歩」を踏襲したもので、成城・祖師谷近辺の映画ロケ地や、映画人の旧居などを訪ね歩く内容となっている。以来、年に数度実施されており、特に「七人の侍コース」に人気が集中する傾向にある。

第一章

〝七人の侍〟が守る村は、五箇所で撮られた

～これまでの論説のまとめ～

島田勘兵衛

志村喬（撮影当時四十八歳）

合戦では負け戦ばかりだったが、百姓たちの懇願により、地位も名誉も得られぬこの一戦で大将格を務めることに。知見にあふれ、かつ円満なる人柄に、多くの侍がついてくるところには理想的なリーダー像が見出せる。「この飯、疎かには食わぬぞ」の台詞には、泣かされた方も多いだろう。

初めに、これまで紹介されてきたこの映画のロケ地について、掲載書を年代順に並べたうえで比較・検討してみたい。

まず、1988年に出版された『全集黒澤明』第4巻「製作メモランダ」（岩波書店）に記載されたロケ地は、以下のとおり。野上照代スクリプターによる『別冊「七人の侍」創作ノート解説』（2010、文藝春秋）にも、まったく同じ記載があるので、野上さんはご自分の記憶ではなく、こちらを踏襲されて書いていることが分かる。実際、2018（平成30）年4月に、野上さんに本作のロケ地について伺ってみたところ、ご記憶は明確でなく、書き込みをしていたシナリオも紛失してしまった、とのことであった。それはそうだろう、すでに製作後六十四年が経過し、いかにすべての撮影に付き合ったスクリプターとて、時の流れに逆らうことはできない。存命のスタッフも、竹中和雄氏など数名を残すのみとなっており、まずは自力で解明を図らねばならぬとの意を強くした次第である。

(1)『全集 黒澤明』第4巻「製作メモランダ」で明らかになった主なロケーション地

①村、峠、水車小屋など――伊豆長岡、下丹那
②村の東、南――堀切（長岡）
③谷間の沼地、山塞――口野、珍場（長岡）
④河原――藍壺（長岡）

⑤村の西――二の岡（御殿場）
⑥榕樹の森――長尾峠（御殿場）
⑦花の裏山――姥子（箱根仙石原）※シナリオに添付された地図には「村の北――箱根仙石原」と記載。

そして、この書にはデータとして、主だった撮影の進行状況が記してある。もちろん撮影地も書き添えられているので、これは大変参考になる。

【同書に示された主な撮影進行状況】


昭和28年5月27日、東宝撮影所内オープン・セット、〈町はずれの道〉〈豪農の門前〉より撮影開始。

　6月4日、伊豆長岡ロケ、その後、下丹那にて村の遠景、峠。

　6月15日より、長岡・堀切にて村の東。

　7月7日より、セット、水車小屋。

　8月1日より、セット、木賃宿。

　9月9日より、オープン、木賃宿、茶店の裏など。

　10月3日より、オープン、豪農の中庭。

　10月5日より、伊豆長岡にて、町はずれの道など。

11月12日より、オープン、村。
11月21日より、御殿場二の岡にて、村の道、村の西。
12月1日より、農場オープン、村の道。
12月7日より、セット、久右衛門の家。
12月19日より、セット、利吉の家。
12月29日より、農場オープン、裏山、水神の森。
昭和29年1月18日より、オープン、水神の森。
3月18日、撮影終了。

堀川弘通監督の著『評伝 黒澤明』（2000、毎日新聞社）によれば、撮影中断は二度。9月の終わり頃と翌年1月半ばのことだという。

また、スケジュールについては「水車小屋・木賃宿のふたつのセット撮影（前記7月7日からと8月1日からの撮影を指すか）の後、農場オープンの侍探しと決闘、木賃宿の内外（9月9日からの撮影か）をこなした後、伊豆長岡（10月5日開始のロケか）へと移動、四十日間で終了」とあるので、一度目の中断の後、10月3日に所内オープンでの撮影から再開して、5日から伊豆長岡ロケに向かったものと思われる。

竹中和雄氏も「予算の関係で会社と揉め、秋から冬にかけて一週間程撮影が中断したことがあった」とおっしゃっていたが、これは堀川監督の言う二度目の中断のことであろう。

本書では、「伊豆長岡」という大雑把な土地表記があったかと思えば、「長岡・堀切」、「長尾峠（御殿場）」などという微妙な書き方がされている箇所もあり、いまひとつピン・ポイントでのロケ地の特定には行き着かない〈もどかしさ〉が残るのが難点である。

続く、この映画のロケ現場について詳しく紹介した書物が、撮影当時は美術助手（ファースト）であった村木与四郎美術監督による『村木与四郎の映画美術』（1998、フィルムアート社）である。

⑵ 村木与四郎ファースト美術助手の証言

①村の全景（下丹那：丹那トンネルの上から俯瞰で撮ったと説明）
②村の東側（伊豆の修善寺：川の流れを「御殿場堀切」とも記している）
③村の西側（御殿場の用沢：野武士を望遠で撮ったと説明）
④村の北側＝山の入口（御殿場の二の岡）
⑤村の南側の田圃（砧のオープン：撮影所のずっと奥の方、田圃の干上がっているところと紹介）

以上のとおり当書では、やや大雑把な地域指定ながらも、かなり詳しい説明が加えられており、ロケ地の特定作業には大いに寄与・貢献した書と言うことができる。さらに村木氏は、1999（平成11）年6月2日にNHK－BS2で放送されたドキュメント番組「七人の侍はこうつくられた」において、当時のチーフ助監督・堀川弘通監督と共に、東宝撮影所近くに設営された村のロケ現場に番組クルーを案内しており、その映像から村木氏が言う「砧のオープン」は、本作撮影後に世田谷区大蔵地区に建てられた「大蔵住宅」（通称「大蔵団地」）15号棟周辺であることが明らかとなった。

当所は、通称「愛宕山」（現在の大蔵運動公園西端）の西側を流れる仙川沿いの地で、住所で表示すれば、世田谷区大蔵三丁目3－15からその南側の大蔵四丁目五番地に当たる。映画の場面からも想像がつくとおり、撮影当時、この辺りは仙川に沿って田圃と畑が連なる一面の農地であった。

かつての大蔵の風景（世田谷区立郷土資料館所蔵）

また、村木氏による「丹那トンネルの上から俯瞰で撮った」という証言から、野武士や侍たちが山上から見下ろす「村の全景」が、下丹那地区で撮影されたことが明示された点においても、本書は誠に貴重な書物と言ってよい。

さらに、以上の二冊の書ではやや不確かながら、「村の東側」のパートで「堀切」という地名が共通していて、当地はかなり限られた範囲の地域であることから、かなり正確な情報であることは明白。現在の堀切地区は、村木氏が言うところの「修善寺」でも「御殿場」でもないが、それでも大雑把な「伊豆長岡」という表記よりは、かなり具体的な地名に絞られてきたことになる。

ところが、ここで問題となるのが、野武士が襲来する「村の西側」の撮影地とされる「用沢」である。この書では、本文で「御殿場の用沢」と記された、防柵を作った村の西側の要所の現場が、掲載写真のキャプションでは「御殿場の二の岡」と指定されているのだ。これがのちのち大きな混乱と誤解を生む元となるとは、当の村木氏も考えてもいなかったに違いない。

次に出版された、前掲『黒澤明 夢のあしあと』も、ロケ地の特定を目指す者にとっては重大な影響と示唆を与えた書となる。

以下が、黒澤明研究会、通称「黒研」のメンバー・緒方賢氏が考察した、本作のロケ地である。

(3) 黒澤明研究会 緒方賢氏による考察

①村の全景(静岡県田方郡函南町)
②水神の森・村の広場(東京都世田谷区大蔵)

③水車小屋・橋（静岡県田方郡修善寺町：「堀切」との具体的な記載もある）
④村の西側（静岡県御殿場市用沢）

本書では、『七人の侍』だけでなく黒澤映画の撮影地が、現在の写真も添えられ、かなり明確に考察・記述されており、その撮影現場を探す研究者にとってはまさに決定版（バイブル）的な書となった。『七人の侍』についても、村の全景を撮った場所（静岡県田方郡函南町）には細かな住所表示はないものの、大蔵地区や堀切地区のロケ現場に関する検証は、その現在の風景写真との比較からも、かなり信憑性があるように見える。

ところが、「村の西側」に関しては、ここでも「御殿場市用沢」と記述されていて、そのロケ現場とされる現在の風景写真まで添えられている。なるほどこの写真は、映画に写る野武士の襲来ショットの雰囲気にさも似ており、この撮影スポットが御殿場の「用沢」であることが、ある意味〝定説〟となるきっかけを作ってしまう。わざわざ「作ってしまう」という書き方をしたのは、のちに第四章で述べるとおり、このショットの真の撮影地点は「用沢」ではないからであり、そもそも御殿場市に用沢という地名は存在しないのだ（注1）。これについては、のちほどこの真のロケ地を探り当てる経緯も含めて、詳しくご説明させていただきたい。

『七人の侍』のロケ地について述べた証言には、もうひとつ重要な書物がある。それが、本作でチーフ助監督を務めた堀川弘通監督による著書『評伝 黒澤明』（２０００、毎日新聞社）である。

しかしながら、このかなり具体的にロケ地に関する説明を施した書には、地名に付された読点、ナカグロがどのような意味を持つかによって、その場所や細かな地点を特定しづらくしているという、非常に悩ましい〈難点〉があった。まずは、じっくりとこの証言内容を眺めていただきたい。

⑷ 堀川弘通チーフ助監督の証言

①村の全景（下丹那）
②村の東、南（伊豆の大仁・堀切）
③村の北、西（御殿場の用沢、二の岡）
④裏山（箱根の姥子・長尾峠）
⑤道中（天城―大平・長尾峠）
⑥道中（伊豆・藍壺）
⑦山塞へ行く道中・遠景（伊豆の珍場・口野）

以上の堀川監督による証言で、例えば②と③を見ると、カッコ内の地名のナカグロがどういう意味を持つかが、非常に重要なポイントであることがお分かりいただけよう。②「村の東、南（伊豆の大仁・堀切）」の場合、「村の東と南の両方が、伊豆の大仁の中にある堀切地区で撮られた」と解釈するのは、『全集 黒澤明』の記述とほぼ同じなので、すんなり納得できるが、③の記述「村の北、西（御殿場の用沢、二の岡）」が実に厄介である。「村の北が用沢で、村の西が二の岡」と解釈すべきだとすると、これはほぼロケ地が確定している「村の北側の道は二の岡」という事項とまったく矛盾してしまうからだ。それに、「村の西が二の岡」とする解釈も、それはそれで「黒研」の解釈と違ってしまう。村木氏の著書では、村の西のロケ地に両方の地名が当てられているので、いずれにせよ矛盾することになるのだが……。

さらに堀川監督は、前述のテレビ・ドキュメント「七人の侍はこうつくられた」（1999、NHK－BS2）においても、村のロケ地を求めて日本中を走り回った時の苦労話に続いて、複数に亘ったロケ地について解説を加えている。

当初は「こういう典型的な農村の風景は、日本中どこにでもある」（『評伝 黒澤明』）と簡単に考えていた堀川だったが、当時の食糧事情を考慮すれば、長期に亘って借りるには二毛作の地でないと難しい、と判断。堀川らは、北は福島県から西は岐阜県白川郷まで、二班体制にて二箇月（別の番組では四十日とも）ほどかけて、ロケ地探しに奔走する。ところが、その名のとおり馬が多いだろうと推測した群馬県でもすでに馬は少なくなってきており、ましてやシナリオの設定に見合う土地などどこにもないことが判明。結局は、まずは村の全景を下丹那で撮影し、それから方角ごとのポイントを別々の場所で撮影する、という苦渋の決断をするに至る。

こうした経緯を苦笑まじりで披露する堀川は、ここでも村の東は「伊豆堀切」、南は「東京砧」と証言。砧は、現在の大蔵団地15号棟を中心とした地域を画像で紹介したうえで、同じ「橋」を堀切と砧の二箇所に作ったという裏話まで開陳している(注2)。

続いて堀川は、図面を使って問題の「村の北」を「御殿場二の岡」、西側を「御殿場用沢」と言って、その撮影場所を明らかにする。とすると、自著『評伝 黒澤明』における記述は「北は二の岡」、「西は御殿場用沢」と読むのが正しいことになり、それ以降、この「用沢」なる撮影地がいったいどこであるのか、これが我々ロケ現場を検証する者にとっては最大の謎、いや一番の厄介ごととなるのだった。

なお、当の黒澤監督は同番組で、「丹那の岡(斜面)は野菜畑だったため、食料に関して神経質になっていた時期だったこともあり、畑を買うことに躊躇した」旨の発言をしている(注3)。「あとで考えれば、(買ってしまったほうが)安く済んだと気がついた」とも語っているので、可能ならば下丹那の一箇所で撮ろうと考えていたことは明らか。もちろん、効率性を考えればそのほうがいいに決まっているが、実際に現地へと足を運んでみれば、この地・下丹那が合戦シーンを撮るのにいかに不向きであるか、さらには当地で長期間に亘ってロケーション撮影を続けるのがいかに困難な仕事であったかが、しかと感じていただけるに違いない。だいいち1953年の撮影当時、この地には電話の一本も引かれていなかったのだ！　これについては、第三章「下丹那のロケ地を訪ねる」で詳しく述べさせていただきたい。

ちなみに、この映画で本格的に〝映画俳優〟デビューした土屋嘉男による回顧録『クロサワさーん！黒澤明との素晴らしき日々』（1999、新潮社）にも、ロケ地に関する記述が見られる。本書では、村の大オープン・セットが作られた場所、すなわち現在の大蔵団地を「農場オープン」(注4)と誤記しているのがまず残念だが、土屋は「野武士たちが村を見下ろす所は、丹那トンネルの真上」と、村木与四郎美術助手の言をそのまま踏襲。さらには、「右を向けば御殿場、左を向けば伊豆の堀切、裏の村は箱根の山」と、やや微妙な言い回しにて、ほかのロケ地を紹介している。

この書からは特に目新しいロケ地情報は得られないが、野武士の騎馬の襲来シーンが下丹那で撮影されたことが明らかにされているうえ、山上から逆落としで村に迫る野武士の馬が、大きな岩や深い穴、切り株などに足を取られ、次々と落馬する様子を見て、このシーンが「命短し」と呼ばれるようになった愉快な逸話などが披露されている(注5)。

土屋によれば、野武士役の俳優たちは、リハーサルの段階から「夜、眠れない」とこぼしていたそうだから、一見若草山のようにも見えるこの山は、実際には大変な傾斜地であったことがよく分かる。のちに紹介する大部屋俳優の加藤茂雄さんも当下丹那ロケに参加していて、大部屋の仲間たちが落馬するのを眺めては「また落ちた！」と、同情しながらも笑っていたということだ。

最後に、前掲『別冊「七人の侍」創作ノート 解説』に掲載された、本作の主な撮影スケジュールを日付順に並べて、これまで見たロケ地の撮影時期を確認してみたい。

【主な撮影スケジュール】（『黒澤明「七人の侍」創作ノート』による）

S＃2 尾根（村の全景）は6月10日、24日に下丹那で撮影。
S＃284 ラストの田植えシーン（伊豆長岡＝堀切にて）は、6月27日に撮影を終えている。
S＃6 水車小屋の撮影（堀切）は7月5・6日で、その日は快晴だったとされる。
S＃28 木賃宿の中のシーンは7月24日に始まり、8月下旬まで続く。なお、黒澤は過労のため、7月半ばから成城の木下病院に入院したとのこと。
S＃31 町の道（農場オープンにて）は、8月20日から10月までかけて撮られた。
S＃13 町（シナリオでは代官所の門）での侍探しシーンの撮影は、9月6・8・9日。
S＃44 河原（映画本編では六角堂）での決闘シーンは、9月15・16・20・27日。
S＃34 村の道（茂助と万造のくだり）は、11月11・12日。
S＃51 志乃が髪を洗うシーン（万造の家・井戸端）は、11月13・14日。

S#1　野武士の馬群が突っ走るカットは、11月23日、24日に二の岡、用沢で早朝ロケ。

ここから読み取れるのは、野武士が村を見下ろすトップシーン（村の全景）を撮ったのは下丹那だが、その前後の野武士の騎馬の疾走シーンは二の岡（ここでも用沢の地名が併記される）で撮られたということだ。のちに詳しく紹介するが、実際に下丹那のロケ現場（山頂）に行ってみると、ここで馬を疾走させることがいかに困難であったかがよく分かり、これは心から納得できる記述である。

また、この記述からは、水車小屋（すなわち村の東）と田植えシーン（村の南）のロケ地が堀切であり、これは下丹那に次ぐロケ日程であったこと、さらには、二の岡での撮影が1953年のかなり遅い時期に行われたことも分かってくる。二の岡で撮られたとされる「村の北」（雨の中、野武士の騎馬を迎え撃つ）シーン（注6）を見れば、翌年2月に大蔵で撮った決戦シーンと呼応するかのように、勘兵衛や久蔵らの吐く息が白いことから、これも大いに納得である（注7）。

――と、こうしていくら資料や書籍を眺めて理屈をこねくりまわしても、映画ロケ地の真実は見えてこない。インターネット上で本作のロケ地探しの経緯や、その推定場所の紹介をされる御仁も多いが、これらもどうにもピンとこないものが多い。だいいち、筆者が映画ロケ地巡りツアーで、「こちらは伊豆の堀切で撮られた」とか、「逆カットは御殿場の二の岡ロケ」などと、いくら訳知り顔で説明してみたところで、これも机上の空論に過ぎない。ましてや、村の全景を撮った場所など、下から眺めても何も見えてこないことは明らかである。

とにもかくにも、ここは現在入手・確認できる資料を頼りに、そのロケ現場とされている地に赴き、自らの目で確認する以外に手はない。2018年の初夏、筆者は、自身が行う「映画散歩ツアー」や映画講座をサポートしてくれるスタッフと共に、まずは伊豆の「堀切」と名の付く地区に足を運んでみる決意を固めるのであった。

次章では、ラストの雨中の決戦シーンなどが撮られた、世田谷区大蔵の大オープン・セットから細かく解析していこうと思う。

（注1）「用沢」という地名は、御殿場市に隣接する「小山町」には存在しており、これも混乱を招く要因となった。

（注2）同番組で堀川は、「当初は撮影を七十一日で終える予定であったこと」に加え、「花の裏山」の撮影地を「箱根の姥子」と証言している。すると自著で示した「長尾峠」は、いったいどういうことになるのだろうか？

（注3）黒澤監督は他にも、西部劇に勝つためクライマックスの合戦に雨を降らせたことや、この撮影（カメラは4台）には十日ほどかかったが、緊張のため誰も風邪を引かなかったこと、さらには、撮影直前に降った雪を溶かすのに十日かかったことなどについて語っている。

（注4）農場オープンとは、やはり世田谷の大蔵にあった東宝映画専用のオープン・セット用地のこと。詳細については第二章で触れる。

（注5）他にも土屋は、山塞の炎上シーンの撮影を「昭和28年の秋も深まった頃」と証言しているが、監督本人の言によれば、このシーンを撮った日は乾燥注意報が発令され、そのためアッという間に山塞は焼け落ち、土屋は大火傷を負う羽目になったという。とすれば、この撮影はスケジュールの最後のほう、3月のことと推測される。実際、最後の撮影は、野武士の山塞の襲撃シーンだったという説（竹中和雄氏）と、雨の合戦シーンだったという説（野上照代氏）の二つがあるが、残されたスタッフ&キャストによる完成記念写真（都築政昭著『黒澤明と「七人の侍」〝映画の中の映画〟誕生ドキュメント』掲載）は、山塞のオープン・セット前で撮られている。

（注6）霧が立ち込めるこのシーンは「実際に撮影所のオープンに霧が湧いた日に撮影したもの」と証言するのは、当時セカンド美術助手で、主として大蔵のセット担当だった竹中和雄氏（2015年に世田谷美術館で開催された「東宝スタジオ展」の映画講座における発言）。「夕方から仙川沿いの第七・第八ステージの間辺りに霧が湧いたのをそのまま利用して、照明の森勝美（照明チーフは森茂）が5キロの照明を霧に平行に当てて撮影した」とのことだが、するとこの「村の北」のシーンは、所内オープンでも撮られていたことになる。ちなみに、〈絞り＝光量〉をF9〜F11まで絞ると、必要なライトの熱で畳から煙が出るほどだったという。

（注7）のちに述べるとおり、「村の北」シーンの大半は、実際には二の岡で撮られたものではなかったのだが……。

第二章

世田谷大蔵こそ侍の守るべき村、そして侍探しの町が作られた地

林田平八

千秋実（撮影当時三十六歳）

腕は"中の下"だが、苦しい時にこそ必要な、明るいキャラを持つ侍。楽しそうに薪割りをするその姿に、五郎平衛が思わずスカウト。野武士に女房を奪われ、心を閉ざす利吉を気遣う、温かい心も持ち合わせるが、それがもとで最初に命を落とすことに——。旗印の製作者でもある。

前章で紹介した黒澤監督によるコメント「下丹那地区一箇所で撮ったほうが効率的だった」旨の意見は、実にごもっともなことである。村のロケ地が何箇所にも亘るということは、それだけでも移動や準備に相当な日数を要するからだ。しかし、よく考えてみていただきたい。逆に撮影地が伊豆地方だけとか、御殿場のみとなることの大変さ、困難さを！　この戦国時代劇の、シナリオに付された最後のシーン・ナンバーは#284。本作は、堀川弘通が試算しただけでも、ステージ撮影を含めて撮影には九十日もかかるほどの超大作なのである。

それに、出演者はもちろん侍の〝七人〟だけではない。膨大な数の農民たちと四十人の野武士集団、さらには彼らが乗りこなす馬の群までいる。加えて、作っているのはあの黒澤組である。撮影スタッフの数たるや、いったい幾人に及ぶのか？　だいいち、予定撮影実数は七十何日だけだったかもしれないが、その大人数のスタッフ&キャストや馬たちを、あの電話一本通じていない下丹那という辺地に、毎日いったいどうやって運ぶというのか？　お訪ねいただければお分かりいただけようが、当地、及びその近辺には大人数のクルーが宿泊できる施設など皆無と言って差し支えない環境であったうえ、当時の道路交通事情も、今とは段違いの貧弱なものであったはずだ。

また、本作は時代劇であるから、出演者の衣装はもちろん、メイクや鬘《かつら》の着脱にかかる手間暇は相当なものがあったろう。さらに、ご存じのとおりラストの決戦シーンは、激しい雨の中で展開される。当地にも、この雨を降らせるための水を確保する川はあることにはあるが、なにせ〈当たり前の雨〉では満足しない黒澤である。そもそも、ちょっとやそっとの〈雨降らし〉では、雨粒はフィルムには写ってくれないのだ。そのためのポンプや人員の確保も、下丹那では大問題であったろう。

かくして、その宿泊先や移動手段、馬の調達に全員の食事の確保等々、途方もなく押し寄せるであろう〈面倒事〉を考えれば、これは誰がどう見ても、撮影所内のオープン、もしくはその近辺で撮ったほうが理に適っているのは明らか。結局は、撮影所の近所に組んだオープン・セットを含め、五箇所（村以外のロケ地を入れれば、本当はもっと多いのだが）で撮影するという結論に落ち着く。

下丹那だけで撮るのを断念した経緯は、第四章で改めて述べるが、いずれにしてもこの世田谷区大蔵という、村のセットを作るのに相応しい空きスペース（当時、この辺りは概ね田圃だった）を確保できたことは、監督本人や助監督たちを中心とした製作スタッフ、並びに多くの出演者たちに、多大な恩恵をもたらしたと言ってよいだろう。皆は毎朝、いつものように自宅から撮影所に通い、そこから徒歩か車で現場に向かえたのだから。

それに、大蔵での撮影は馬の調達の面でも至極便利であった。ここで使われた馬は、撮影所の北に位置した成城大学の馬術部の厩舎から出動したもの、との記録が大学に残っている。部員らは馬を引き、仙川を下ってロケ地へと赴き、野武士に扮してこの映画に「出演」したという。実際に撮影に参加した元馬術部員に訊けば、施されたメイクを仙川の水で洗い落としてから、大学の厩舎へと戻ってきたとのことだ（注1）。

馬の話題で言えば、騎馬が駆けたときに舞う埃《ほこり》は「焼き板」（注2）を作る際に出る灰を利用した、と美術の竹中和雄氏から伺っている。これがあるとないとで、その疾走感がまるで違うのは、黒澤映画ファンならすでにご承知のことであろう。冬場は〈霜除け〉のため、むしろを敷く必要があったそうだが、当時は大蔵での撮影の際もそうしていたのだろう。

〝農場オープン〟の存在

併せて、東宝撮影所の近くに〝農場オープン〟と呼ばれるオープン・セット設営用地があったことも、彼らには幸運であった。のちに述べるとおり、撮影所内にもオープン用地は存在したが、それほどの広さはなかったため、当〝所外オープン〟の存在は、本作の撮影には非常に大きなメリットをもたらした。何故なら、撮影所から近いことにより、晴れれば当オープン・セットを使って撮り、天気が悪ければ撮影所のステージに組まれたセットで内部シーンを撮影する、という臨機応変な対応が取れたからである。これは、スケジュールを管理する堀川弘通助監督や、セットを建て込む美術スタッフにとっては、大変有り難いことであったに違いない。こうしてみると、本作で効率的な撮影が行えたのは、１９５３年の7月下旬から10月にかけての、〝農場オープン〟を使ったこの時期だけのことだったのかもしれないが……（注3）。

このオープン用地は、世田谷通り（現在の成城一丁目の交差点）から砧小学校脇の細道を南に登っていけば到達する、広々とした東宝所有の空き地（六千百五十坪：世田谷区大蔵五丁目二十番地）で、本作では侍探しの町（木賃宿や茶店、六角堂など）のセットが建て込まれている。俳優座養成所時代の仲代達矢、宇津井健、伊藤久哉に、文学座研究所で俳優修業中の加藤武などが浪人役で出演。仲代が黒澤から半日に亘って歩き方にダメ出しを食らった逸話は、今やこれを知らぬ日本映画愛好家など一人もいないだろう。

この辺りは、見渡す限り畑以外には何もないところで、キツネや狸が横行する地であったと聞く。本作の撮影で使われたのは、いまだ東名高速の開通により土地が削られる前のことであり、これ以降、当所には黒澤作品をはじめとする様々な東宝映画のオープン・セットが作られることとなる。一説によれば、本作撮

侍探しの町 山形勲出演場面の撮影風景 ©TOHO CO., LTD.

影時に作られた大道具倉庫（小屋）が、のちに多くの円谷プロ作品を生んだ「東京美術センター」(注4)のスタジオに発展したのだという。

この度、登記簿を確認してみたところ、当地は1943（昭和18）年から東宝の所有物件となっていることが判った。この地は1951（昭和26）年に、なんと税金の滞納により差し押さえ物件となるが、1955（昭和30）年には本作の興行収益が上がったためか、東宝は税金を完納、差押登記は抹消されて、1962（昭和37）年に土地は再び東宝のものとなっている。税金の滞納とはにわかに信じられないが、戦後に発生した争議によって、東宝は相当疲弊していたのであろう。こうした裏事情はあったものの、当〝農場オープン〟は、その後も東宝の所外オープンとして使用され続けていくこととなる。

コモレビ大蔵（かつての農場オープン）
©神田亨

当地は現在、瀟洒なテラスハウス「コモレビ大蔵」に生まれ変わっている。かつて円谷プロでスクリプターをしていた田中敦子さん(注5)が、その変貌ぶりに目を丸くしたおられたのが印象的で、今でもここは円谷作品の〝聖地〟であり続けている。本作の画面で見られる緩やかなスロープ＝傾斜(注6)は、現在の「コモレビ大蔵」でも感じ取ることができるが、敷地内は住民以外立ち入り禁止であるので、お訪ねの際はくれぐれもご注意いただきたい。

前述の竹中和雄氏（当時はセカンド美術助手）によれば、当オープン用地には崖のところに自然の松の木が生えていて、崖の前には平八（千秋実）がまき割りをする茶屋が建てられたという。百姓らが泊まる木賃宿（注7）は、通りの右側に作られたとのことだが、今見てもこの「町の情景」シーンはどれもこれもが素晴らしく、戦国時代の香りがぷんぷんと漂ってくるかのようだ。久蔵（宮口精二）が決闘を行う六角堂（注8）など、他の組が無断で使おうとした（村木与四郎氏の証言）ほどの出来栄えだったようで、これもとても作り物には見えない。

ちなみに、黒澤映画では『蜘蛛巣城』（昭32）の蜘

加藤親子氏のデザインによる六角堂　傷み具合が実にリアル　©TOHO CO., LTD.

蛛巣城の城内、『隠し砦の三悪人』（昭33）の焼け落ちた秋月城、『用心棒』（昭36）の宿場町「馬目宿」、『椿三十郎』（昭37）の城下町、さらには『赤ひげ』（昭40）の小石川養生所、江戸の街並みから岡場所まで、様々な巨大セットがここ、農場オープンに作られている。某東宝美術スタッフＯＢに伺うと、『七人の侍』に続いて三船敏郎が主演した『宮本武蔵』（昭29、稲垣浩監督）においても、三船・武蔵が沢庵和尚の手によって杉の大木に吊るされる場面が、当オープンの南側の崖下、現在では東名高速道路が通っている辺りで撮影されたという。さらには、『七人の侍』の直後に製作された『ゴジラ』の大戸島被害調査シーンも、周囲の農地が写り込むスチール写真をよく眺めれば、ここ農場オープンにて撮影されたことは明らかである。

東名高速側から見た、かつての農場オープン（右側の高台の辺り）　© Izumi.O

大蔵のロケ地の検証

さて、村の主たるロケ地となった大蔵地区だが、ここは次頁掲載写真（世田谷区立郷土資料館所蔵）のとおり、東側（写真左側）の高台＝通称・愛宕山と西側の農場オープンがあった高台に挟まれた窪地で、仙川の流れに沿って田畑が細々と連なる〈農地〉であった。当地区は、北は武蔵村山から南方の田園調布へと連なる「国分寺崖線」（注9）の一部に当たっていて、高台と農地の高低差は二十メートル近く

大蔵のロケ現場（昭和34年、大蔵3-5から南方向を見る/世田谷区立郷土資料館所蔵）

に及んでいる。
　1889（明治22）年に砧村の大字となったこの地には、1936（昭和11）年の世田谷区成立時に初めて「大蔵」という町名がつけられる。高台側には、のちに砧公園に隣接する形で世田谷区の運動公園が作られ、体育館や野球場、テニスコートなどが設けられている。

　ロケ地となった土地の主たる持ち主は、現在でもこの辺りの土地を多く所有する石井氏の一族であった。仙川を挟んで西側の農地の地主は安藤氏で、その縁者には本作で「整音」の仕事を担った安藤精八《せいや》氏（後述）がいる。撮影で使用した場所、現在の世田谷区大蔵三丁目3－15と同四丁目5、同四丁目4の土地は、もちろん所有者からの賃借物件（注10）であり、安藤氏は、田圃は収穫が終わってから借り受けたものであろう、とおっしゃっている。実際、当地での撮影は「11月から翌年の2月まで」との記録（注11）が残っており、米の収穫スケジュールに合わせて（稲刈りが終わってから藩種までの間に）撮影していたことがうかがえる。村のオープン・セットの面積は二万六千七百坪（『映像照明』50号＝堀川の著書に注釈あり）に及んだというから、これはかなりの広さであり、いずれ東宝は収穫額に見合った、相当な額の賃料を払ったものと推測される。

ちなみに、東宝撮影所の東南方向に当たるこの一帯は、P．C．L．（Photo Chemical Laboratory ＝写真化学研究所）が当地に移転してきた１９３１（昭和６）年当時は「大蔵原」と呼ばれており、「皇紀２６００年」に当たる１９４０（昭和15）年に開催される予定だった「オリンピック東京大会」では、当大蔵～砧地区の五万坪に及ぶ土地に選手村を作る計画があったという。最終的には駒沢に競技場とオリンピック村を設けることとなったが、これも日中戦争の長期化により取りやめとなり、「第12回東京オリンピック」は幻に終わる。２０２０年の東京五輪大会では、当地大蔵の体育施設がアメリカ選手団のトレーニング・キャンプ地として使われる予定だったが、一年の延期の後、八十一年の時を経て、ここ大蔵がオリンピックのキャンプ地となるならば、すごい因縁と言わざるを得ない。

今ではすっかり有名になった〝三船伝説〟のとおり、１９５８（昭和33）年９月27日未明に襲来した「狩野川《かのがわ》台風」の折には、『隠し砦の三悪人』のロケ地御殿場から、撮影中止のため成城の自宅に戻っていた三船敏郎（注12）の

昭和 33 年の仙川の氾濫
（安藤精八氏提供）

が、仙川の氾濫によって孤立した四世帯（五世帯とも）の住民を、自ら所有するモーターボートで救出するという美談を残している。いかに成城警察署からの要請によるものとはいえ、すでに晩酌を済ませた三船が、自らの運転でモーターボートを仙川沿いの住宅地脇（注13）まで運んでいくという行為は、飲酒運転に厳しい現在ではとても考えられないことである。それでも三船は、警視総監からの感謝状（下掲写真）まで受けているのだから、なんともおおらかな時代であった。ただ、この危ないエピソードからも分かるとおり、仙川は大雨や台風によってしょっちゅう氾濫するような環境にあったので、当地大蔵はそれなりに肥沃な土地であったものと思われる。

このロケ現場に関しては、堀川弘通監督や村木与四郎美術監督の案内によるドキュメント番組の映像（前掲「七人の侍はこうつくられた」）も残されているので、現地に赴けばどなたも、「おお、ここだったのか！」と納得されるに違いない。今では団地（建て替え中）が建ち、すっかり様相が変わっているものの、撮影中のスチールと現在の写真（65頁）を見比べていただければ、愛宕山の稜線が同じであることに気づかれるだろうし、水神の森のシー

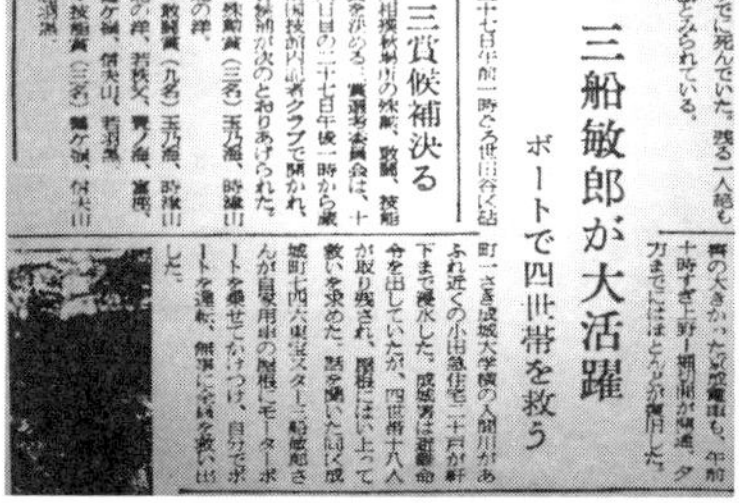
三船敏郎が大活躍
ボートで四世帯を救う

二十七日午前一時ごろ世田谷区砧町一さき成城大学横の入間川があふれ近くの小田急住宅二十戸が軒下まで浸水した。成城署は避難命令を出していたが、四世帯十八人が取り残され、屋根にはい上って救いを求めた。話を聞いた同区成城町七四六東宝スター三船敏郎さんが自家用車の屋根にモーターボートを乗せてかけつけ、自分でボートを運転、無事に全員を救い出した。

三賞候補決る

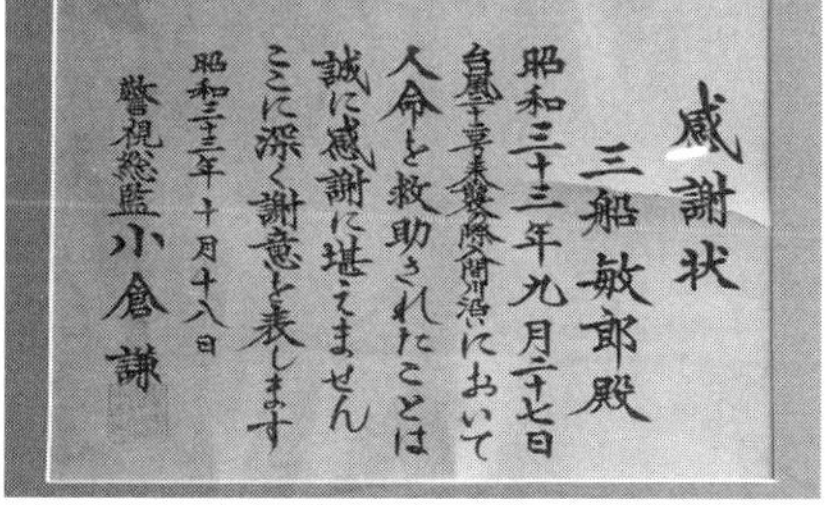
感謝状
三船敏郎殿
昭和三十三年九月二十七日
台風二十二号来襲の際仙川沿いにおいて
人命を救助されたことは
誠に感謝に堪えません
ここに深く謝意を表します
昭和三十三年十月十八日
警視総監 小倉謙

新聞報道（昭和33年9月27日付東京新聞夕刊）と
三船敏郎に送られた感謝状（三船プロ所蔵）

ンを撮ったとされる、湧水が流れる場所もすぐに発見いただけよう。

ただ、村の中心であり、百姓たちが相談ごとを行う広場「村の辻」がどの辺りだったかを示す客観的証拠はなく、推測でしかこれを示すことができない。愛宕山の高台と百姓家のセットの位置関係からおおよその位置を割り出すことは可能だが、なにせ撮影時には田圃や畑を整地してオープン・セットに仕立て上げ、そのあとには団地まで建てられたわけだから、もはや目印となるようなものはどこにも残されていない。

また、藤原釜足、小杉義男、土屋嘉男の演じた百姓たちが村の長老・儀作（高堂國典）に相談に行くときに渡る小橋も、概ねの位置しか分からない。画面では、橋のたもとに奇妙な形をした木（これは大蔵と堀切の両方に植えられた〝作り物〟だという）が見られるが、現在そ

大蔵に作られた村のオープン・セット全景　中央が「村の辻」　©TOHO CO., LTD.

れらしき木は残っていないし、１９６７（昭和42）年までに施された仙川の護岸工事によって、川の流れも変わってしまったからである。したがって、戦で命を落とした四人の侍たちが葬られる小高い墓地が作られた場所も、推測の域を出ない。墓地のシーンでは、侍の土饅頭のみが見られるだけで、周りの風景はほとんど写っておらず、こちらも小橋の位置から割り出す以外に手はないからだ（57頁の写真にヒントは示されているが）。

当大蔵地区には、村の北側にあるとされる「水神の森」――野武士の騎馬の侵入を防いだり、わざと防備を弱めて騎馬を一騎ずつ通したりする守りの要所――も、御殿場「二岡神社《にのおかじんじゃ》」近くの杉並木と並行して作られている（竹中和雄セカンド美術助手の証言）。当然これは、村のセットが設けられた中心部からやや外れたところに作られたと推測されるが、残念ながら、これも正確な位置は掴み得ない。何故なら、やはり竹中氏の証言にあるとおり、

1948年頃の航空写真（国土地理院）　楕円で囲った辺りがセット設営現場

画面に写り込む杉の大木のいくつかは〝作り物〟であることが判明しているからで（注14）、現場に何度赴こうと、いくら目を凝らして画面を眺めようと、その設置場所を正しく指摘することはほぼ不可能な状況にある。ただ、竹中氏は「もともと水が湧いていたところ」とおっしゃっているので、愛宕山の下から湧水が出て、現在では小川として整備されている辺りであることは確かと思われる。これについては、第五章で詳述させていただきたい。

ひとつ気になるのは、「霧のシーンは撮影所内の第七ステージと第八ステージの間に、実際に霧が涌いた日に撮った」という竹中氏の証言（36頁第一章「注6」参照）である。するとこの「村の北」のシーンは、撮影所内のオープンでも撮影されていたことになり、この地点の撮影場所は、二の岡を含めて三箇所に及ぶことになる。ただ、そもそもこの時期には、特大ステージである「第八・第九ステージ」（1955年竣工）はいまだ完成しておらず、おそらくこれは、撮影所最北端にあった〝所内オープン〟（中島春雄氏が呼ぶところの〝北海道オープン〟）での撮影と思われる。いずれにせよ、この〝霧中〟の

現在の大蔵 小川と水神の風景　©神田亨

撮影についてはこれまでほとんど言及されたことがなく、さらなる調査・分析が必要となろう。

また、竹中氏によれば、二の岡あるいは用沢に作られた、騎馬の襲来に備えた〈防柵越え〉のオープンも、一部は当大蔵地区に作られたという。ここで撮ったのは、おそらくは二の岡（用沢）では撮れなかった〈夜間シーン〉と思われ、これこそ画面からは、まったくもって推定不能。正確な証言を得ようにも、関係者の記憶も薄れていようから、今後の新たな発見は望めない状況にある。

1959年11月の大蔵の風景（大蔵5-7-1から東を見る/世田谷区立郷土資料館所蔵）

驚かされるのは前述した小川のほとりに、実際に「水神」の石碑が鎮座していることである。現地を訪れれば、碑の前に鳥居が立っているのを見ることもできる。石碑の裏側を覗くと、江戸時代末期の「天保十一年建立」との文字が刻まれているので、本作撮影時にはすでに存在していたものと思われるが、画面で確認できるのは「木製と思われる祠」であるから、これは実物の祠ではなく、撮影用に作られた小道具なのであろう。いずれにしても、この水神の存在は偶然のことであろうはずもなく、脚本執筆の段階で、作者たちがこの水神の石碑（注15）の存在を認識していたことはまず確かである。

なお、前述の安藤精八氏によれば、「水神のある小川の辺りでは、木村功と津島恵子のラブシーンも撮った」とのことだが、これは剣の腕を磨く久蔵が勝四郎と志乃の逢引きを目撃するシーンと見てよいだろう。

これまでの記述でご理解いただけたであろうが、冒頭に登場する「村の全景」と、当大蔵地区に建てられた村の家々はまったく違う建造物である。何度も繰り返し映画をご覧になった方なら、「全景」で見られる家々と、大蔵のオープン・セットに作られた百姓家の位置や形が微妙に異っている事実は、すでによくお分かりのことであろう。

村の美術設計にあたっては、岐阜県の白川郷を取材することになったものの、たまたまチーフ美術助手の村木与四郎氏が怪我をしてしまったことから、当時セカンド助手だった竹中和雄氏が一人で赴くことになる（竹中氏ご自身の証言）。画面で見られる、特に大蔵で撮ったほうの百姓家が、白川郷の合掌造りの家々を思わせるのは、もちろんそのためである。ただし、村の全景のデザインを担当したのは村木与四郎氏のほうで、竹中氏ではない。家の形や建てられた位置が微妙に異なっているのは、デザイナーの相違のためでないのは当然のことであり（なにせ本作はクロサワ映画である！）、これについては下丹那のロケ地について分析する第四章で改めて述べさせていただきたい。

大蔵に作られた村のセットでは、野武士との決戦シーンのほかにも、以下のシーンが撮影されているので、ここにご紹介する。

【大蔵地区での撮影】

①S＃3：「村の道」（村の辻）での百姓たちによる合議シーン。ここから皆で、水車小屋の長老・儀作のもとへと向かう。

②S＃51：侍たちを迎える前の「万造の家～井戸端」のシーン。ここで万造（藤原釜足）が娘の志乃（津島恵子）の髪を切る。ここから続く、S＃53「茂助（小杉義男）の家」における茂助と伍作（下見に来た野武士

村の広場で合議する百姓たち　©TOHO CO., LTD.

と山で遭遇する百姓／榊田敬二）によるやり取りもここ大蔵での撮影である。

③S＃61：侍たちが初めて村に入る「村の道」。百姓たちの警戒心が菊千代（三船敏郎）の機転によって氷解する、この印象的なやり取りも村の辻で展開される。ここは菊千代のキャラを最大限に生かした、実に巧みな作劇展開と言ってよいだろう。

④S＃67：「村の東・橋の上」以降の勘兵衛（志村喬）、五郎兵衛（稲葉義男）、勝四郎（木村功）による村の検分シーン。村の東から南、西へと移動し、水神の森がある村の北側までくまなく歩いて回る三人だが、それぞれの切り返しショットが撮られたのはもちろん当地・大蔵ではない。

⑤S＃88：「利吉（土屋嘉男）の家の前」。村の子供

菊千代と儀作による愉快なやり取り　©TOHO CO., LTD.

村の辻の名場面を演出する黒澤明　©TOHO CO., LTD.

菊千代の落馬ショットは堀切で撮影された　©TOHO CO., LTD.

たちに、菊千代ら侍たちが握り飯を配るシーン。子供の一人に扮した二木てるみさんは、大蔵のみの出演（後掲インタビュー参照）であった。

⑥S＃92：「村の道」（村の辻）で、五郎兵衛が百姓らに指示を出すシーン。茂助たちが「自分たちの家は自分で守る」と宣言、組を離脱しようとするが、これを勘兵衛が刀をもって隊列に戻させる、休憩前の緊張感溢れる名場面もここで撮られた。

⑦S＃102：「村の東」で、菊千代が与平（左卜全）の痩せ馬を乗りこなそうとするも、落馬する（こちらは堀切で撮影）のを見て笑う平八（千秋実）、久蔵（宮口精二）、百姓らの切り替えしショット。

⑧S＃133：「村の東」の土饅頭。奇襲をかけた野武士

最初に平八の墓が――雲待ちに何日もかけた名シーン　©TOHO CO., LTD.

墓地の盛土は作り物であることが分かる　©TOHO CO., LTD.

菊千代が屋根に上る利吉の家も大蔵に作られた　©TOHO CO., LTD.

の山塞で、種子島によって命を落とした平八を弔うシーン。雲待ちに幾日も要したことは、後掲の加藤茂雄さんインタビュー記事に詳しい。S#284のラスト・シーンでは、土饅頭は四つに増えることとなる。

⑨S#138：「利吉の家の屋根」。シナリオでは、菊千代は「西の丘」から駆け下りてくる野武士の騎馬を発見し、「野郎ッ！　来やがった、来やがった！」と叫ぶ。

⑩S#195：「村の辻」。一騎ずつ入れた騎馬を村の辻で挟み撃ちする場面。

これ以外にも、ここ大蔵に作られたオープン・セットでは、野武士の本格的な襲来に備えて侍が百姓たちと様々な対策を練ったり、交流の場を持ったりするのはもちろん、決戦を前にして志乃と勝四郎の

迫力ある村の辻における攻防　©TOHO CO., LTD.

ロマンスを囃し立てたりするシーン等々、様々な人間ドラマが繰り広げられる。このように、本作はまこと群像劇と呼ぶに相応しい映画であるが、封切当時は、侍ばかりが立派で、農民たちがあまりに卑屈、かつ愚かな存在に描かれ過ぎてはいないか、との批判もあったと聞く。

もちろんこのことについては、〝半農民〟の菊千代が侍たちを前にして、S#75で言葉にして表現しているし、ラストで勘兵衛も「勝ったのは、あの百姓たちだ」と一人語りしているように、黒澤ら作者たちは農民たちをただただ哀れな存在、弱き者として憐れんでばかりいるわけではない。もともと黒澤明という映画作家は、強き者と弱き者、優れた師と未熟な青二才、富める者と貧しき者、清らかなるものと邪悪なるもの、という正反対の存在のぶつかり合いからドラマを紡ぎだす特質を持っているので、どうしてもこのような〈分かりやすい対比〉は不可欠。例えば、『用心棒』で土屋嘉男が演じた百姓・小平なども実に情けない存在で、三船・三十郎からは「俺は哀れなヤツは大嫌いだ！」と、本作で菊千代が久右衛門の婆様に放った言葉「俺は、可哀そうな奴ァ大嫌いなんだ。こんな蛆虫見ると、胸がムカムカする…なにもかもグジグジしてやがる…」と同じような罵声を浴びせられている。ここに登場する農民たちが、ただただ怯え、自分の意志を持たない、単なる弱者でないことは、本作の愛好者ならとうにご諒解のことで

仙川が流れる大蔵の撮影地点の現在　©神田亨

雨中の決戦の撮影風景　©TOHO CO., LTD.

あろう。

『七人の侍』といえば、なんと言ってもラストに用意された野武士と侍&百姓連合軍による、雨中の決戦シーンを抜きには語れない。もちろんこのシーンの大半は、ここ大蔵で撮られたものである。

『評伝 黒澤明』（前掲）で堀川弘通が書いているとおり、それまで雨の降る西部劇をほとんど見たことがなかったことが、「ハリウッド映画に、雨で勝負しよう」との黒澤発言に繋がっているし、野上照代氏も、「雨っていうアイディアが素晴らしい！」と声高に語られている（NHK-BS2放送「我こそは七人の侍」での発言）。

とにかく、この映画で降る雨の量は半端ではない。『羅生門』（昭25、大映）では、降らせる雨に墨汁を混ぜた、という伝説が残っているが、ここで降らせ

雪が降り積もった大蔵のオープン　©TOHO CO., LTD.

た雨にそんなものを混ぜる余裕はとてもなかったろう。拙著『成城映画散歩』（２０１７、白桃書房）でも述べたように、当地・砧村の消防団のポンプ車七台（小道具の戸田清氏による八台説あり）により仙川から汲み上げられた水が、浜村幸一氏（ハマちゃん）、戸田氏（キイちゃん）ら小道具担当の手(注16)によって、侍、百姓、野武士たちはもちろん、撮影クルーや黒澤監督本人にも、容赦なく頭から浴びせかけられた。役者たちは、雨と格闘し、まさに「芝居なんかする余地はない」（前記ドキュメント番組での野上氏発言）ほどの極限状態に追い込まれたわけである。

ところが、この撮影の直前となる――一週間ほど前とされる――１９５４年1月24日、東京地方を大雪が襲う。もちろん大蔵のオープン・セットにも容

まるで沼のような撮影現場　©TOHO CO., LTD.

赦なく雪は降り積もり、三十センチの積雪を記録。その後、三日ほどかけて（野上照代氏は十日ほどかかったと証言）、仙川の水でこの雪を溶かして、最後の雨中の決戦シーンが撮られることとなる。

ということは、ここに撒かれたのは撮影のための雨だけではなかったのだ。かくして、もとが田圃であったため、セットはたちまち泥田に変貌。出演者だけでなく、監督、スタッフらもこの泥に悩まされる結果となる。泥の粘着力により、馬の蹄鉄が取れてしまう（堀川弘通の証言）こともあったというから、泥の脅威が並大抵のものではなかったことがうかがえる。

また、黒澤監督は腰まであるゴム長靴を着用して撮影に臨んでいたが、撮影が終わっても自ら足を抜けず、スタッフらによって、まるで大根のように引き抜いてもらっていた、との伝説も残っている。黒澤は、長い時間、泥に足を浸けていたことによって、「自分の足の爪はのちのちまで真っ黒のままであった」と、事ある度に語っていたものである。

約9分間に及ぶ雨の決戦シーンは、実はこの長い映画のわずか二十三分の一（4・35％）ほどの尺でしかない。しかしながら、とにかく二度とできない、極めて難しい撮影であったため、四台（注17）という複数カメラを使って撮影したことも、今や知らぬ者とてない逸話となっている。本作以降、マルチカメラ方式が定着するきっかけとなった作品だけに、黒澤にとっても記憶に残る一作となったに違いない。

この時のあまりに危険な撮影にあたり、堀川チーフ助監督は「死人が出てもいいんですか？」と黒澤に問うている。これに「仕方ないね。死人が出るとは限らないから」と返した黒澤は、まさに〝映画の権化〟となっていたと言わざるを得ない。ほとんど裸同然で、この極寒の環境の中での撮影に臨んだ三船敏郎は、死にはしなかったものの、このあと一週間ほど慶應義塾の大学病院に入院してしまったというから、その過酷さは推して知るべし、である。

決戦シーンの撮影を最後に行ったのは、黒澤がよく面白可笑しく語るような〈会社との交渉〉を考えてのことではなく、雨を降らせるからにはセットのことを考え、「最後に設定しないわけにはいかなかったから」（前掲「我こそは七人の侍」における堀川の発言）、というのが真相のようだが、この証言からはまさしく〈一発勝負〉の撮影だったことがうかがわれる。

大蔵団地　右が22＆23号棟（世田谷区立郷土資料館所蔵）

二月に行われたこの雨の決戦シーンをもって本作の撮影はすべて終わった、という説（野上照代スクリプターによる）もあるが、様々な記録からクランクアップは三月の中旬であることがはっきりしている。また、第一章「注5」（36頁）に記したとおり、完成記念写真は野武士の山塞のオープン・セット前で撮られているので、本作の過酷な撮影はまだまだ続いたことになる。これには、決戦シーンの撮影後に入院してしまった三船敏郎も、まだあるのかと、さぞや辟易したことだろう。

大蔵団地

当地大蔵には、本作撮影後に大蔵住宅（通称「大蔵団地」）が建設される。村のオープンが作られたのは、その15号棟を中心とした一帯である。当大蔵住宅は、東京都住宅供給公社が1960（昭和35）年から順次建設した団地で、30号棟まで作られた。その中の11＆12号棟と23号棟は、成瀬巳喜男監督作『女の歴史』（昭38）に登場するので、機会があったら是非ご覧いただきたい。この映画に写る大蔵団地23号棟の、なんとモダンであることか——。

現在の外観よりはるかに素敵な姿が、このフィルムにはしっかりと刻印されている。

当団地は老朽化により、現在建替事業が進められており、残念ながらロケ地となった地点に建てられた15号棟もすでに取り壊され、2020年の今も、建築工事の真っ只中にある。

ちなみに、下の写真がのちの大蔵の風景である。ここに写る大蔵団地の建物も現在では取り壊されて、2021（令和3）年までには新しい建物に生まれ変わるとのことだ。

決戦の村はここに作られた（山の稜線に注目！）
上 ©TOHO CO., LTD.／下 ©Izumi.O（2018年5月撮影）

（注1）大蔵での撮影に参加した馬は、成城大学馬術部の馬四頭のほかは、千歳船橋にあった「清風会村上乗馬」（小田急線と現在の環状八号線の交差するところにあった乗馬クラブ。三船敏郎、志村喬、千秋実もここで乗馬に励んだ）から借り出された馬十頭ほどであった。騎手を務めた学生たちは夏から冬まですべての撮影に呼ばれ、日当として一人二千円程もらっていたというから（国家公務員の初任給が八千円ほどだった時代）、相当な稼ぎを得ていたことになる。大学の馬術部で協力していたのは成城くらいで、これは撮影所に近かったことが大きかったと思われる（成城大学馬術部OB長氏の証言）。

（注2）「焼き板」とは、木賃宿のセットに使った板材のこと。使い込んだ感じを出すため、大道具が焼きを入れ、監督をはじめとしたスタッフ一同で磨き込む、という行程を要した。最初は文句を言っていた大道具係も、ラッシュを見て大いに納得したという（竹中和雄氏の証言）。

（注3）それでも良いことばかりとは限らず、夏の盛りには蚤が大量発生、馬小屋のシーンの撮影が一日休みになったこともあったとのこと（竹中和雄氏の証言）。

（注4）さらにのちには「東宝ビルト」となるこのステージでは、「ウルトラマン」や「ウルトラセブン」などの円谷特撮ドラマが撮影された。なにせ元は小屋であるから、冷暖房設備もなく、防音環境も悪かったこのステージでは同時録音など夢のまた夢。台詞はすべてアフレコで処理されたとのことだ。東宝が所有する当スタジオは2008年2月末をもって閉所、2009年に造成工事にかかり、2011年には集合住宅地「コモレビ大蔵」に変貌、賃貸が開始されている。

（注5）田中敦子さんが記録を担当した円谷特撮作品は、「ウルトラQ」から「ウルトラセブン」まで。「Q」は東宝撮影所内のステージを使って撮影したが、「ウルトラマン」からは美センで撮ったと、田中さんは証言されている。

（注6）『七人の侍』の町のセットで見られる傾斜は、『赤ひげ』の小石川養生所のセットでも見て取れるが、『用心棒』と『椿三十郎』ではまったく感じ取ることができない。

（注7）木賃宿に百姓が持ち込む米壺は、黒澤監督自ら所有していたものが使用された（竹中和雄氏の証言）。クランクアップ後には、黒澤からお礼にと、竹中氏のもとへ壺が届けられる。黒澤は当時、壺に凝っていたのだそうだ。きっと相当高価な品だったのだろう。

（注8）「六角堂」は、サード美術助手・加藤親子（ちかこ）氏のデザインによる（同じく竹中和雄氏の証言）。

（注9）多摩川が十万年の時をかけて削り取ってできた国分寺崖線は、立川市、国分寺市、世田谷区、大田区を縦断し、距離は約30Kmに及ぶ。武蔵野台地を立川面と武蔵野面というふたつの段丘に分け、樹林や湧水にも恵まれることから、世田谷区では「みどりの生命線」と呼び称している。

（注10）撮影時には石井氏の所有地であった「大蔵三丁目3－15」の土地は、1960年に(財)東京都住宅協会へと売買され、大蔵団地15号棟となる。また、元は石井氏の氏神である愛宕神社の所有地で、現在も水神が残っている「大蔵四丁目4」の土地は、撮影時は「東京府」のものだったが、のちに世田谷区へと譲与。現在でも、当地には「東京府」の名が刻まれた境界杭が残っている。

（注11）前掲『黒澤明 七人の侍 創作ノート』による。なお、百姓に扮した加藤茂雄さんは、当大蔵オープンでの撮影は9月から始まり、12月に一旦ストップ後、再開して決戦シーンを撮り、2月で終わった（決戦シーンの撮影期間は三日間）と証言しているが、堀川弘通監督は自著『評伝 黒澤明』に「オープン撮影は11月に入ってから」と書いている。当著によれば、撮影中断は二度。9月の終わり頃と翌年1月の半ばのことという。また、スケジュールについては「水車小屋・木賃宿のふたつのセット撮影（23頁掲載のスケジュール中、7月7日からと8月1日からの撮影を指すか）の後、農場オープンの侍探しと決闘、木賃宿の内外（同9月9日からの撮影か）をこなした後、伊豆長岡（同10月5日開始の撮影か）へと移動、四十日間で終了」とある。すると、大蔵のオープンの撮影は、やはり11月からということになるが……。

（注12）記録をひもとけば、狩野川流域では27日未明に雨はやみ、月まで出ていたそうだから、スタッフと俳優が缶詰になっている中、三船は車を飛ばして自宅に帰ってきたのであろう。

（注13）当地は現在の「成城ハイム」の西側に当たり、かつては新宿牛込の成城学校が持つ「中国人留学生会館」のグラウンドであった。植村泰二をはじめとするP.C.L.の野球チームは、ここで練習や試合をしたという。当地は、本作のセットが作られた大蔵より、やや上流に位置する。ちなみに、仙川の氾濫は、成城大学の馬場に置いてあった障害飛越競技用のドラム缶やバーが流され、成城橋の欄干に引っかかったことが原因で起きた、と馬術部関係者から聞いている。

（注14）大蔵にはもともとあった杉の大木の他、何本かの〝作り物〟の大木が補われた、と土屋嘉男も自著『クロサワさーん！』に書いている。

（注15）この水神の祠は弁財天社で、その名を御嶽神社という。

（注16）これを業界では「つぶし」と呼ぶ。竹中和雄氏によれば、東宝では、雨は「小道具」の担当であり、この撮影では「つぶし」だけで四十人もいたという（『村木与四郎の映画美術』による）。百姓役で出演していた加藤茂雄さんが語るには、「最初はホース五本くらいで撒いていたものの、ちゃちだったので、雨降らしの練習が始まった」とのこと。ホースは最終的に二十本用意されたというが、実際はどうだったのだろうか。加藤さんたちが、練習の際も百姓の扮装のまま現場に居させられたことは言うまでもない。

（注17）『全集　黒澤明』の作品解題において、佐藤忠男は「カメラ三台」と書いているが、「七人の侍はこうつくられた」で堀川弘通監督は、村の図面に記されたカメラの位置を示しながら、「四台」と説明している。

"黒澤組" 安藤精八氏から伺った話

以下は、東宝作品、特に黒澤組で整音（音響）の仕事を担当した故・安藤精八《せいや》さんから伺った話である。

安藤さんは1931（昭和6）年、世田谷区大蔵生まれ。戦後、自宅の近所に住んでいた東宝の録音部の人間の紹介により、公募されていた東宝の技術部に入職。当時は就職難の時代で、他にも入社試験を受けたがなかなか合格できなかったとのことだ。映画業界は〈ヤクザな社会〉と思っていた父や兄から大反対されたが、最終的には賛成してもらえた。最初の三年は契約社員として働き、のちに、遡って正社員にしてもらったという。

東宝には五十八歳の定年まで勤め、その後十年間は東急ハンズで働く。最後はレジ係を務め、パソコンにも対応した。実姉の娘さんは成城学園の幼稚園で事務の仕事をしていたとのことだから、地域との関わりはかなり深い。

初めて黒澤組に就いたのは本作『七人の侍』で、仕上げの段階からの参加であった。その後、黒澤作品には『デルス・ウザーラ』（1975）を除くすべての作品に関わる。かつては、監督の名前で「組」に分かれており、「黒澤組」が撮影に入ると、撮影期間が長いのはもちろん、映画作りにこだわりが強いため、機材や電力を使えなかったり徹夜が続いたりするので、他の組からはかなり厭われたという。

そして、驚くべきことに安藤さんのご実家は、本作のオープン・セットが作られた田圃（土地）のすぐ隣に位置している。実際、この地区には石井姓とともに、安藤姓を名乗る家がことのほか多く、ロケ現場の土地の所有者もご親戚だったのかもしれない。

安藤精八氏所蔵写真（手前は作業中の安藤さん）

以下に示す聞き取り事項は、2016（平成28）年1月、正式なインタビューではなく、ご親族の方と一緒に食事をしながら、雑談形式で伺ったものである。したがって、和気藹々とした雰囲気の中、話題は子供時代のことから本作撮影時、さらには黒澤組を離れて別の職業に就かれた時の話にまで及び、その内容は多岐に亘るものとなった。本作とは直接関係のない話も含まれるが、興味深い裏話ばかりなので、コラムを設けて紹介させていただく次第だ。

(1) 本作と同時期に『ゴジラ』の声も担当した。SONYの家庭用テープレコーダーで録音したコントラバスの音を、（機械的に回転数は変えられなかったため）手動でゆっくり回して、低い音を作り、それに様々な音を混ぜ合わせて、ゴジラの鳴き声を作った。

(2) 当時は磁気テープがなかったので、音声はポジフィルムの狭いトラックに録音した。台詞や効果音、音楽などを三〜四本に分けて録り、これを一本にミックスしていった。台詞はなるべく同時録音したものを使ったが、雑音などが入った部分は俳優にアフターレコーディング（アフレコ）をしてもらった。

(3) すべては〈手作り〉の時代であったから、雨の音や馬の蹄の音なども、あとで手作業により加えていった。録音部は三階建ての建物の中にあり、音楽の録音やアフレコはすべてここで行った。

東宝の寮は、撮影所の裏門（現在の正門の西側）を出て、成城消防署のほうに歩いて行った右側にあった。消防署前にあった「技術研究所」では、フィルムなど技術的な部分の研究をしていた。ゴジラの着ぐるみの造型もここで行われた。

(4) 『用心棒』（昭36）では、人を斬った際に出る効果音を担当した。まずは買って来た牛肉をぶら下げて、本身の刀で斬ってみたが、全然良い音がせず、水を含ませた肉を叩きつけたり、いろいろな野菜を斬ったりしてみた。血しぶきの音づくりにも苦労した。それまで、こうした効果音を使うことはなかったため、斬新な試みとなった。人を斬るときの音が入ったり、血しぶきが飛んだりするのは映画史上初で、その後の創作に大きな影響を与えたと思う。

(5) 黒澤監督は、端役に指示を出すときでも役名で呼んでいた。これで役者もやる気になったのではないか。役名を思い出せないときは、スクリプターのノンちゃん（野上照代さん）に訊いていた。細かいところまで気がつかねばならないスクリプターという職業は、女性しか務まらないと思う。ノンちゃんは、役者の特徴を書き込むノートも用意していた。

(6) 村のロケ地辺りから愛宕山方面を眺めると、何かぼぉ〜っと明るくなっているところがあり、「何かが燃えている」と、友だちとそのあたりに行ってみたが、何の痕跡もなかった。もしかすると、あれは〝狐火〟だったのかもしれない。

(7) 実家の目の前を流れる仙川が、いまだ護岸工事がなされていないときにもの凄い豪雨があり、大変

仙川の氾濫（安藤精八氏撮影）

な思いをした。上流からは大きな木やがれきが流れてきて恐ろしい思いをした。

⑻ 黒澤明がウイスキーを買っていたのは石井食料品店（現「成城石井」）にて。東宝のスタッフが成城で飲むときは、住友銀行（現ＳＭＢＣ）の向かい側の路地にあったスナックに行くことが多かった。

⑼ 『乱』で武満徹が激怒した事件は、自分（安藤氏）が原因を作った。

秀虎（仲代達矢）が次郎（根津甚八）の「二の城」を追われ、門の大扉を閉められてしまうシーン（S#36「大手門」）のダビング作業中、その音が気に入らない黒澤監督の指示を受けた安藤氏は、音楽担当の武満徹の許可を得ぬまま、低音を加えるため、別の箇所で録音したコントラバスの音を扉の閉まる音（注一）に混ぜる、という行為に及ぶ。自分に無断で音を切り貼りされた武満は、これに激昂。「監督の好きなように音楽を切り貼りしてもらってけっこうだが、自分の名前はクレジットから外してほしい」と言い残して、ダビンググループを飛び出していく。ノンちゃんからも、「武満さんに一言断ればよかったのに」と言われたが、あとの祭りだった(注2)。

(10) 音楽をロンドン交響楽団に演奏させることが気に入らない武満は、札幌交響楽団を推薦。しかし、全員を東京に来させることはできず、札幌で録音作業を行うこととなる。すると、安藤氏が現地に行かない（担当しない）と聞いた黒澤は、もともと札幌交響楽団の起用に不満だったこともあり、安藤氏に録音を担当するよう強く要請。

結果として、自分が監督と隣同士の席で札幌まで飛ぶこととなった。この一時間で監督から聞いた話は、のちのち大変役に立った。

(11) 黒澤作品のLD化に際し、音楽を佐藤勝が新たに録音したものと差し替えるよう提言してみたが、黒澤からは「古いものは古いまま残すのがよい」として反対された。

(12) 黒澤作品のほかは、市川崑の作品の整音を担当した。『犬神家の一族』のテーマ曲のミックスも自分が行った。

(13) 音楽録音の際は、すべてのパートの譜面を追うことはできないので、耳で覚えてミックスした。ミュージシャンは間違えても申し出てこないので、間違いを発見してしまった場合は、それとなく「もう一回お願いします」と提案して、彼らのプライドを傷つけないよう配慮した。

(14) 黒澤明の命日、1998（平成10）年9月6日に合わせて、毎年その日に成城の村田永楽園ビルの二階の店（「桂花」か？）で追悼会が開かれていた。しかし、だんだんスタッフが減ってきて、最近では開かれなくなってしまった。「砧同友会」（東宝俳優&スタッフによる懇親会）にもこのところ出席していない。

(15) 新しい東宝の建物ができるときにも呼ばれたが、昔と変わってしまった姿を見るのが嫌で、それ以来、東宝スタジオに足を運ぶことはない。昔の蒲鉾型のステージには特別な愛着がある。

(16)現在の時代劇、特に「大河ドラマ」は見る気がまったく起こらない。

(17)かつては渋谷から「東宝（正門）前」までバスが通っていて、撮影所前で折り返し運転をしていた。かつて世田谷通りは、現在の日大商学部のところから斜め右に入る道が本線だった。

元の世田谷通りと新しく通ったバイパス道　（世田谷区立郷土資料館所蔵）

（注1）『乱』のダビングは、1985年4月24日から5月8日まで、東宝スタジオの録音センター（現ポストプロダクションセンター2）にて行われた。野上照代氏の著書『もう一度天気待ち』（草思社）では、大扉が閉められた後に笛の音が鳴り響くところで、その低音部が足らないと感じた黒澤が、整音を担当していた安藤氏にテープの回転を下げるよう指示したものとされている。

（注2）この事件には〈おまけ〉がある。翌朝になって武満が黒澤に謝罪してきて、騒動は一件落着。クレジットには無事、武満の名前が残ることとなった。

※安藤精八さんは二〇二〇年二月十五日、八十八歳で惜しくも逝去された。
もう一度お目にかかって、日本映画の黄金時代の様々なことについて詳しくお伺いしたかったのだが、それももう叶わない。

ご家族・ご親族には、心からご冥福をお祈り申し上げる。

第三章

伊豆堀切他のロケ地の秘密を解く

片山五郎兵衛

稲葉義男（撮影当時三十三歳）
最初に勘兵衛に認められ、参謀格として重用される浪人。静かで穏やかな人柄だが、軍学にも秀でている。“腕試し”に仕掛けられた待ち伏せにも、「ご冗談を」と笑って返すなど、侍としての腕も確かなものがある。黒澤ノートでは「人をなだめるような力がある」とされる。

前章では、村の主たるロケ地となった、世田谷「大蔵」地区に作られたオープン・セットで撮影されたであろうシーンやショットについて検証を行った。しかしながら、本作には大蔵以外にも、ここでは撮り得なかったシーンや切り返しショットの数々をフィルムに収めたロケ地が存在することが、すでに判っている。ここを具体的に解明・特定せずして、ロケ地巡りツアーや映画講座で「こちら側は堀切、あちらは二の岡、村の全景は下丹那……」などと、得意顔で解説するわけにはいかない。2018年5月末、我々『七人の侍』ロケ地探索チームは、まず「村の東」が撮られたという堀切地区、そして村の全景が撮られたとされる下丹那地区へと足を運んでみることにした。

堀切地区では

最初に訪れたのは、『全集 黒澤明』では「伊豆長岡」、村木与四郎氏の名を冠した著書『村木与四郎の映画美術』と黒澤研究会編によるムック本『黒澤明 夢のあしあと』では「修善寺」、堀川監督が著した『評伝 黒澤明』においては「伊豆の大仁」にあると記された「堀切」地区である。当地区で「村の東」及び「村の南」が撮られたとされるのは、すべての書で共通しており、『夢のあしあと』では現在の写真付きで、かなり具体的にそのロケ現場の紹介がなされている。

当地の現在の住所は、静岡県伊豆市堀切。電車で行くと伊豆箱根鉄道の「大仁《おおひと》」駅から歩くほかなく、駅からは直線距離でも2キロ近くある。我々は車で赴いたが、東京からは東名高速を使って、長泉沼津

写真Ⓐ 関所へと迫る雪姫一行　©TOHO CO., LTD.

写真Ⓑ『隠し砦の三悪人』の関所は、ここ神島橋に作られた（後方は城山）　©神田亨

インターから伊豆縦貫自動車道、伊豆中央道、修善寺道路を経由して南に下っていけばよい。

途中には、『隠し砦の三悪人』（昭33）で、雪姫一行が秋月領から山名領へと〈敵中突破〉する「橋のたもと関所」の撮影が行われた神島橋（住所は静岡県伊豆の国市神島）がある。この撮影は、1958（昭和33）年6月21日から始まった伊豆ロケのスケジュールの中で行われたもので、『全集 黒澤明』所載「製作メモランダ」には「風速峠、城山、天城方面」で撮影されたとの記録が残っている。

奇しくも、この映

画の撮影中に上陸した「台風第22号」にその名を刻む「狩野川《かのがわ》」に架けられた当橋梁「神島橋」は、今でこそ鉄とコンクリート製の近代的な橋となっているが、映画に出てくるのはもちろん木橋である。『隠し砦の三悪人』では、背後に不吉な雰囲気を醸す城山《じょうやま》がそびえ立つ中、三船敏郎扮する秋月の侍大将・真壁六郎太と雪姫（上原美佐）一行は、薪の中に隠した軍用金を同盟国の早川領へと運び込むため、ご存知の奇策を用いて関所を通過していく。

映画に写る城山の形は現在とまったく同じだが、ここであの『スター・ウォーズ』の原典となった黒澤時代劇のロケが行われたかと思えば、実に感慨深いものがある。地元の方に伺えば、城山の向こう側（南西方向）が我々の目指す堀切であるという。こうして、まさに武者震いをしながら、我々は堀切地区へと入るのであった。

さて、現地ルポに入る前に、まずはここ堀切の風景が登場するシーンやショットをおさらいしておこう。

堀切ロケの〝いの一番〟は、S＃4「村はずれ」の場面である。下丹那で撮られたS＃2「尾根（村の全景）」から、短いカット繋ぎによって、大蔵で撮ったS＃3「村（村の広場）」へと場面は飛ぶ。ここで村のロケ地が換わっていたとは、まったくもって驚きである。S＃3は、百姓・伍作（榊田敬二）が聞いた野武士の副頭目（大友伸）の一言「あの麦が実ったら、また来るべえ」について、村の衆で対応を協議するも結論が出ず、長老の爺様・儀作の水車小屋へと向かうシーンとなる。

沈鬱な表情で歩き出す百姓たち。小川に架かった橋を渡ろうとする、そのショット（写真Ⓒ）はもちろん大蔵で撮られたもので、渡ろうとする川も当然、仙川である。そして、カット（カメラの向き）が切り替わると、そこはもう堀切（写真Ⓓ）となる。百姓たちはまるで同じ橋を渡ったかのように見えるが、この川も橋もまったく違う場所に並存するものであったとは、当時の観客は誰一人として気がつかなかったに違いない。それほどこのカット繋ぎは、スムースかつ自然であり、撮影や照明スタッフの苦労が偲ばれる（ただし、よくご覧になると判るが、実は川に架けられた橋の形は微妙に異なっている）。

ここで見られる橋と水車小屋の距離、そして川の蛇行具合は、のちほど橋の位置を探る重要なファク

写真Ⓒ／写真Ⓓ　上は大蔵、下は堀切。まるで一箇所で撮られたような編集のマジックが見られる　©TOHO CO., LTD.

ターとなるので、しかとご覧いただきたい。

そして、続くカットが水車小屋の外観で、これも当然ながら堀切地区の川（小山田川という）沿いに作られたロケ・セット、ということになる。

この小橋はのちに、村に到着した侍たちが儀作の小屋で〈板木〉の音を聞き、一斉に村の広場へと駆けつけるシーン（S#64）や、勘兵衛や五郎兵衛、勝四郎らが村の様子を検分するシーン（S#67、写真Ⓔ）などにも出てくるが、野武士の侵入を防ぐため、すぐに落されてしまうので、それ以降は見られなくなる。つまりは作り物ということであり（実際、堀川弘通は自著で「同じ橋を二箇所に作った」と書いている）、これはいくら探しても現存するはずはない。

また、堀切はS#70の「村の南」が撮られたロケ地

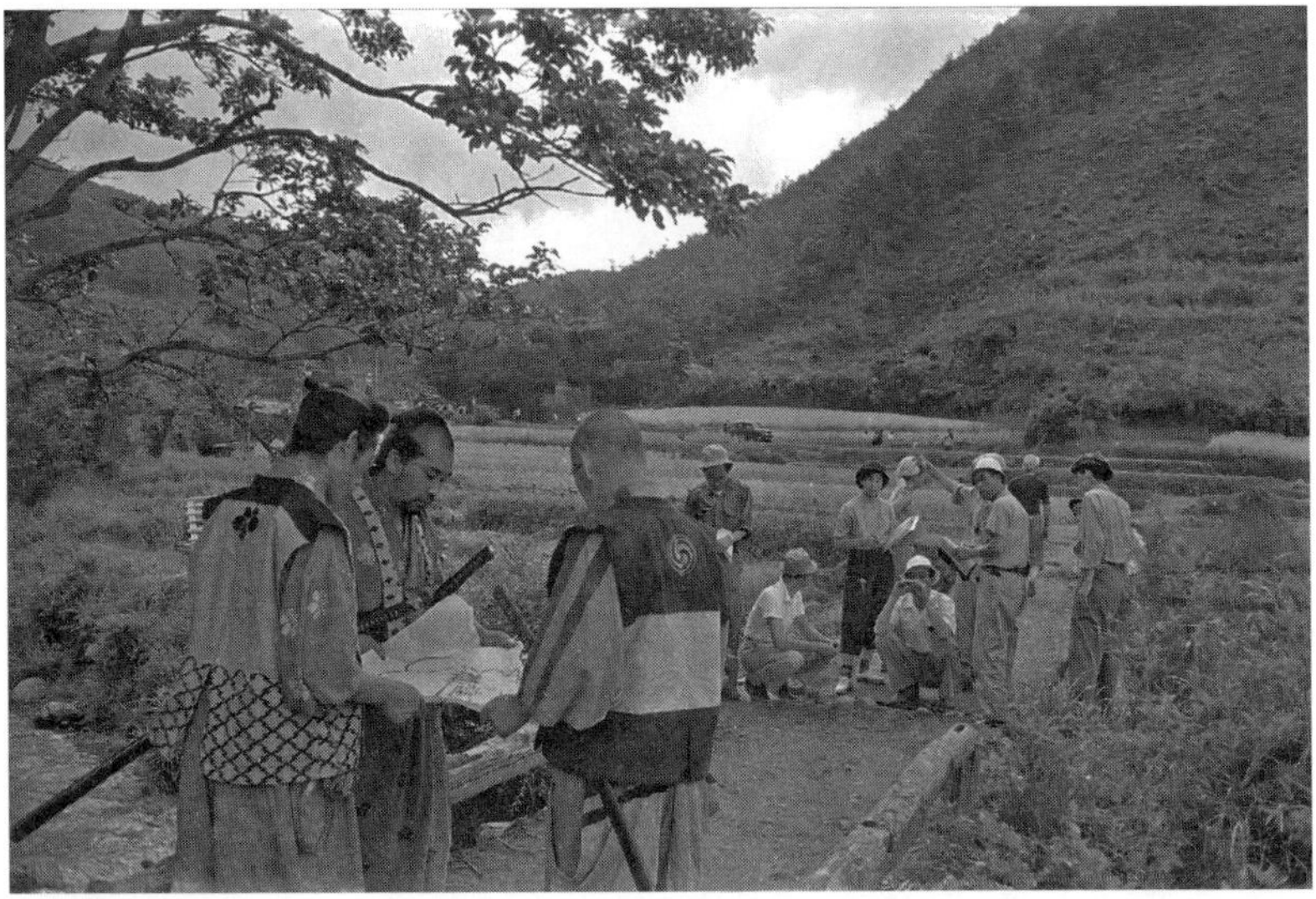

写真Ⓔ 村の検分シーン撮影風景　98頁写真⑦に見られる水車小屋はいまだ建て込み中

でもある。こちら（南）側は田畑と山が広がっている設定なので、切り返しショットは絶対に大蔵では撮れなかったのだ。そしてこの田圃は、水を張って水田《みずた》にすることで、野武士の騎馬の侵入を防ぐ役目を果すことになるので、麦の刈り入れシーン（S＃93）も当然、ここ堀切で撮影するしかなかったわけである。

さらに、堀切での大きな撮影には、S＃102の「村の東」もある。菊千代が与平（左ト全）の痩せ馬を乗りこなそうと駆け出すが、百姓家の後ろ側を通り抜けたと思ったら、馬だけ飛び出してきて、菊千代は腰を押さえて追いかけてくる、というコミカルなシーンである。これらを撮った農道には電柱が存在したそうだが、黒澤がこれをどけさせたという〈伝説〉は、ある意味当然のことであったろう。そして、これを見て笑い出す平八、久蔵といった侍や百姓たちのリアクション（切

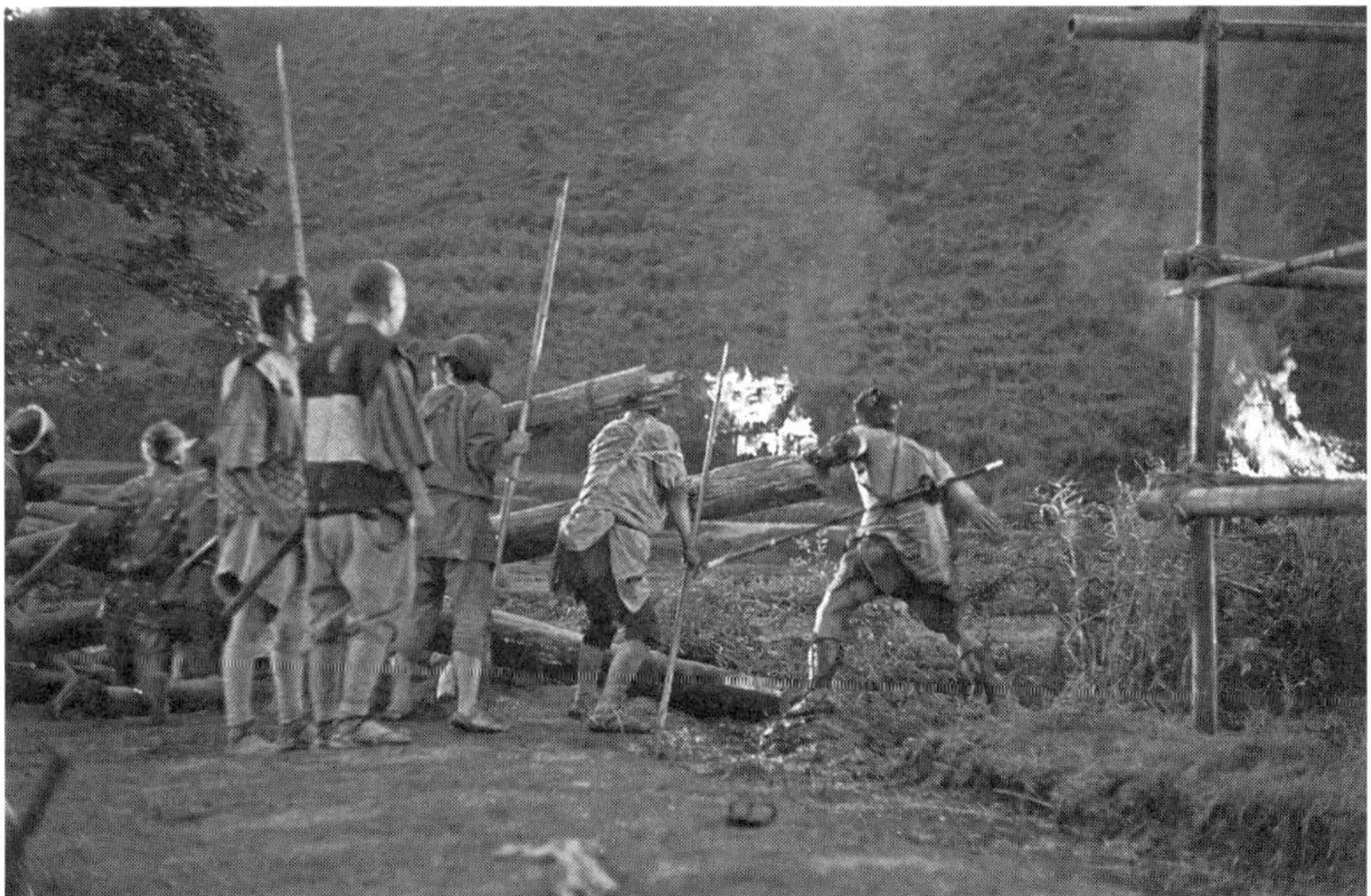

写真Ⓕ 離れ家の炎上　©TOHO CO., LTD.

り返しショット）は、当然ながら大蔵で撮られていて、その編集の妙、カット繋ぎの巧みさには唸らざるを得ない。

あとは、野武士の騎馬が襲ってきた後、「南の道」で野武士の一人が水堀の深さを測ろうとして、五郎兵衛に弓で射られて田に倒れ込むシーン（S#151）や、S#157以降の菊千代が守る「村の東」の各シーン、S#168〜171（写真Ⓕ）の茂助らの離れ家三軒に火が放たれ、続いて儀作たちが住む水車小屋も燃やされてしまう、重苦しくも派手なシーンなどが、ここ堀切にてロケされている。

特に水車小屋の炎上シーンは、二度までも失敗、三度目で漸く黒澤が気に入る燃え方をしたとかで、美術（大道具）スタッフたちの苦労は相当なものがあったに違いない。このとき黒澤は、撮影が終わるやさっさと車に乗り込み、旅館に帰ってしまった（堀川弘通の証言）というから、天皇ぶりはすでにこの頃から発揮されていたことになる。

この失敗を教訓として、大量のガソリンが仕込まれた野武士の山塞炎上シーンでは、逆に燃え過ぎてしまい、利吉を演じた土屋嘉男が酷い火傷を負ったことは、よく取り上げられる失敗例となっている。

決戦のあとの田植えシーン（S#284「村の東」、写真Ⓖ）も、もちろん当地堀切でのロケ。シナリオでの設定は六月のことであったから、このシーンは1953年6月17日から始まったとされる当地でのロケーションの最初期に撮られたものと思しい（注1）。勘兵衛によって「戦に勝った」と言われた利吉ら

写真Ⓖ 田植えシーン　©TOHO CO., LTD.

百姓たちによる、この晴れがましい田植えの模様は、早坂文雄が作った陽気で賑やかな「田植え唄」（ドッコイコラコラ、サーッサ）と、沈うつな表情の侍たち（土饅頭前の彼らの姿は、世田谷の大蔵で撮られている）との対比もあって、この壮大で長尺な群像時代劇のラストを飾るに相応しい、得も言われぬ余韻と感動を観客に与えた。

写真Ⓗ 現在の堀切地区　©神田亨

当地堀切は、北側にそびえる急勾配の山と南側の小高い山に挟まれた窪地である。車がその地区に入った瞬間、筆者はすぐに「ここだ！」とピンと来るものを感じた。

周囲を見渡すと、北側の切り立った山を除けば、どことなく大蔵の地形・雰囲気と通じるものが感じられる。眼前には麦刈りや田植えのシーンを撮るために必要な田園風景が広がり、田圃の外れには小山田川という小さな川も流れている。川がなければ、当然のことながら水車小屋のセットは作りようがなく、ロケ地の選定にあたって川はマスト・アイテムであったことになる（実際、のちに紹介する下丹那にも川はある）。

そして、農道沿いの川のほんの少し南にはやや大きめの川が流れている。実はこれこそが山田川の本流なのだが、その川幅からして、こちらのほうに水車小屋が作られたとは到底考えられない。支流のほうの小山田川も、一部護岸工事が施されていることを除けば、ごつごつとした岩が川の内外に転がっている光景は、映画に写る川とほぼ同じである。

写真① 小山田川の現在の姿　©Izumi.O

図① 川の流れが分かる地図（国土地理院）

ただ、二つの山田川は合流して、東側に位置する狩野川に流れ込んでいることから、その流れは南西から北東方向へと向かっていて、これが世田谷大蔵を流れる仙川（こちらは北から南へと流れる）とは真逆なのがつらいところ。ご存知のように、水車小屋のシーンでは流れがはっきりと写っているので、

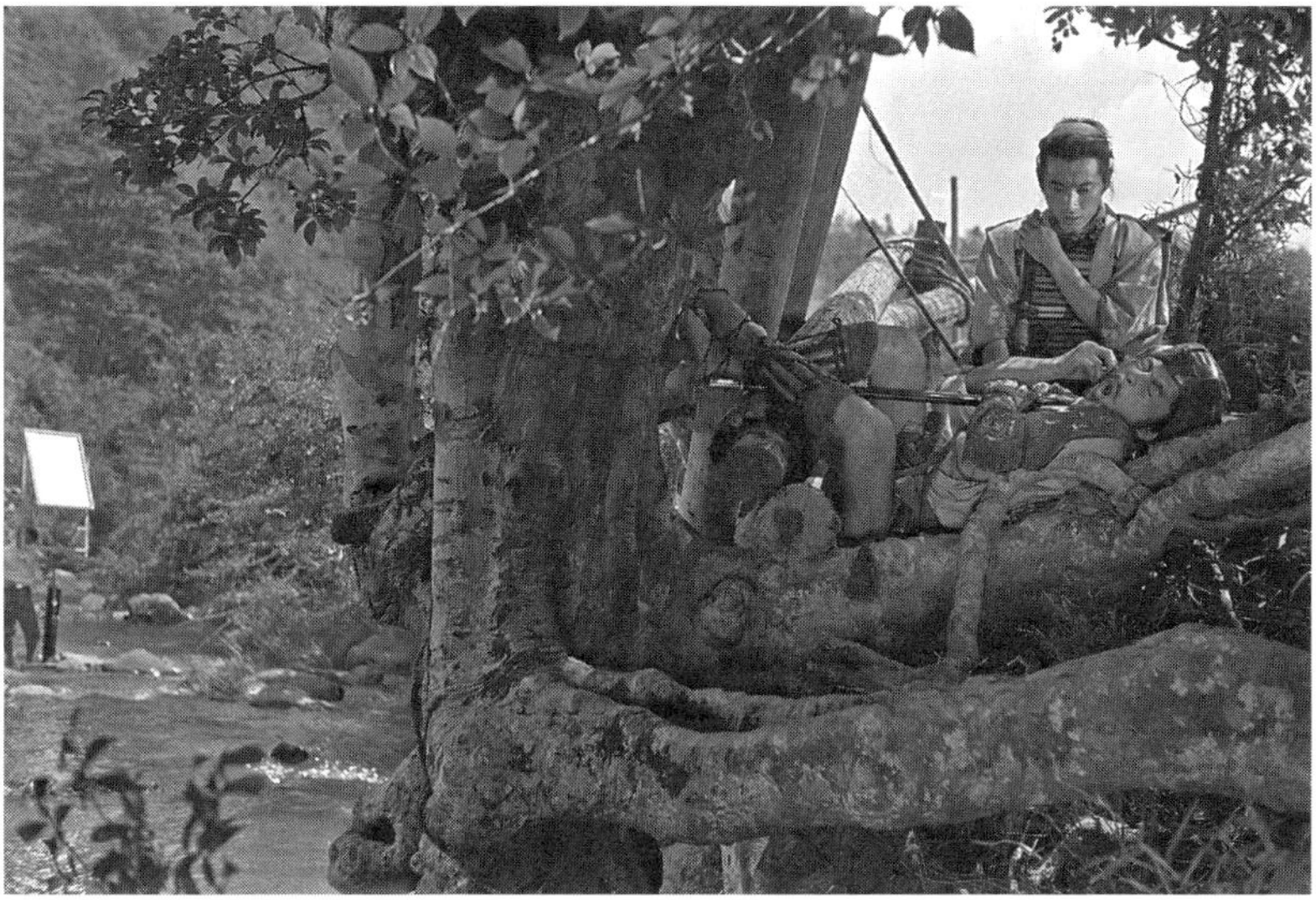

写真Ⓙ 奇妙な形をした木の上の菊千代と勝四郎　下を流れるのは小山田川

大蔵で撮られた川のほうは、その流れの向きがまったく見えないよう配慮する必要があったわけである。実際、映画のフィルムに仙川で撮ったほうの川の流れは一切写っていない。

コンクリート・ブロック工場らしき施設（「土屋建材修善寺工場」／住所は伊豆市堀切575）の脇道を通り、車を田圃の方（東方向）へと進めると、川の傍に到達する。こちらにも、同じような工場（同「大仁工場」／住所は伊豆の国市神島1456－1）がある。ロケからすでに六十五年が経過しているので何ができても仕方ないが、未だこの工場以外に大きな建物は皆無であることが、当地がロケ地に選ばれた理由と言ってよいだろう。この地に入るには大型トラックが通るにも一苦労する道しかなく、要するにここは誰にも邪魔されずに撮影できる、絶好のロケ地だったわけである。

車を川縁の橋のたもとに停め、川を背にすると、切り立った山が眼前に広がる。菊千代が与平の痩せ馬を操ろうとして途中で落馬する農道は、この道である。すっかり舗装されて電柱も立っているが、今にも菊千代が馬で走って来そうな感覚に襲われる。すると、百姓たちが長老に相談しに行くときや、勘兵衛らが村の検分をするために渡る小橋が作られたのも、この辺りではないかという気がしてくるし、写真Ⓙに写る〈奇妙な形をした木〉（注2）らしき樹木も、そこには確かに存在する（写真Ⓚ）。

しかし、冷静になってよく見てみると、その木は川の東側、すなわち山とは反対側の〈橋の北側のたもと〉に生えている。映画ではどうだったろうか？（当地で撮られたショットでは）百姓や勘兵衛たちが小橋を渡る時、その奇妙な形の木は、やはり山の反対側ではあるものの、〈橋の南側のたもと〉に生えているのだ（写真Ⓛ）。したがって――もし、この木が当時のものだとすれば、だが――、我々が現在目の当たりにする橋は、撮影時に作られた小

写真Ⓚ ©神田亨／写真Ⓛ 奇妙な形をした木の現在の姿、かと思いきや…
©TOHO CO., LTD.

橋とは位置が違っていることになる。だいいち、六十五年の時を経た今、あの木が枯れずにそのまま残っているものだろうか？　これは植物学の専門家にでも訊かないと判らないが、やはり同じ木と断定するには大きな躊躇を感じてしまう。何度も書くが、そもそもこの木はわざわざ撮影のために設えられたものだからだ。

当地における最大の焦点は、ロケ・セットとして作られた水車小屋の位置である。黒澤が火の回りが気に入らず（注3）、三度も撮り直したという、あの水車小屋の設置場所が特定できれば、橋が作られた場所も推定できるし、〈奇妙な形の木〉が現在我々の見ている樹木であるかどうかも、判定が可能となるであろう。もちろん逆もまた然りで、橋の位置さえ判れば、おのずと水車小屋が建てられた地点が導き出されることになる。

それに、農道と百姓家の背後に見える山の形状が合致

写真Ⓜ 三度も作り直した水車小屋　©TOHO CO., LTD.

しているかも、非常に重要なポイントとなる。堀切には、映画を見る限り、大掛かりなセットは造営されていない。当地に作られたのは、水車小屋のほかは、川向うの百姓家三軒（村の東）と麦刈りなどのシーン（村の南）に写っていた小屋、それに野武士の侵入を防ぐため橋を落として築いた防柵くらいであるから、今検証できるのは、水車小屋が作られたと思しき位置の川の形状と、山の形くらいしかない。現地に行ってみるとお分かりになるだろうが、田圃や畦道の形状は工場が建ってしまったことで、いまさら確認の仕様がないからである。

なお、この日の検証にあたって、映画本編の画像は持参してこなかったため、フィルムに写る橋と水車小屋間の距離感を確認したり、川の流れの角度を画像のそれと比較したりすることはできなかった。また、前掲書『夢のあしあと』で、堀切のロケ地はかなり断定的にレポートされていたことが頭にあったので、「行ってみれば分かるだろう」との楽観的観測を持っていたのも確かである。

それに、現地に行ってみて感じたことは、水車小屋が作られたとされる川から農道＝山までの距離が非常に短かったことだ。ご存知のとおり、映画の画面からは物凄い距離感、奥行きが感じられるので、この〈狭さ〉は実に意外に感じられた。もちろんこれも、レンズの効果的な使い分けやトータルな撮影テクニックによる〈黒澤マジック〉の成せる技なのだが、実際に現場に立てば、不思議な感覚に捉われること必至である。

一回目の堀切探訪では、さらに侍たちが休息した滝（鮎壺もしくは藍壺）と、村の全景を撮った下丹那まで足を運ぼうというささか欲張りな計画であったから、山の形は完全に一致することが確認できたものの（注4）、水車小屋の位置の特定までには至らず、今回の堀切の調査はここまで、となった。

ただ、道を歩いていた近所の農家のおばさんたちとは話をすることができた。聞けば、彼女らは他所から当地に嫁入りしてきた方々で、1953年に行われた『七人の侍』のロケについては全然知らないとおっしゃる。それでも、おばさんたちからは、「堀切」は「ほりぎり」と言い、そこは我々が車を停めた場所よりも西側の小高い土地＝集落であって、車を停めたのは、むしろ「熊坂（くまさかか）」と呼ばれる土地であることを聞き出せた。そこで、小高いほうへと向かってはみたものの、その辺りに田圃などはほとんど存在しない。これでは、村のロケ地としてはまったく不適格で、やはり撮影地は車の停車位置近辺であることがほぼ確実となった。

下の写真Ⓝと⓪を見比べていただければ、菊千代と与平が守る「村の東」が、当地でロケされたことは明らかだが、まだまだ完全に解明できないもどかし

写真Ⓝ 菊千代が護る村の東

写真⓪ 現在の山の稜線に注目！ ©神田亨

さを残したまま、我々は次の訪問予定地、下土狩《しもとがり》へと向かうのであった……。

侍たちが村へ至る休憩の地――下土狩

次の訪問地は、静岡県沼津市と駿東《すんとう》郡長泉《ながいずみ》町の境に位置する「鮎壺の滝」である。当地の広報パンフレットによれば、この滝は富士山から流れてきた三島溶岩流が固まった〈南の果て〉に位置するという。鮎壺《あゆつぼ》、もしくは藍壺《あいつぼ》と呼ばれるこの滝が、百姓たちが七人――この時はまだ六人だが――の侍を村に案内する途中で食事をとる場所（S＃56／シナリオでは「河原」）として登場することは、『全集 黒澤明』で「河原――藍壺（長岡）」、堀川弘通の著『評伝 黒澤明』では「道中（伊豆・藍壺）」と明記されているので、まずは疑いようのない事実。本作でもひときわ異彩を放つ当シーンのロケ地となったこの滝を、まずは自分たちの目で確認すべく、筆者たち一行は車のハンドルを堀切から駿東郡長泉町下土狩へと向けた。

実際にこの目で見た現在の鮎壺の滝の印象は、ひと言で言えば〈町中〉の滝であった。この滝があるのは、JR御殿場線の「下土狩」駅（注5）から徒歩でわずか五分ほどのところ。駅の西側を通る国道87号線を渡り、小道を下っていけば、すぐにこの滝の全景を確認できる場所に出る。したがって、町の中にいきなり大自然が広がっている印象なのだ。勘兵衛や平八たちが握り飯を頬張った、人里離れた地にあるとしか思えないあの急流の滝が、よもやこんな市街地の真ん中に位置していたとは、まったくもって意外なことであった。

この鮎壺の滝、滝自体はそれほど大きいものではないが、岩場の幅は百メートルほどあり、落差（高低差）も約十メートル。御殿場に源を発し、やはり狩野川水系の「黄瀬川」（沼津市と清水町の境で狩野川に合流する）の途中にある、なかなか見栄えのする立派な滝である。聞けば、静岡県から天然記念物として指定も受けているという。

そして、これは二度目の訪問時に明らかになったことだが、驚くべきことに映画で見られる滝と現在の滝の位置はまったく違っていて、実は次頁の写真（現在の風景）に写る右から二番目の小さな流れが、映画の画面で見られる滝なのだという。これは幾度かの台風の大雨で石が動いたことによるもので、よもや滝の流

映画で見られる鮎壺の滝　©TOHO CO., LTD.

れが変わってしまっていたとは、思ってもみないことであった。これは、たまたま出会った現地のガイドさんから聞いた〈トリビア話〉である。

滝下の河原では、菊千代が褌《ふんどし》一丁になって川魚を捕らえ、焼き魚にして食べる様子が撮られている。しかし、今見られる岩場の形状は、フィルムに刻まれた光景とはいささか様相を異にしている。六十五年も経てば、川や滝の流れによって岩の形や数が変わってしまうのは当然だが、びっくりするのは滝の周りの風景である。今や滝の少し下流、川の西岸に整備された公園脇には大規模なマンションがそびえ立ち、さらには公園前には滝を正面から一望できる吊り橋まで架かっている。また、滝の上部には、映画では見ることができない樹木が生い茂っており、ここからも時の流れを感じざるを得ない。

いずれにしてもこの立地条件は、菊千代が摑える魚をスタッフが買いに行けたくらいだから、映画の撮影には至極便利で、堀川弘通助監督たちは実に適切な場所を選んだことになる。

現在の鮎壺の滝（映画で見られる滝は、右から二番目の小さな流れの位置にあったという）©神田亨

こうして本作のロケ地を訪ね歩いていると、この「狩野川」という川を中心に撮影場所が選ばれてい

るような気さえしてくるから、実に興味深い。「(1953年6月から7月にかけての)下丹那・堀切での撮影にあたっては、メイン・スタッフは伊豆長岡温泉の宿『さかなや』から通い、当宿屋には四十日間も滞在した」とは、堀川助監督の証言だが、まさにロケ地はこの宿から通うのに適した場所ばかりだったのである。

再度、堀切地区へ

次に堀切を訪ねたのは、夏も終わりを迎えようとする2018年8月30日のこと。5月の訪問時の反省を踏まえ、今回は映画に写る川の形状や流れの向きから、その小橋が架けられた地点を推測することとした。いかに護岸工事が施されているとはいえ、航空写真の比較からも分かるとおり、基本的に川の流れは変わっていないはずだからだ。

次頁の撮影風景スナップ(写真①)をよく見て欲しい。菊千代が炎上する水車小屋に向かって川を走る、そのショットには、川の曲がり具合が実によく写り込んでいる。

大蔵で撮影した、百姓たちが長老に相談に行くショットや、勘兵衛たちによる村の検分シーンは、映画では「村の東」に向かって歩いていく設定だが、実際の撮影では、彼らは西に向かって歩き、橋を渡っている。これは光線状態や、仙川の流れ(南北に流れている)からも明らかだ。したがって、彼らは映画の設定とは真逆の方角に向かって歩いていることになるのだが、こういうちょっとした（監督にとっては大きな）矛盾にこだわっていたら、それこそ日本国中探しても適当なロケ地は見つけられなかったであろう。

そして、当地堀切で撮られた切り返しショットでも、百姓や侍たちはおおよそ西向きに歩いて橋を渡っている。すなわち、両撮影現場の方向性、光線状態は見事に一致しており、この点において不自然さはまったく感じられない。掘川助監督らによるロケ地選びは、こうした点にも配慮する必要があったのである。

すると、西側に歩いて川を越えるためには、当然のことながら川は南北（あるいは北南）に流れていなければならない。それに、映画の画面（写真Ⓓや写真①）からは、橋のすぐ上流辺りで川が右方向にカーブしていることが見て取れる。実は、この川の曲がり具合が、

写真① 川の曲がり具合が分かるうえ、橋と水車小屋の位置関係がよく見て取れる

橋の位置を割り出す手がかりとなるのだ。映画では、カーブが終わって、川が北方向に向かって流れ始める場所に橋は架けられていたからである。

そこで、今度は撮影時に比較的近い1962年に撮られた国土地理院による航空写真（写真②）をもとに、小山田川がこのような流れ、映画の画面のような曲がり具合を見せている場所を探すと、この条件に合う箇所がひとつ見つかった。ここに「＋」を付け、現在の航空写真（写真③）と照らし合わせてみると、幸いにも川の流れはほとんど変わっておらず、この地点は、次頁写真④の「土屋建材大仁工場」の建物裏であることが判った。実際、この辺りは草木に覆われてはいるが、映画のフィルムに写る川の面影を完全に残

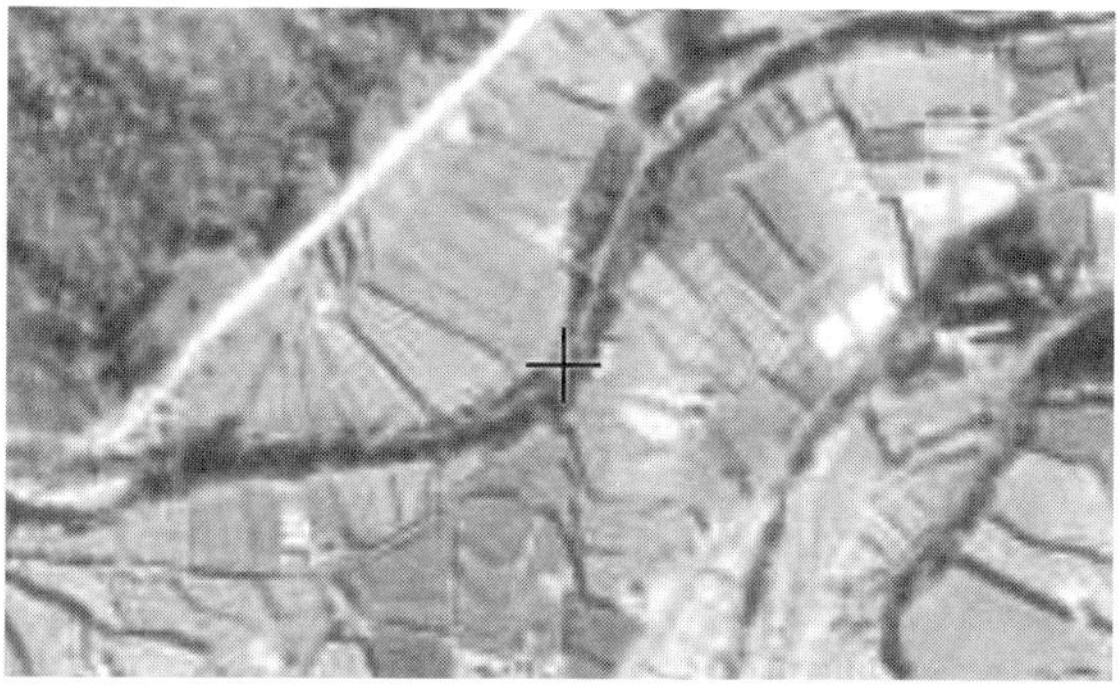
写真② 1962年当時の堀切（国土地理院）

写真③ 現在の堀切（同）

している。

これで橋が作られた位置は明らか（写真⑤の手前側）となったが、残る問題は、フェデリコ・フェリーニ監督（注6）が本作の中で一番好きだという、水車小屋の炎上シーンがどこで撮られたか、いや水車小屋がどこに作られたか、である。写真①（94頁）を見れば、小屋は橋の先から川をまっすぐ上っていった地点にあることが分かる。

さらに、次頁の撮影風景写真⑥を見ると、当地点から見た川の流れは、少し先で左側に緩くカーブしている様子がうかがえる。

80頁掲載の写真Ⓔは、村の検分シーンの撮影の模様を写したものである。よく見ると、写真の中央付近にはまっすぐな道路が通っていて、乗用車が停まっているのが分かる。するとこの道は、菊千代が与平の馬を駆って落馬した道の西方に当たると思われる。前頁の航空写真②で確認すれば、山際を真っ直ぐ走る道路は、川と一番接近する辺りでやや右にカーブしている。

写真④ 土屋建材大仁工場　©神田亨

写真⑤ 工場横を流れる山田川（橋はこの辺りに架けられた）　©神田亨

写真⑥ 水車小屋炎上シーン撮影風景　©TOHO CO., LTD.

写真Ⓔの中央付近、勘兵衛の頭のすぐ左側遠方に、撮影スタッフと思われる人間が豆粒のように写っている。その先に道路が見えないことを考えると、この辺りが川と道路が再接近する地点なのであろう。

一方、勝四郎の頭の後方付近では、何かの建て込み作業中であることが見て取れる。三人が立つ橋との位置関係から考えるまでもなく、これは写真Ⓓ（79頁）にも写り込む水車小屋の建築途中の様子と推測される。

ここで、もう一枚のスナップ（次頁写真⑦）を見ていただきたい。これは百姓たちが橋を渡るシーンを写したもので、もちろん水車小屋も写っている。よく眺めると、奥のほうにスタッフらしき人物が立っていて、水車小屋はそれよりも左側手前に位置している。一方、スタッフのすぐ右側にも小屋があり、この小屋は、写真Ⓔ（80頁）の勘兵衛の頭の左奥にも写っている。この辺りが川と道路が再接近する地点であるならば、水車小屋はそれよりも少し橋に近い位置に建てられたことになる。

とすれば、長老・儀作一家が住む水車小屋は、土屋建材の工場からやや西寄りの、川と道路が最も接近する地点と川がカーブする地点の中間、やや西寄りの辺りに作られたものと断定して良いのではないか。この位置（写真⑧参照）であれば、橋が架けられたとされる地点から（土屋建材の建物がなければだが）よく見渡せるし、この先から川は左に緩くカーブしていくので、写真⑥の川の流れともよく合致することになる。

今この地に立っても、その風景は激変しており、あの世界的傑作の中でも一際印象的なロケ・セットが建てられた場所とは、すぐには信じられないかもしれな

写真⑦　©TOHO CO., LTD.

い。しかし、『七人の侍』を愛する方なら、その匂いですぐに確信いただけるに違いない。是非、一度は当地をお訪ねになって、菊千代が慟哭したその現場をご自身の眼でしかとご確認いただきたいと思う。

堀切のロケーション撮影では、麦刈りと田植え（注7）シーンも撮られている。これらの撮影は、水車小屋が作られた川と本流のほうの山田川の間に位置する田圃ではなく、現在ではコンクリート・ブロック工場が建っている、支流の北側のほうの田圃（映画では、水を張って野武士の侵入を防いだ）で行われたものである。何故なら、映画の画面で見ると、この田圃の先には農道を挟んですぐに急勾配の山の斜面が迫っているからで、これは写真Ⓔ（検分シーン80頁）と写真Ⓖ（田植えシーン83頁）を見

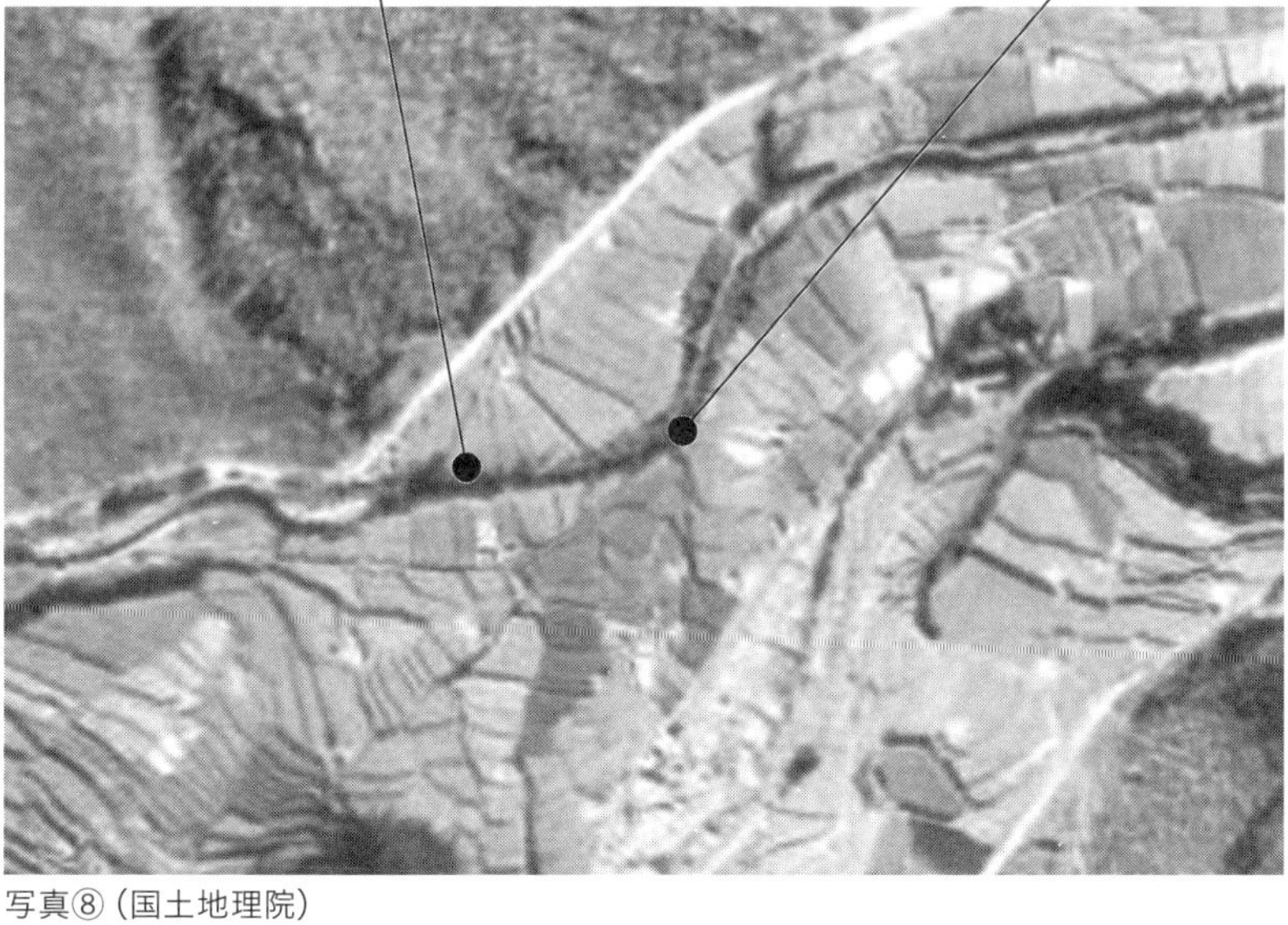

写真⑧（国土地理院）

比べていただければ、立ちどころにご諒解いただけるであろう。この土屋建材株式会社は1954年12月に創設された会社であるので、本作が撮影された1953年には、当然ながらこの工場は存在していない。

この訪問時には、田圃で農作業をしている相当な年配に見える農夫に声をかけ、六十五年前の映画ロケについて記憶があるかどうか尋ねてみた。あれだけの規模のロケーション撮影が行われたわけだから、その当時は子供だったとしても、鮮明に記憶しているはずである。するとこの老農夫は、耳が遠くて会話には相当苦難儀したものの、やはり当地で行われた時代劇映画のロケについてはよく憶えていて、この辺りでは見かけない〈白い馬〉が混じっていたことなどを、ぽつぽつと語ってくれた。

雨の決戦シーンなどで野武士たちが乗った馬に白馬はいなかったようにも思うが、これについては次章で紹介する下丹那ロケに参加した地元エキストラの方も同様の証言をされていたので、この両地区の撮影に参加した馬は現地調達(注8)により、同じところから借り出されていたのかもしれない。

本章を結ぶにあたって、田植えシーンが撮られた田圃が写るスナップ（写真⑨ 102－103頁）をご紹介したい。三度に亘った東宝マーケティング（東宝作品のスチール・スナップを管理する会社）における確認作業で、最後の最後に見つけ出した撮影風景写真である。このスナップには、田植えシーンの撮影現場だけではなく、これまで検証してきた「橋」や「水車小屋」が作られた地点、さらには菊千代が落馬した場所までもがはっきりと写り込んでいる。おそらくは全世界初公開となる奇跡のようなスナップを、どうぞ目を凝らしてご覧いただきたい。最初からこの写真を発見していたら、苦労はしなかったのだが……。

続く第四章には、ロケ撮影が最初に行われたとされる下丹那を訪ね、その撮影現場を検証したルポを掲載する。当下丹那地区は、大蔵とともに村のセット（全景）が組まれ、もしかすると、ここ一箇所ですべてを撮影した方がよかった、とも言われたロケ地である。もちろん、様々な理由から当地ですべての撮影を済ませることはできなかったわけだが、そのあたりを念頭に置いて読んでいただければ幸いである。

係がよく分かる　©TOHO CO., LTD.

写真⑨ 田植えシーンはここで撮られた。この写真からは、橋と水車小屋が作られた位置関

（注1）田植えシーンを撮影の最後と紹介する記事もあるが、これは撮影スケジュールからして誤りであろう。土屋嘉男や津島恵子ら俳優にとっては、そのほうが気持ちを込めることが容易であったろうが、この映画では順撮りなど望むべくもなかった。ただ、堀川弘通は、田植えシーンは撮影所内のオープンで撮った旨の発言（『ＫＵＲＯＳＡＷＡ』河出書房新社）をしているので、アップ・ショットなどのリテイクが最後に行われた可能性はある。

（注2）〈奇妙な形をした木〉は、黒澤明研究会編『夢のあしあと』の執筆者・緒方賢氏の命名によるもの。

（注3）竹中和雄氏によれば、水車小屋のセットは、深大寺にあった水車小屋を参考にして作ったもので、一回目の撮影は「火の回りが早過ぎた」とのことだ。

（注4）この山は、現在コンクリート・ブロック工場の資材を得るための採掘場となっていて、裏側は形が完全に変わってしまっているものの、表側は撮影時の姿を完全にとどめている。

（注5）最寄り駅の「下土狩」は、丹那トンネル開通以前は現在の御殿場線が東海道線の一部であったことから、かつての駅名を「三島」といった。当駅には、学生時代の宮沢賢治も降り立ったことがあるという。

（注6）フェデリコ・フェリーニ監督は、本作で一番好きなシーンとして、三船が赤子を抱き上げ「こいつは俺だ、俺もこのとおりだったんだ！」と叫ぶ、水車小屋炎上のシーンを挙げている（ＴＶドキュメント「七人の侍はこうつくられた」）。

（注7）竹中和雄氏は、ラストの田植えシーンは「伊豆長岡の堀切の近くで撮った」と、微妙な表現でその場所を示してくれた。ただ、撮影時期については、明確に「（撮影の）初めの時期」とおっしゃっている。

（注8）御殿場における馬の調達役が長田孫作さんであったことは、様々な文献やテレビ・ドキュメンタリーなどで紹介されている。

第四章

下丹那のロケ地を訪ねる
～六十数年の時を経て、出演エキストラの方々の声を聞く～

久蔵

宮口精二（撮影当時三十九～四十歳）
己を鍛えるのに凝り固まった〝孤高〟の剣客。口数が少なく感情を表に出さないが、勝四郎と志乃の逢瀬を黙って見逃すなど、優しい一面も持ち合わせる。危険を顧みず、黙々と自分の役目を果たすその姿は、勝四郎の目には憧れの存在として映る。

この章は、ロケ地捜索チームの一員で、本書では写真と地図も担当した神田亨氏との共同レポートの形でお届けする。

下丹那地区に作られたという村全体のロケ・セットについては、これまでその正確な位置が特定されていなかった。そこでこの度、映画本編の画像と撮影の様子を写したスナップ写真、加えて地図や航空写真、Google Mapやパソコン・ソフト等の最新デジタル・ツールを駆使することにより、その特定を試みた。

まず初めに、本編画像とスナップ写真から読み取れる事実を探っていこう。果たして、村のロケ・セットはどのようなところに建てられたのだろうか。

下丹那地区の検証

映画冒頭の野武士が村を見下ろすシーン（写真①）、

写真① 野武士が村を見下ろすシーンの撮影風景　©TOHO CO., LTD.

侍たちが村に到着するシーン（写真②）などを検証すると、村のロケ・セットが設けられた場所は山の斜面であるように見える。画像からは、かなりの勾配があることがうかがえる（次頁図①）。事実、堀川弘通助監督も自著に「（下丹那は）村のロケ・セットを建てるにしては、傾斜地なのである」と記している。

また、竹中和雄氏によれば、ロング撮影用に作られた百姓家は「遠くから見ると実に立派だが、端折るところは上手に端折っていて、村木与四郎氏の計算高さがうかがえる」ものであったという。セットの作り具合については、証言者がいるので後述する。

さて、撮影所近くの大蔵の村のオープン・セットは、平地の田圃に作られている（次頁図②）。両者を比較すると、実はずいぶん相違点があるのだが、映画を見ている限り、そんなことはまったく気がつかない。

写真② 侍たちの到着シーン　©TOHO CO., LTD.

もちろん下丹那の全景ショットは、村を見下ろすことができる地点から撮影されている。ということは、村のロケ・セットが建てられた斜面の近くには、俳優とスタッフが登ることができる、さらに高い場所があった、ということになる。

続いて、村のロケ・セットが建つ斜面を詳しく見ていこう。

陽の光が射す、おおよその向きが分かるのが次頁写真③である。木村功の影が手に持つ村の地図に延びているので、昼前後に撮影されたものだろう。見れば、向こうの百姓家の影は手前側に落ちている。

より詳しく、方角を知る手がかりとして、村のロング・ショット（写真④）と撮影スナップ（写真⑤・⑥）に写る建物の影に注目して、比較を行ってみた。

図① 村のオープンセットのイメージ／下丹那

図② 村のオープンセットのイメージ／大蔵

©Izumi.O

写真③ 村の全景ショットに左側から射す陽の光　©TOHO CO., LTD.

写真④　©TOHO CO., LTD.

写真⑤　©TOHO CO., LTD.

写真⑥　©TOHO CO., LTD.

三枚の写真それぞれに写る、二軒並んだ百姓家を比較してみると、いずれの画面でも後方の山の方角から太陽の光が射し、手前側に影が落ちて、逆光気味に撮影されていることが分かる。影が短いので、太陽は空の高い位置にあると考えられる。ということは、少なくとも斜面の上の方向（山の向こう側）は北ではない、という結論が導かれる。

よく見ると、三枚の写真では建物の影の落ち方が微妙に異なっている。これは太陽の位置による違いであろう。仮に写真④の影の落ち方を基点とすると、写真⑤は写真④よりも太陽が少し東にある時、写真⑥は写真④よりも太陽が西にある時に撮影されたもの、と推測できる。

以上の四枚の写真（写真③～⑥）に写る陽の射し方と影の落ち方から、村のロケ・セットは、東西に尾根が伸びる山の〈おおよそ北を向いた斜面〉に建てられたものと断定してよさそうだ。山の北斜面というと日当たりが悪そうな印象があるが、当所は比較的なだらかな斜面であることと、下丹那での撮影が6月上旬から中旬（注1）という、一年で一番太陽の位置が高い時季に行われたことにより、山の北斜面でも完全な日陰にはならなかったのであろう。

そもそも、映画に登場する村の地図（次頁図③）によれば、野武士の騎馬が襲来する山は村の北西に位置することになっている。もし山が北西方向にあるとしたら、斜面は太陽の光を正面から受けることになり、写真④のように山を正面から撮影しても、決して逆光にはならないはずだが、映画の画面ではそうなっていない。

さすがの黒澤明でも、太陽の光の向きを変えることはできなかったようだが、物語上の村の設定と実際に撮影を行ったロケ現場の方角が〈真逆〉になっている事実は実に興味深いことであるので、ここに特記させていただいた次第だ。これは、東西方向が真逆の堀切の例もあり、下丹那でのロケに限ったことではないのだが……。

続いて、この山の斜面の環境を検証してみる。

野武士が襲来する山の尾根からロケ・セットが建てられた地点にかけては、大きな木はまったくと言っていいほど生えていない（次頁写真⑦、⑧）。これは大変特徴的なことであり、航空写真を使ってロケ地を探すにあたっても大きな参考となるはずだ。ついでに言うと、『スター・ウォーズ エピソードⅠ/ファントム・メナス』（1999）で通商連合軍が惑星ナブーを攻撃するシーンは、本作の野武士の騎馬襲来シーンそのものに見える。

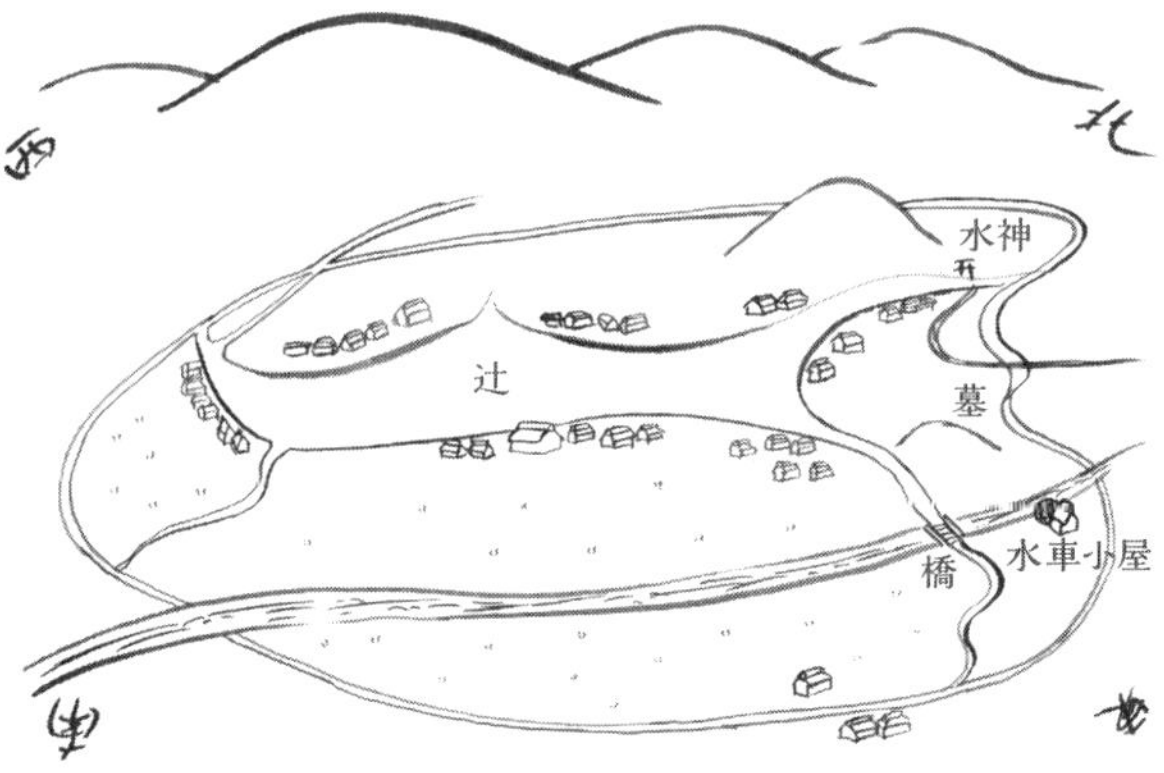

図③ 勘兵衛らによって描かれた村の地図を再現すると…… ©Izumi.O

実は、映画の画像や航空写真を使ってロケ地を探している時点で、何ゆえにこの斜面に大きな木が生えていないのかは不明だったが、実際に現地を調査してみて、その理由が判った。これについては後述する。

ロケ地を探すため、もうひとつ重要な手がかりになるのが川である。

侍たちが村に到着して、山の高台（シナリオでは「尾根」）から村を見下ろすシーン（１０７頁写真②）や、次頁の写真⑨ではいまひとつ分かりにくいが、映画本編では、山（斜面）の際《きわ》とも言える地点に川がチラリと写り込んでいるのが確認できる。

写真⑦ 野武士の騎馬襲来シーン　©TOHO CO., LTD.

写真⑧ 山に大きな木はほとんど生えていない　©TOHO CO., LTD.

写真⑨ 画面左下の辺りには川が流れている　©TOHO CO., LTD.

本作では、百姓や侍たちが川に架かる橋を行き来する場面や、川を挟んで野武士と攻防戦を繰り広げる場面などで、川が幾度も登場する。当然のことながらこのロケ地にも川は流れており、ロケ地の選定に際しては、川の存在が必須だったことになる。

映画本編で画面の左下に見える川は、山側に向かって弧を描くように流れており、その頂点付近で山（斜面）の際に接しているように見える。また、この付近で川は急カーブで蛇行している。この蛇行の仕方も、ロケ地探しにあたっては大きなヒントとなるのだが、撮影時から六十余年の年月が経っており、現在では河川改修工事によって川の流れが変わっている可能性も考慮しなくてはならない。

川の周囲を良く観察すると、村とは反対岸のすぐ横（写真②では川の左側）に田圃らしき平地が見える。さらに、村のロケ・セットの向こう側のこんもりとした木々の先の平地（写真⑨画面左上部）にも農地が広がっていることが分かる。しかしながら、村のロケ・セットが建つ場所は斜面で、かなりの勾配があるため、少なくとも田圃を作ることはできない土地であったことがうかがわれる。

次に、ロケ地としての条件を考えてみよう。

ロケーション撮影では大勢のスタッフ、俳優が現場に赴くことになる。さらに多くの機材や資材等を現地に運び込む必要もある。完成した作品では人里離れた場所のように見えても、交通の便の悪い山奥の地で撮影したとは限らない。むしろ、その方がロケ撮影には都合が悪いはずである。本編画像に写り込まないのは当然のことだが、スナップ写真に直接写っていないとしても、ロケ地の近くに道路が通っていたことは間違いない。

それを裏付けるものを、スナップ写真の中に見つけることができた。自動車である。ロケ・セットを背景にした写真（109頁写真⑥）の右側には乗用車が写っている。ごく普通の乗用車がロケ・セット近くに停まっているということは、それ相応に整備された道路がロケ・セットのすぐ近くを通っていたことに他ならない。よく見ると、107頁写真②左端の道にも車が停まっている。

現在、丹那地方には幹線道路として函南町と熱海を結ぶ「熱函道路（県道11号線）」が通っている。この道路の開通は1973年。『七人の侍』の撮影が行われた二十年ほどあとのことになるので、ロケ地近くを通っていたのは熱函道路ではなく、古くから存在する道路であると考えられる。

そして、村のセットを建てた傾斜地には建築資材や機材を運び込まなければならず、そのための道がなければならない。映画の画面では山の斜面に道があるようには見えないが、農道のような細い道が存在した可能性もある。

撮影する立場で考えても、山の斜面に細くても道が通っている方が、都合が良いはずだ。山の稜線に野武士の騎馬群が一斉に現れ、駆け降りてくるシーン（112頁写真⑦）は、本作でも屈指の名場面だが、これだけ大量の馬を山の尾根から登場させるためには、馬が山に登るための道が存在していたと考えるのが自然である。

さらに、山の尾根付近には、撮影のタイミングに合わせて野武士と馬が待機できるスペースが必要となる。多くの馬がスタンバイできるような、比較的なだらかな部分がここにはあったはずだ。

ロケ地特定作業に入る

以上に挙げた条件から、ロケ・セットを組んだ場所の特徴がかなりはっきりしてきた。次なるステップは、地図や航空写真を使って、これらの条件に適合する場所を丹那地区で探すことである。この際、河川の改修工事や道路整備等によって地形が変わっている可能性もあるので、現在の地図だけでなく撮影当時に近い地形図も検討資料とせねばならない。航空写真も、複数の年代のものを参考にすることは言うまでもない。

この探索作業にあたっては、村木与四郎氏による「まず下丹那。丹那トンネルの上から俯瞰で村の全景を狙うためだけにロケ・セットを組んだ。『これが俺たちの城か』って侍たちが見下ろす、あのカットですね。」（前掲『村木与四郎の映画美術』）との証言が、大きな手がかりとなった。

村木氏によれば、ロケ・セットを見下ろすようにカメラを据えて撮影した位置、すなわち野武士や侍たちが村を見下ろす位置が「丹那トンネルの上」というわけだ。しかしながら、いかに「丹那トンネルの上」と言っても、当時は「GPS」などというものが存在しない時代であったから、スタッフが厳密にトンネルの位置を特定できたわけではないだろう。とすれば、必ずしもトンネルの真上とは限らないことも念頭に置かねばならない。

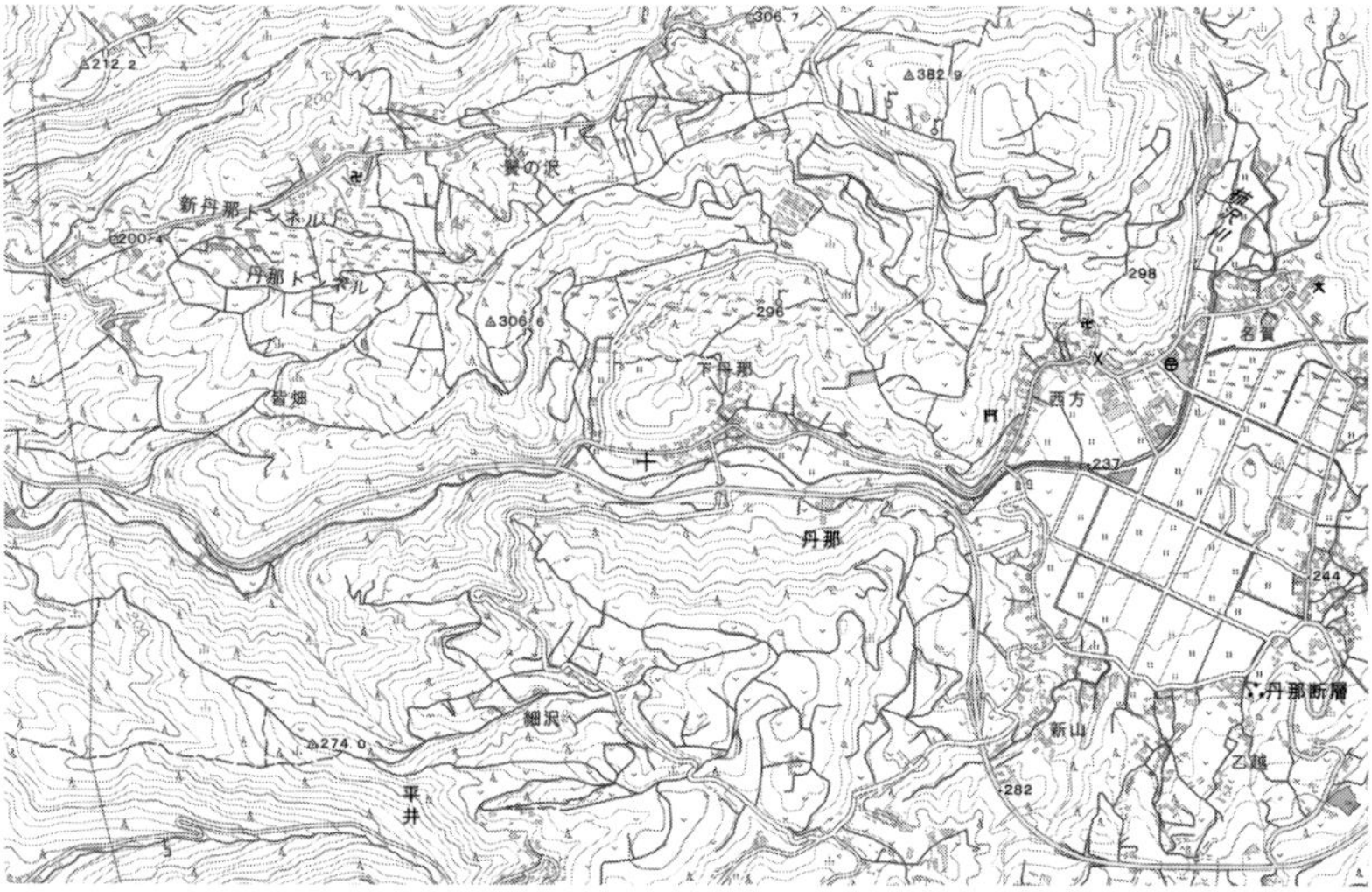

図④ 丹那地区の地図（国土地理院）

図④は、丹那地区の現在の国土地理院地図である。地図の右側（東側）は丹那盆地、田圃が広がる盆地の南には、有名な丹那断層がある。我々が探索しようとしている「下丹那」は、丹那盆地から少し西に行ったところにある。当地は南北を山に挟まれた東西に細長い谷間の地であり、東西方向に川が流れていることが見て取れる。

前述のとおり、ロケ・セットは山の北斜面に作られたと推測されるので、川の南側、山の北斜面のいずれかにロケ地があるはずだ。丹那トンネルは下丹那地区の北側の山の地下を東西方向に貫いているが、だいぶ北寄りの山中にあるので、もし「トンネルの真上が村を見下ろすカメラ位置」であるならば、川からはずいぶんと離れてしまうことになる。それならば、トンネルの位置ではなく、川の流れを目安にロケ地を探す方が合理的である。

下丹那地区を拡大したのが、次頁図⑤の国土地理院地図である。

図面中央左寄り、道路が二股に分かれているところが「下丹那入口」の交差点。下側の道が熱函道路、上側の道が国道１３５号線となる。この交差点付近の川の合流地点のすぐ東側、南北を二つの道に挟まれた地域で、川が南側の斜面に向かって弧を描くように蛇行している箇所があるのがお分かりいただけるだろうか。ここには、川のすぐ南に等高線が不自然な直線になっている部分があって、非常に気になる。

同じ場所を航空写真で見たのが写真⑩である。等高線の不自然さは、熱函道路の工事時に斜面を削って〈切り通し〉ができたことに原因があるようだ。

現在の地形が当時とは多少変化していることが判ったので、同じ場所を撮影時に近い１９６２年に撮影された航空写真（写真⑪）で比較してみる。熱函道路が通る前なので、この付近を通る道は北側の１３５号線一本のみ。川の流れ

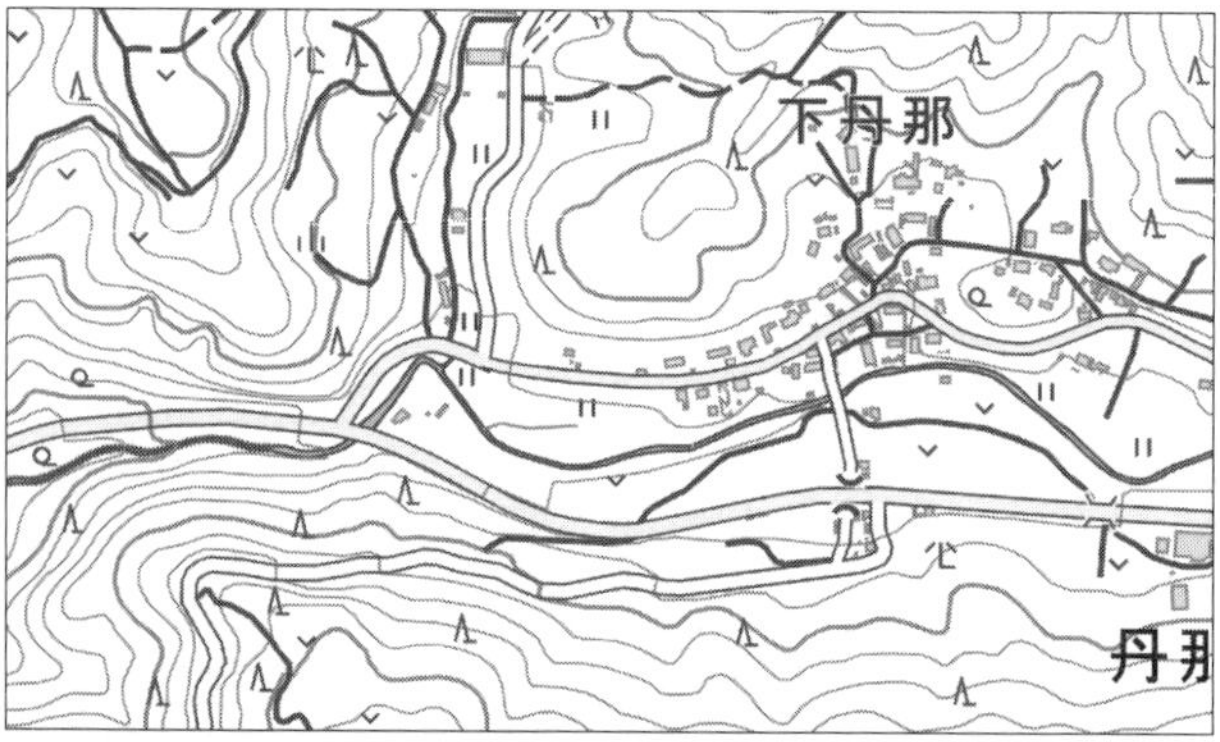

図⑤ 現在の下丹那地区の地図（国土地理院）

写真⑩ 下丹那地区の航空写真（同）／2012年撮影

方は、現在とほとんど変わっていないように見える。蛇行する川に沿って農地が広がっていて、川の北側には小さな集落があるのが確認できるが、川を挟んだ南の山側に目立つ建物はない。カメラを向ける角度によっては写真①、②の映画ショットのように、近くの集落が写り込まないよう撮影することは十分可能だったように思える。

しかしながら、山には木がたくさん生えていて、映画に写る光景とはだいぶ様相が異なる。さらに、撮影時期に近い、米軍が1948年に撮影した航空写真（写真⑫）を見てみると、川の周囲には小さな森が確認できるものの、川の南側の山の斜面に目立つ木はまったくない。映画の画面に写る斜面の様子とも、非常に似通って見える。

写真⑪ 1962年に撮影された航空写真（同）

写真⑫ 1948年に米軍が撮影した航空写真（同）

以上のことから、当地でロケ・セットが組まれた場所は、〈川が山に向かって蛇行して流れる辺りの斜面〉と特定して間違いないだろう。

この航空写真からは、山の斜面に細い道が通っていることも確認できる。この道を使えば、騎馬の群が山の上に行くことは十分可能であったろうし、この道は斜面にセットを組む資材を運び込むためにも使うことができたはずだ。

それでは、もうひとつの重要な場所、野武士や侍たちが村を見下ろした高台はどこにあるのだろうか。これは写真①、写真②の「村の全景」から逆算して割り出せばよい。

写真⑫の航空写真とほぼ同位置の地図（118頁図⑤）を見ると、等高線の形と間隔から、川を挟んだ図面左上付近、「下丹那入口」交差点の北側に小高い山があることが分かる。

本編画像のカメラの向きや角度から考えると、村を見下ろすシーンはこの山の上から撮影されたものと推察される。

写真⑬ 山上から村を見下ろす ©TOHO CO., LTD.

右の写真⑬は、村を見下ろす山上から撮られたスチールである。

さらに3D地図ナビゲータ「カシミール3D」を使って、ほぼ同地点からの眺望（写真⑭）を再現して映画のシーンと比較してみると、これが非常によく似ていることが見て取れる。

地図と航空写真から、こちらの山の斜面にも細い道が確認できるので、俳優やスタッフと馬が登ることは十分できたはずだ。これで村のロケ・セットと村を見下ろす場所のおおよその位置を特定できたことになる。これらの写真を見れば、村のロケ・セットが建てられた位置は、現在、熱函道路が通る山の斜面部分であることも判ってくる。いやはや、村のセットはこんな急斜面に作られていたのだ。

写真⑭ 映画のスチール（107頁 写真②）と比較すると…
（カシミール3D）

これでロケ・セットが組まれた位置はほぼ特定できた。しかし、これは机上で行った推測にすぎない。この推測が正しいか否かは、現地に行ってみて、この目で確認するしかない。我々は、改めて下丹那地区の現地調査を行うことにした。

現地調査に赴く

実は、この現地調査を行う前に、我々探索チームは一度、函南町を訪れている。その時は、前述の「村のセットは丹那トンネルの上」という情報を鵜呑みにしたままの調査だったこともあって、辿り着いた場所は函南駅のすぐ東、丹那トンネル入り口のほぼ真上の高台で、当然のことながら、映画の画面に写る風景を見つけることはできなかった。この失敗体験を教訓に、地図や航空写真を用いて分析する手法を採り入れたことで、我々は候補地をしっかりと絞り込めたわけである。

かくして2018年7月12日、我々は再び下丹那の土を踏む。

函南町から熱函道路を熱海方向に上っていくと、ほどなく「下丹那入口」交差点が見えてくる。交差点を左折して135号線へと入る。そして我々は、推定したロケ・セット設置地点を望む135号線のT字路付近に車を停めた。

そこで眺めた、135号線沿いから南側に広がる山の形は、確かに映画の画像とよく似ていて（写真⑮、⑯参照）、川を挟んだ北側にはロケ・セッ

写真⑮　©TOHO CO., LTD.

写真⑯　©神田亨

トが建てられたであろう場所を見下ろせそうな山も確認できた。（写真⑰の右側の山）

しかし、映画の中では禿山であったこれらの山には、今や木がびっしりと生い茂っていていて、本来の山の稜線を確認することはできない。果たして、この場所が本当に村のロケ・セットが組まれた場所なのだろうか。その確証がつかめず、少々不安になる。そこで、当時のことをご存知の方が住んでおられないか、近くのお宅で聞き込みを行ってみることにした。

写真⑰　©神田亨

一軒目。野武士が駆け降りたであろう山を見渡せる、T字路に近い民家のインターフォンを押す。ここではSさんという女性にお話しを伺うことができたが、残念ながらロケ当時は、現地にお住まいではなかったという。それでもSさんは「古くから住んでいる方なら、何かご存知かもしれませんよ」と、その家の場所を教えてくださった。

夏の陽が少し傾いてきた頃、重い足取りでその農家へと向かう。なにせ撮影からは長い年月が経過しているので、ロケのことを憶えている方がいらっしゃるとは限らないからだ。

写真⑱　子供時代、本作にエキストラ出演したという井出隆さん　© Izumi.o

果たして家の前に着くと、道路から少し入った畑の前に、男性がこちらに背中を向けて立っているのが見えた。気を取り直して、声をかけてみる。男性はビックリしたようにふり返って、突然の訪問者に怪訝な表情を見せた。

事情を話し、「『七人の侍』という映画について、何かご存知のことはありませんか？」と尋ねてみる。するど、若干の沈黙の後、返ってきたのは思いもよらぬ言葉であった。

「走って小屋に逃げ込む役を何度も何度もやらされて、大変だったんだよ！」

なんと目の前に立つ日焼けした男性は、エキストラとして『七人の侍』に出演した当事者だったのである。

お名前は井《い》出《で》隆《たかし》さん。１９４７年生まれで、下丹那で農業を営んでいる方である。お話を伺うと、子供の頃に映画のロケ隊がやってきて、親と一緒に『七人の侍』にエキストラとして出演したという。なんという僥倖だろう、こんな方とお会いできるなんて！　野武士の騎馬群が北の山から襲いかかってきて、百姓たちが村の広場を走って小屋に駆け込むシーン。その群衆の中の一人が、幼少時の井出さんだったのだ。

井出さんは、野武士が駆け降りる場所が山のどの辺りなのかもしっかりと教えてくれた。山の上に馬がたくさん出現する様子を見て、「あそこに物凄い数の馬がいる。こんなのは見たことがない。これはなんだか凄いことだ！」と思ったことを、井出さんは今でもはっきり憶えているという。子供心にも、よほどインパクトのある光景だったのだろう。

最初はポツリポツリと思い出しながら話されていた井出さんだったが、次第に様々なエピソードが飛び出してきた。その内容はどれも非常に具体的で、実際に体験した方でなければ知り得ないものばかり。ここに、その要点を記述してみる。

【井手隆氏の証言】

⑴ 走って小屋に逃げ込む演技を何度もやらされた。その小屋は、中は空っぽで、壁はムシロみたいに見えた。小屋の中は暑くて大変だった。

⑵ スタッフからエキストラ出演の依頼を受けたのは親で、それで撮影に参加することになった。謝礼は出たと思うが、親が受け取ったので金額は分からない。子供のギャラはキャラメル一箱であった。

⑶ 撮影隊は麦刈りの頃に来た。〈春蒔き麦〉のときだったが、かなり長くいたと思う。自分の家の道路を挟んだ向かい側に野口さんという人の家があり、その家に三船敏郎がいた。俳優さんが休憩したり、

準備したりするのに使われたようだ。山の土地の持主は幾人かに分かれていた。

(4) 麦の収穫期だったため、脱穀作業中に走り回って遊んでいた野口さんの子供が、古釘を踏んで足に怪我を負った。破傷風の恐れがあり、その時は撮影スタッフ(のちに三船さん本人と判明)が自動車で病院に連れていってくれた。自分は自動車に乗ったことがなかったので、これが自動車かと大変感激した。

(5) 小屋(井出さんはセットをこう呼んでいた)は、斜面の、昔からある農道より下(低い位置)に建てられた。

(6) 子供だったので、事情が呑み込めず、スタッフからの合図をきっかけに、それを聞いた親から「逃げろ、走れ!」と言われて、仕方なく走った。「今度はこっち、今度はあっち」と、何度も走らされて、疲れて嫌になった。撮影は何日もかかったと思う。斜面は走りにくく、草履なので足が痛くなった。

(7) 実際に刀を持った侍(俳優)がいたし、「ちゃんとしないと斬られるぞ!」と親に言われたので、子供同士でもそんな雰囲気になり、言われるままに走った。走って逃げる斜面には、畑だった場所やこんもりと小さく土が盛ってある箇所などがあった。

(8) 当時は映画など見る機会も場所もなかったので、この映画はあとから見たが、(百姓たちの姿が)余りにも小さく、アッという間に終わってしまい、どこに自分がいたかは分からなかった。

(9) 山を下りてきた馬は、斜面途中のところまで来ると、農道に入り、東の方をグルッと回って、スタッフが陣取る場所まで戻ってきた。それを何度も繰り返していた。

(10) 自分の家の付近の農地は、田圃だった土地に盛り土をして、今はとうもろこし畑になっている。そのとうもろこし畑の土地も含めて、家の前の田圃は、西の方に向かって少しずつ低くなっていく〈段々〉状になっていた。

(11) 下丹那近辺では馬や朝鮮牛を飼っていたが、農耕馬なので(映画の馬とは)体型が違った。撮影に使った沢山の馬がどこから連れて来られて、どこで世話されていたのかは分からない。

(12) 騎馬が駆け下りてくる山の斜面は、集落の共同の〈茅《かや》刈り場〉であった。そのため木は生えておらず、平らだった。この山も(村のセットを見下ろす)向かいの山も、当時は集落総出で茅を刈っていたので、綺麗に手入れされていた。刈った茅は、集落の家の茅葺屋根を葺くのに使っていた。屋根の傷み具合などを考えて、今年は誰の家、次の年は誰の家と、順番に屋根を葺いた。
その後、茅葺屋根の減少とともに、茅刈り場の必要性はなくなり、集落共同で持つ意味も薄れて、山は誰かに売られてしまった。

(画面に写る)山の上に一列に並ぶ樹木は楠である。これは集落共同の茅刈り場の土地と、他の土地との境界(目印)として植えられていたものであった。

(13) 撮影当時、11号線(熱函道路)はなく、現在の11号線沿いの竹藪も無かった。向かいの山の斜面は、現在、竹藪になっているが、かつてはそれも無かった。誰かが一本だけ植えたのが広まっていったのだろう。当時の135号線の道幅は、現在の井出家の前の道幅と同じくらい狭かった。ここから西の函南へ抜ける道も狭かったので、車のすれ違いにはとても難儀した。

⒁ ロケ終了後、刀（小道具）の忘れ物があったが、その後どこにいったかは分からない。

以上が井出さんから伺った撮影当時の概況である。これはまさに第一級の証言と言える。撮影スタッフや俳優の多くが物故者となってしまった今、このように生々しいロケ地情報を語れるのは、撮影を見学した方か土地を提供した方、あるいは映画に出演された方くらいしかおられまい。まずは現場に行ってみることはもちろん、その土地に古くから住んでいる方に直接話を聞いてみるのが何よりも肝心、との意をさらに強くした我々探索チームであった。

井出さんには、野武士や侍たちが村を見下ろすほうの山（写真①と②を撮った場所）にも連れていっていただいた。

井出さんが「てんこ」と称する山頂に通じる小道は、道幅が非常に狭く、我々は井出さんの軽自動車に同乗させていただき、山の頂上をめざした。この道は集落の皆で造ったものとのことだが、井出さんが子供の頃は綺麗に手入れされていて、隣の集落の友だちの家に遊びに行くときに通ったり、山の斜面を歩き回ったりしていたという。

現在、「てんこ」には木が生い茂り、周囲の視界を遮っているので、残念ながらロケ・セットが作られた場所を見下ろすことはできない。撮影当時はこちらの山にも木はなく、見晴しが良かったので、あのような絵（写真②、⑬など）が撮れたのだろう。

以上の証言により、我々の推測地がロケ・セットを建てた場所であることが確かに裏付けられた。撮影場所だけでなく、野武士の騎馬が駆け下りた山肌に木が生えていなかった理由もよく分かった。〈茅刈り場〉として、農家の人たちによって綺麗に手入れされた山肌があったからこそ、ここは「逆落とし」の撮影場所となり得たのである。

映画のラストで、勘兵衛はいみじくも「勝ったのは百姓たちだ」と語っている。名シーンが誕生したのは、現実の世界に生きる「農家の方たちのおかげ」だったのではないか……、そんな思いを胸に、我々は下丹那をあとにするのであった。

下丹那を再訪問して得た情報

それから一箇月半ほど経った２０１８年8月30日、我々は下丹那を再訪問することとなった。井出さんのほかにも、当時エキストラとして参加した方がまだ、何人かご健在であると伺ったからである。その日は、井出さん以外にも坂上弘《さかうえひろし》さんを始めとする七人（！）の方々とお会いして、以下の証言を得ることができた。

【坂上弘氏らの証言】

(1) 山から野武士の騎馬が「逆落とし」で下ってくるシーンは、国道１３５号線沿いの高台にカメラを据えて撮影されたものである。山上の野武士たちに指示を出すのに、撮影隊はスピーカーを使用し、黒澤監督はマイクで「もういちどー！」などと指示を出していた。

撮影スナップにそれを裏付ける一枚（写真⑲）があった。黒澤監督の手からコードが伸びているのがご覧いただけるだろう。実際、監督はマイクとスピーカーを使って、麓から山の上に向かって指示を出していたのである。

写真⑲ 山上の騎馬を捉える二台のカメラ。監督の手には確かにマイクが！
©TOHO CO., LTD.

(2)坂上さんによれば、怪我をした野口氏の子供を自動車で病院まで連れて行ったのは、三船敏郎その人であるという。搬送の際は菊千代の扮装のままだったとのことだから、病院の人もさぞかし驚いたに違いない(注2)。車種は不明だが、自動車はスポーツカーであったという。

(3)今でこそ下丹那には幹線道路が通っているが、撮影当時は伊豆の東西を結ぶ主要道路はもっと北側を通っていて、下丹那はどちらかといえば〈裏道〉とも言える街道沿いの地であった。

(4)撮影当時、下丹那の集落には電話が通じていなかったが、東宝の撮影隊が共同の電話を引いてくれて、電話ボックスが置かれた。ロケ・スタッフにとっても東京と連絡を取る手段が必要だったのだろうが、電話設置は、ロケ隊を受け入れてくれた下丹那の集落の人々に対するお礼の意味もあったのではないか。

(5)ロケ地の誘致に関わったキーマンも浮かび上がってきた。七月に訪問した際に話に出た野口氏である。ロケ隊が下丹那にやってくることになったのは野口氏の仲介によるもので、野口氏は当時、熱海でキャバレー「モナコ」を経営、地元だけでなく、中央〈東京〉にも広い人脈を持つ有力者〈顔役〉

下丹那エキストラの“七人の侍”に話を聞く　©神田亨

であった。野口氏は現在、下丹那には住んでおらず、消息は不明とのこと。

野口氏については、これ以上調査の仕様がないが、野口邸が三船敏郎を始めとする俳優たちの休憩や準備場所として使われていたことを考えると、東宝とのパイプ役を務めていたことは確かである（後掲「加藤茂雄インタビュー」参照）。

(6)

野武士の馬には白い馬がいた！

これは堀切にお住いの方にもあった証言である。しかし、他の地区で撮ったシーンに白馬はいないので、〈下丹那と堀切限定〉の馬だったのかもしれない（注3）。

以上の証言を聞けば、『七人の侍』の下丹那ロケは我々が想像する以上に、当地区やその住民たちに大きな影響を与えていた事実が浮かび上がってくる。現在

写真⑳ 確かに白馬の姿が！　©TOHO CO., LTD.

のようなフィルム・コミッションなどはなかった時代であるから、東宝のロケハン・スタッフは、まずは現地の有力者や顔役と相談の上、ロケ地の紹介を受けていたのであろう。

堀川弘通助監督の著によれば、その後ロケ隊は、続く撮影地・箱根仙石原へと向かっている。当地における宿泊先は「仙郷楼」であったという。

（注1）『全集黒澤明』には、下丹那でのロケについて、「6月4日、伊豆長岡ロケ、その後、下丹那にて村の遠景、峠。6月15日より、長岡・堀切にて村の東」と記述されている。

（注2）函南町役場の観光課に勤務するSさんも、自分の父親と叔父がエキストラ（野武士）として本作の撮影に参加し、伯父が落馬して怪我した際には、やはり三船敏郎に病院までスポーツカーで送ってもらったと証言している。いかに車が少なかった時代とはいえ、これではまるで〝アッシー君〟か救急隊員だが、こうした〈伝説〉がそこかしこで聞こえてくるのは、三船の気さくで飾らぬ人柄ゆえのことであろう。

（注3）小道具の浜村幸一氏は馬について、「その地区ごとに違う馬を使っているので、馬の模様の違いを目立たなくするため、ペンキを塗ったり、ポスターカラーを塗ったりして、一生懸命ごまかした」と語っている（『KUROSAWA 映画美術編』塩澤幸登著、河出書房新社）。

第五章

御殿場は黒澤映画の聖地？

菊千代

三船敏郎（撮影当時三十三歳）
黒澤の創作ノートには「戦国が生んだ化け物」「原始人に近い」と書かれた、“半農・半士”のような存在。凶暴だが子供好きで、どこか憎めない男を、三船敏郎が魅力たっぷりに演じた。最後は、崇高な魂をもって野武士の頭目と刺し違えて、百姓に還る。元の名「善兵衛」はその象徴か？

御殿場は、黒澤映画の〝聖地〟と呼ばれる場所である。〝聖地〟というのは今どきの表現であり、こういう呼び方をするのは誠にもって忸怩たるものがあるが、あれほど多くの作品でロケ撮影を行った地はほかになく、黒澤映画を愛する人にとっては非常に重要な場所、と言ってよいだろう。自身の別荘まで持つことになったわけだから、御殿場は黒澤明本人にとっても、こよなく愛する土地であったことがうかがわれる。

そんな御殿場の地では、『七人の侍』はもとより多くの黒澤映画の撮影が行われているので、ここで一気にご紹介してみたい。

「村の北」の撮影地

何はともあれ『七人の侍』である。

まず、「村の西」——防柵を築いて野武士の侵入を防いだ場所については、前にも記したとおり、二の岡だったり用沢だっ

黒澤別荘　本人が出演したウイスキーのCM撮影が行われたほか、淀川長治、北野武、宮崎駿なども訪れた。今では暖炉の残骸を残すのみ　©Izumi.O

たりと、二通りの証言がなされている。そして、騎馬を一騎ずつ通して「村の辻で挟み撃ち」にする策を実行する「村の北」、すなわち水神の森の一帯を撮影した場所については、村木与四郎美術監督と堀川弘通監督により「二の岡」と明言されている。しかし、一口に「二の岡」と言っても相当な広範囲に及ぶ。堀切地区についてはかなり具体的にロケ現場を特定している『夢のあしあと』（前掲書）でも、「村の北」の撮影地についてはまるで触れておらず、二の岡の地名も現在の風景も紹介されていない。

そして、ここも「行けば分かるさ」とばかりに、ふらりと出向いたのが2018年のお盆休みも明けた8月23日のこと。とりあえず、よく名前の挙がる「二岡神社《にのおかじんじゃ》」前の駐車場に車を停めさせてもらった我々探索チームは、この周辺の杉並木を歩いて〈検分〉してみることにした。

別荘地として有名な御殿場地区だが、二の岡の別荘地帯は夏休み中にもかかわらず人の気配がなく、あまり利用されている風には見えない。歩ける範囲で一帯をくまなく探索していったが、どうにも馬が駆けてこられるような杉並木の〈小道〉は見当たらない。奥に進めば進むほど道が狭く、坂が厳しくなっていくのも困りものだ。

まずは、ふりだしに戻ろうと二岡神社に戻ったところで、せっかくだからお参りをしていこうと思い立った我々は、その参道に並行する小道を見て、天啓に打たれたかのようにその場に立ち尽くした。そこには映画で見たはずの、杉並木の光景が広がっていたからである。

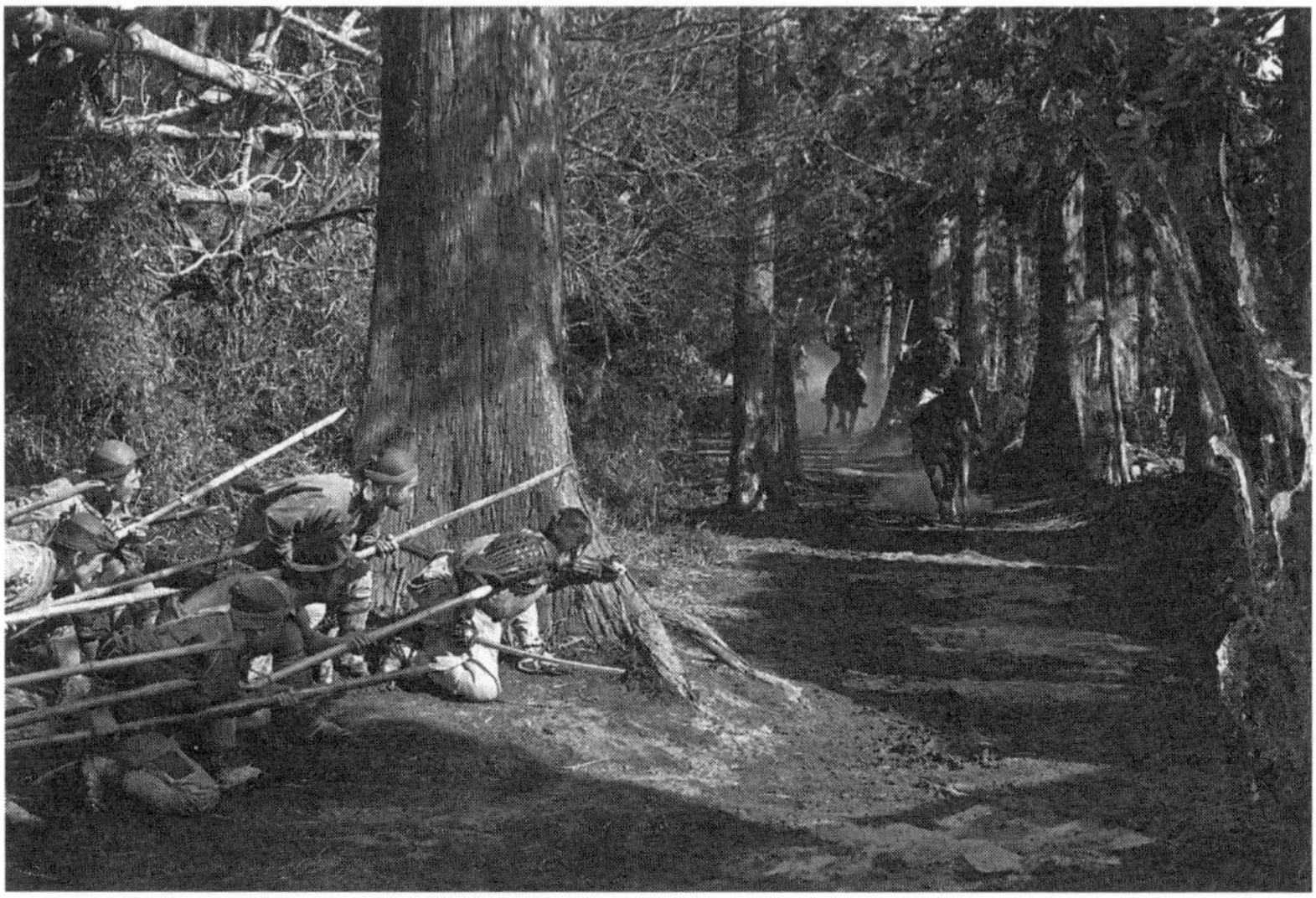

映画スチールⒶ 現在の二岡神社参道脇の小道（写真下）と比較すると……

よもや神社のすぐ脇道がそのロケ地とは考えてもいなかったし、あれだけの騎馬が駆け抜けたのだから、こんな細い小道であるとは想像もしておらず、まさに「灯台下暗し」状態になっていたのだ。

この二枚の写真を見比べて欲しい。上が映画スチールで、下が現在の二岡神社参道脇の小道である。その杉の木のいくつかは枯れたり、倒れたりしているかもしれないが、道の幅や道の先の勾配の具合が一致していることも含め、両者はまったく同じ場所のように見える。映画ショットでは、竹中和雄美術監督や土屋嘉男氏の証言のとおり、〝作り物〟

現在の二岡神社参道脇の小道　©神田亨

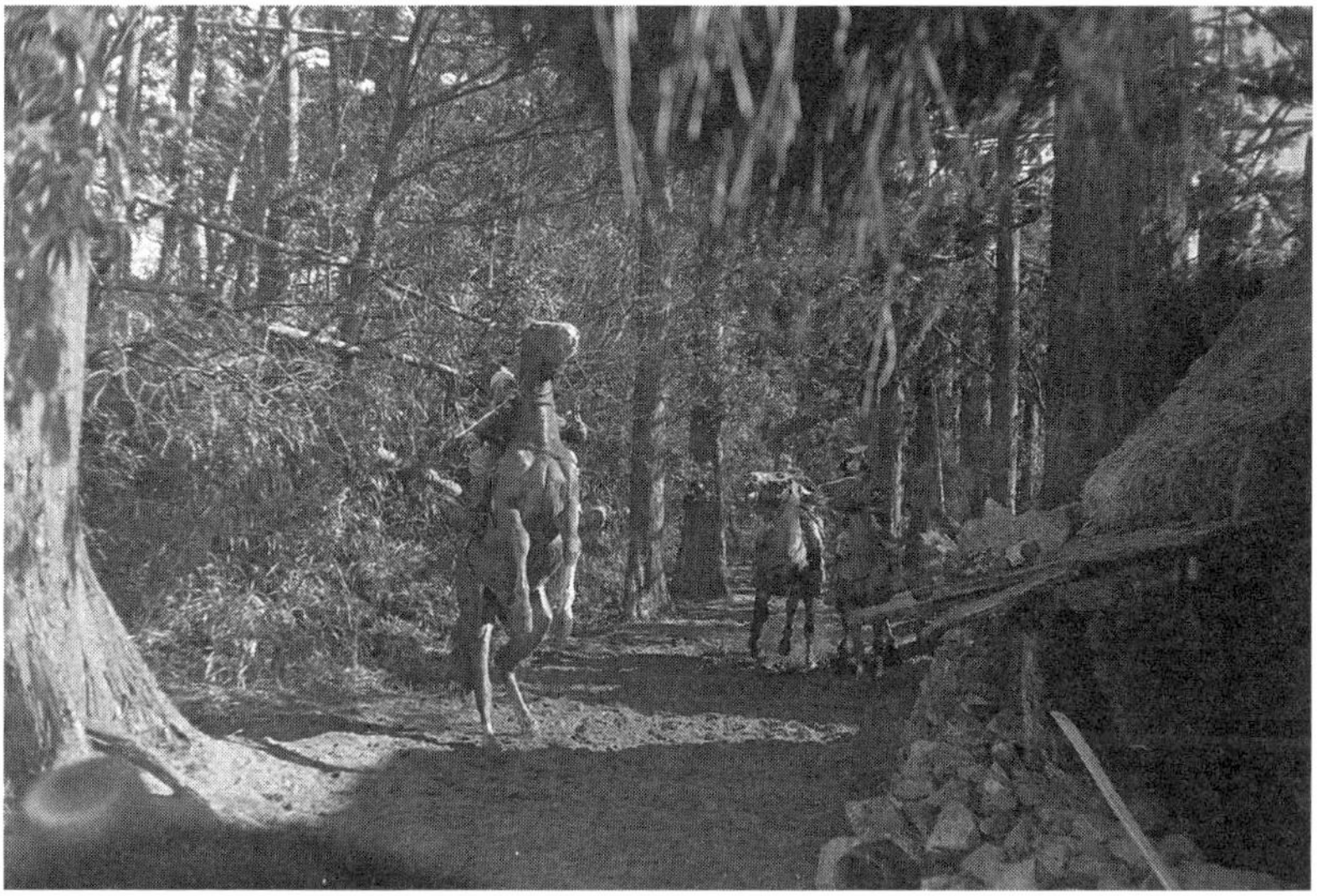
映画スチールⒷ　ここが二岡神社付近なら、右側に空間はない　© TOHO CO., LTD.

の木や百姓たちが隠れる小屋を加えたりはしているものの、こうして見比べればまさに同一地点のように思えてくる。

しかしながら、ここで問題となるのはまたもや光線状態である。映画スチールⒶでは右前方から陽が射しているのに対して、二の岡の小道は南北に伸びており、写真の奥が南方に当たる。この場所で映画スチールⒶと同じ光線状態になるためには、西北西方向から陽が射さなくてはならない。ところが、現実問題として当地でこの方向から陽の光が射すことはない。

もうひとつの問題点として、映画では野武士の騎馬が左寄りの大木の陰から走り込んでくるので、道が二股になっていることが見て取れるが、現在ここに、二股の道はない。

映画スチールⓒ　ここは間違いなく大蔵　© TOHO CO., LTD.

そして、決定的な相違点は、前頁の映画スチールⓑでは右側の林や小屋の奥に空間がある（空が見える！）ことである。実際の二岡神社は山と森に囲まれているので、このカメラ・アングルで空が見えることはあり得ない。これではこのシーンを当地で撮ったとはとても言い難く、どうやら、これは我々の思い違いだったようだ。

さて、上の逆方向ショット（撮影風景＝映画スチールⓒ）は、向こう側に村落のオープン・セットが見えることから、明らかに大蔵で撮られたものである。奥に見える百姓家は、大蔵団地15号棟の南側辺りと考えられる。

続いて、次の映画スチールⓓとⓔを見ていただきたい。これは同じシーンの切り返しショットを並べたものである。これから野武士を迎え入れようとしているのが上の写真Ⓓで、五郎兵衛たちが追い返しているのが下の写真Ⓔとなる。この二枚は光の射し方がピタリと合っている。スチールⒹが大蔵のオープンで撮ったものだとすれば、下の切り替えしショットⒺも大蔵で撮られたことは確実である。ただし、これらの画像だけでは、陽の光がどちらの方角から来ているか判断ができない。

これら杉林での攻防シーンが大蔵で撮られたことは、これまた竹中和雄さんにお伺いして、確証を得

映画スチールⒹ　©TOHO CO., LTD.

映画スチールⒺ　©TOHO CO., LTD.

ることができた。竹中さんは大木の〝作り物〟を設えたこの撮影場所を、「大蔵のオープンの先、水神があるほうだったかもしれない」とおっしゃっているのだ。元東宝（東京映画）の美術スタッフ・櫻井克彦氏に伺えば、竹中さんは大蔵オープンの主担当者だったとのことだから、これはもう確かな情報としか言いようがない。

さらに、この撮影地について、堀川弘通監督が自著『評伝 黒澤明』で「北側の森（団地オープンの外れに大木の作り物）」と明記していることにも注目である。これで「北側の森（村の北）」における攻防戦が、大蔵の団地オープン、すなわち〈村のオープン・セットが作られたところではない場所〉で撮影されたことは、まず確実。そこで、その場所を求めて、撮影当時に近い時期に撮られた航空写真を調べてみることにした。

「先」や「外れ」という言い回しはけっして方角を示すものではないが、東宝撮影所から眺めれば、大蔵団地15号棟付近に作られた「大蔵オープンの先」はセットの南方に当たる。すると、そこは竹中さんの証言どおり、実際に「水神」が祀ってある辺りということになる。しかし、１９４８年撮影の航空写真（49頁及び１４４頁）を見ると、この付近の崖下に生えている木は極めて少ない。すると、この辺りに南北方向に延びる林の道を作るには、相当な数の〝作り物の木〟を用意する必要があったことになる。

その上で映画スチールの光線状態を見ると、混乱が生ずる。道が南北方向に延びていると仮定して、写真Ⓓ／Ⓔ（141頁）に射す光が西側からのものだとすれば、写真Ⓐ（138頁）のように北寄りから日が射すことはあり得ないからだ。

そして、もうひとつ気になるのは、映画スチールⓒ（140頁）に写る百姓家の形状である。この家は村の入口近辺に建っているはずのものだが、大蔵団地15号棟付近の「大蔵オープン」に写る百姓家とは微妙に形が異なっているように見える。

そこで、今一度撮影スナップを見直してみると、大蔵オープン南側の水神付近に杉林のセットが作られたことが疑わしいと思える一枚があった。

それは第二章でも紹介した、村のオープン・セットを北側から撮影したスナップ（48頁）である。見れば、セット奥左側「村の北」入口に当る地点のさらに先、水神が鎮座する辺りには田圃が広がるのみで、何のセットも組まれていない。この後にセットが作られたという可能性もあるが、いかに愛宕山の樹木を利用したとは言え、この田圃の中に大規模な杉林のセットを組んだとはあまり考えにくい。

以上の点を踏まえれば、やはりこの杉林及び百姓家は、「大蔵（団地）オープン」とは〈別の場所〉に作られたもののように思えてくる。先述の証言や撮影の手間等を考えれば、大蔵地区内に作られたことは確かなのだが……。

　ここで大きな手がかりとなったのは、勘兵衛と勝四郎が杉林の入口に走り込んでいくショット（映画本編2時間59分43秒経過時点。スチールは存在しない）である。五郎兵衛の討ち死にを確認する、この悲痛な場面では、走る二人の背後から陽の光が当たり、画面左奥に向かって長い影が伸びている。このショットは明らかに陽が西に傾いた夕方に撮られたもので、これは杉林の入口がおおよそ西方向を向いている、ということに他ならない。

　そこで、以上の条件に合う撮影場所を、改めて１９４８年撮影の航空写真で探してみたところ、村全体のセットが作られた田圃（大蔵オープン）よりも北側に適当なポイントがあることを発見した。そこは、大蔵住宅敷地北側の崖下、現在の世田谷通りの北側を走る水道道路のすぐ脇に建つ「大蔵団地」25号棟から21号棟にかけての辺り。航空写

1948年の航空写真では、森（木立）はかなり途切れている（国土地理院）

「村の北」の撮影地はこの辺り（案内図右下斜線部）か？　©神田亨

現在の当地の航空写真（国土地理院）　※案内図では南北が逆転している

真で見ると、この近辺で東西方向に延びる森が存在するのは楕円で囲んだ当地点だけであり、ここならば杉林の道を人工的に作り出すことも可能だったように思える。

現在、団地内を横切る世田谷通りは、1963年頃に新たに通されたバイパス道（注1）で、本作撮影時には当然ながら存在していない。東西に伸びる道を造れた当地なら、映画本編に写る光線状態や様々な状況とも一致するし、南側に遮るものは何もないので、木々の間から空が見えたとしても不思議はない。とすれば、「村の北」すなわち杉林での攻防戦は、この辺りで撮られたと考えて良いのではないか？　もし、ここに杉林のセットが作られたとしたら、１４０頁のスチール©に写り込む百姓家は、その先にある余計なもの（撮影所の建物など、写ってはいけないもの）を隠す〈目隠し〉の役目も果たしていたことになる。

この推定については、黒澤組のスタッフ（撮影ほか）であった松尾民夫さんが賛意を示してくださっているほか、東宝の宣伝部員として五十年勤務した斎藤忠夫氏も自著『東宝行進曲』（平凡社）で「北側の森は撮影所前の大蔵の雑木林」と明言されている。しかしながら、この撮影地だけは実地検証することはもはや不可能であり、あくまで仮説として提示させていただくにとどめたい。

大蔵に今も残る杉林の斜面　©神田亨

ただし、杉林の場面がすべて大蔵地区で撮影されたかと言えば、けっしてそうではない。次頁の野武士の騎馬が突撃してくる場面（映画スチールⒻ）が、正確な場所は特定できないものの、二岡神社参道脇の小道（注2）で撮られたものであることは、杉林の傾斜具合や光線状態、さらには林の奥行からも明らか。このショットは、『全集 黒澤明』所載の「撮影進行状況」に「11月21日より御殿場二の岡にて、村の西」と記されたスケジュールの中で撮影されたものと考えてよいだろう。その後、撮影隊は12月1

映画スチールⒻ　二岡神社付近の撮影現場　©TOHO CO., LTD.
現在の写真（右）では、右側が南方に当たる　©神田亨

日より農場オープンに戻っており、ここでも「村の道」が撮られたとの記載があるので、この続きが大蔵で撮影されたことはまず間違いない。

「村の西」の撮影地

もうひとつ問題となるのが、七郎次（加東大介）が守った「村の西」の撮影地である。

前述のとおり、この撮影場所については二つの説があるが、いまひとつ明確さを欠いている。信頼性の高い前掲書『夢のあしあと』においては「御殿場市用沢」として、その現在の写真が掲載されているが、これとて本当の地名ではない――御殿場市に「用沢」という地名は存在しない――ことは先に記したとおりである。したがって、我々は最初の二の岡探索時には、「村の西」のことはまったく念頭になく、のちに紹介する別の黒澤映画の撮影地探訪に時間を費やすこととなった。

それでも、「村の西」が本作の重要なロケ現場であることに変わりはない。加東大介にとっても本作は、マキノ雅弘監督の『次郎長三国志』シリーズを途中降板してまで参加した大切な作品なのである（注3）。帰京

してから、Google Map等を駆使して、本来の用沢（御殿場市の北東に当たる駿東郡小山町用沢）地区でもこのような傾斜地を探してみたが、どうにも適当な場所は見つからない。そこで、2018年春に行った竹中和雄氏への聞き取り調査のメモをもう一度確認してみたところ、ここに極めて重要なヒントが示されていたことが分かった。

竹中氏によれば、黒澤組や東宝のスタッフが称するところの「御殿場」とは、JR御殿場線の線路の南方向を指して言う地名であり、「用沢」は裾野のほう一帯を指す呼び方なのだという。要は、「御殿場」と「用沢」は違う場所ということである。さらに氏は、裾野＝用沢でロケしたのは「裏山」のシーンであり、柵をめぐらした地点は「二の岡」の〈秩父宮別荘と二岡神社の間〉と、かなり具体的に撮影場所を示してくださっていたのだ。いささかややこしいが、これで「村の西」のシーンを撮ったのは、「用沢ではなく、（御殿場の）二の岡」ということが明らかとなった。

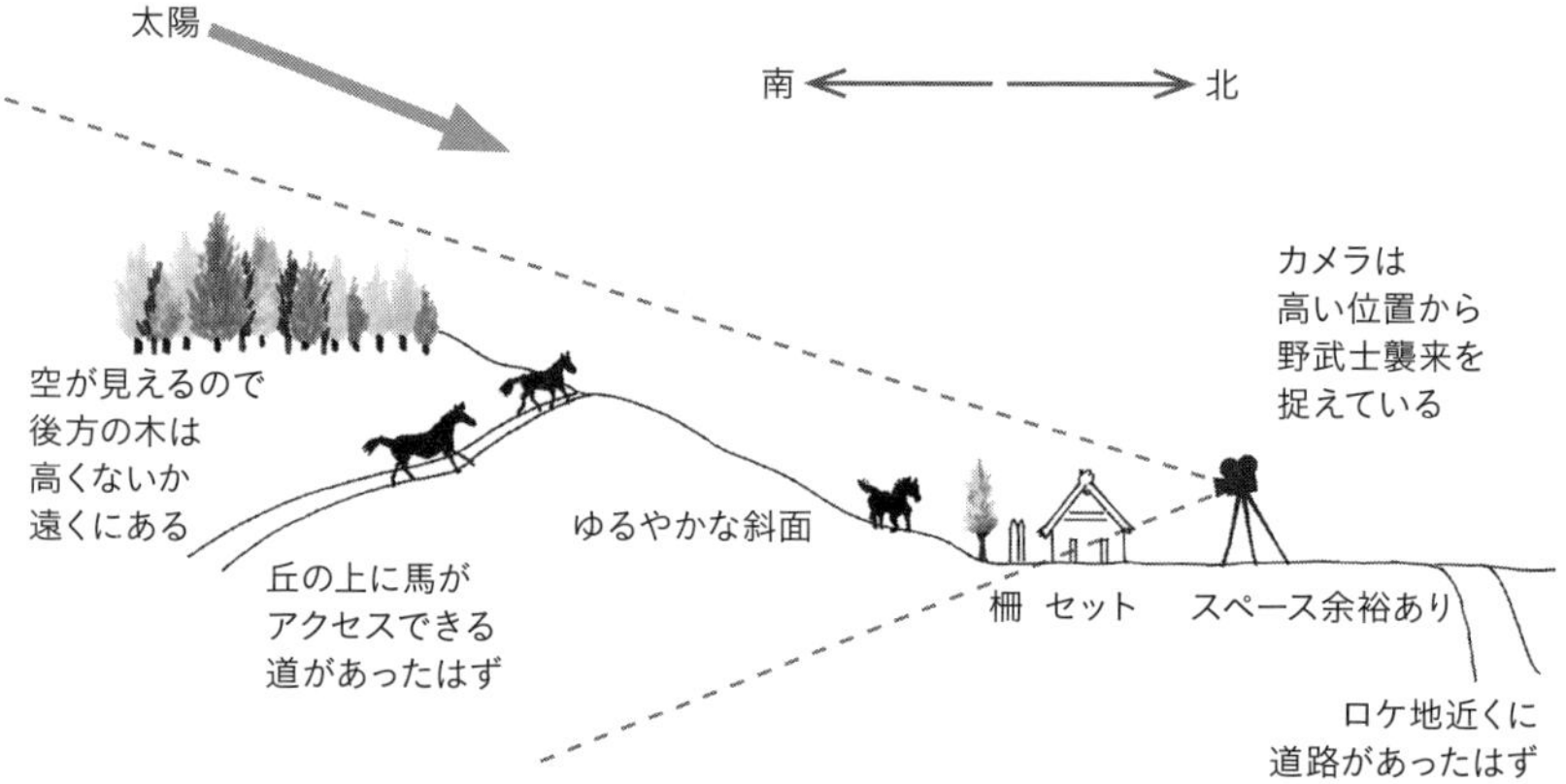

「村の西」撮影現場の条件　©Izumi.O

撮影スナップ①「村の西」撮影風景　© TOHO CO., LTD.

「村の西」について、映画ショットから読み取れる限りの情報を纏めてみると、ロケ地は右のイラストで示すような場所であると推測される。ただ、地図上で条件に合致する場所を探しても、なかなかピタリと条件が合う場所は見当たらない。それは、ロケ地の特定には重要な手がかりとなる山の稜線が写ったショットがないからで、そのため当シーンの撮影場所を割り出すのは、かなりの困難を伴う作業となっていた。

そして、東宝映画の写真資料を管理する「東宝マーケティング」で見つけたのが、上の写真である。この撮影スナップ①からは、映画には写り込んでいない、背後の山の稜線がはっきりと確認できる。

２０１５年春に世田谷美術館で行われた「東宝ス

タジオ展」における「映画講座」（3月14日実施）で、竹中氏は「御殿場では古い家を買い上げてロケ・セットを作った」と証言されていたが、この撮影風景に写る家々（小屋）がそれに当たると思われる。竹中氏によれば、「馬止めの防柵用の生木は馬車で運搬したが、監督にダメ出しを食らい、スタッフを一日待たせることとなった」というから、ここでも黒澤はセットへのこだわりを見せていたことになる。

先に紹介した大部屋俳優の加藤茂雄氏は、この現場にも駆り出されていて、「木を担ぐ百姓役をやらされた」と証言しているが、画面をじっと眺めても、役者の顔まではは っきりせず、残念ながら加藤氏の姿を特定することはできない。

かくして、撮影スナップとロケ地の想像図から類推される撮影地点を求めて、我々は改めて御殿場二の岡地区の探索を開始した。

我々が初めに当たりをつけたのは、二岡神社を北北西方向に四百メートルほど進んだ「前田脳神経外科」の裏山である。カメラの方向（北から南方向を捉える）や山の斜面の角度からは、まさに条件にピッタリの地点だ。２０１８年12月28日、三度目の御殿場訪問となった我々は、当医院の前田院長に、診察中にもかかわらずお話を伺わせていただいた。

前田院長によれば、本作の撮影は当医院の開業以前のことではあるが、撮影時の１９５３年にはすでに裏山の斜面には杉の樹木が密集していて、馬が駆け下りることなど到底できなかったはずだという。

撮影条件には誠に適した山なのだが、こうはっきり言われてしまうと、当地はきっぱりと諦めざるを得ない。

次に我々が着目したのが、箱根外輪山の中腹、現在では「平和公園」になっている山裾の一角。これまでどなたも指摘したことのない場所である。ここは、竹中氏がおっしゃる「秩父宮別荘（記念公園）と二岡神社の間」にもピタリと合っている。地図上でも〈雨降らし〉のための水を供給するのに必要な川が流れていることが確認でき、当地には、加藤茂雄氏が記憶する「なんとか橋」（実際は「ひがしやまばし」…後掲「加藤茂雄インタビュー」参照）も存在する。

実際に現地に赴いてみれば、１４９頁の撮影スナップ①に写り込んでいると思われる山の中腹には、今や「平和公園」の仏舎利塔が建てられ、山がかなり削られていることを実感させられる。この斜面には昭和三十年頃に杉が植林されたとのことで、その風景は激変しているものの、ここを野武士の騎馬が駆け下りたことは充分あり得るように思えてくる。

こうして、「村の西」を撮影した地点は、もはやここしかないと確信にも近い思いをいだいていたところにもたらされたのが、ＮＰＯ御殿場フィルムネットワークの勝間田太郎さんからの新情報であった。

2019年6月17日に届いたその新情報とは、御殿場市「東田中」在住の、御年九十一歳（1928年生まれ）の関野《せきの》天洋《てんよう》さんという男性が、「かつて自宅を『七人の侍』の出演者の着替えの場として提供し、家のすぐ裏にある山で、野武士の馬が斜面を駆け下りるシーンの撮影が行われた」と証言している、という驚くべきもの。もしこれが本当なら、我々にとっては超グッド・タイミングな大ニュースである。ほかにも、現在、山のすぐ向かい側のところに住む内海《うつみ》隆治《たかはる》さんという七十二歳の男性が、「当時は小学校一年生だったが、学校帰りに毎日のようにロケ現場へ遊びに行った」と話しているという。

関野さんのお宅は、前述の「前田脳神経外科」の二百メートル西方に位置する「たうち小児科医院」前の道路を、さらに三～四百メートルほど西南西方向に進んだところにある。勝間田さんによれば、この辺りはこれまで宅地造成等が行われておらず、地形は当時とほとんど変わっていないという。現在では、斜面の上方が山林に、中央部分は草地の広場となっているうえ、下方には有名ファッション・ブランドのオーナーの別荘が建っているので、全体の地形を一望できないのは残念だが、信憑性はかなり高いと言わざるを得ない。

映画人の証言ほど当てにならず、現地の方の証言のほうが的を射ていることは、これまでの経験からも明らか。まずはこの方に会ってみるのが先決と、我々は何度目かの御殿場訪問を計画。同年8月1日になって当の関野さんから、以下の証言を得ることができた。

【関野天洋氏の証言】

(1) 本作撮影時、関野氏は二十四か二十五歳。自宅で農業を営んでいた。

(2) この斜面は関野家の農地で、一部を〈麦畑〉として使っていた。関野家は1946年からこの場所に移り住んでいて、撮影当時、この地区（道路より南側）には当家しかなく、別荘などもまったく建っていなかった。

(3) 撮影に土地を提供することになったのは、御殿場一帯の馬を差配していた長田孫作さんの斡旋による。長田さんからは、「ここには小屋があるから頼む」と言われた。東宝からは、当時の物価からすると、確か三千円の補償金が支払われたと記憶する。

(4) 最初に交渉に来た竹中さん（筆者注：これは、セカンド美術助手の竹中和雄さんのことであろう）のことはよく憶えている。当初は出演者の着替えの場所だけの提供依頼だったが、どうせ土地（麦畑）のほうも空いているのだから、こちらもどうぞ、ということになった。竹中さんは相当苦労しているように見えたが、大変穏やかな方であった。

(5) 千秋実を始めとする俳優たちは自分の家で着替えやメイクをしていたが、三船敏郎は別格だったためか、宿舎（筆者注：御殿場館であろう）や自分の車（関野さんはジャガーだったとおっしゃる）の中で着替えていた。

(6) 自宅裏の道の右手に砦となる小屋が二軒ほど作られ、その先に「柵」が設けられた。柵は斜面のかなり下方にあった。それに伴い、当時は農道だった、畑に通じる小道も撮影に使われた。

(7) 斜面の上方の山々は当時〈茅刈り場〉で、現在のような樹木はほとんど植わっておらず、容易に馬を走らせることができた。馬は奥から(現在の)道がある方向に向かって走ってきた。

(8) 馬が通るところに、灰のようなもの(筆者注：焼板を作る時に出た灰であろう)を撒いていたことが印象に残っている。黒澤監督は「(撒く場所が)違う！」と、よく怒鳴っていた。

(9) 初夏の設定の場面を初冬に撮影したことで、撮影時には霜柱が立っていた地面に黒澤監督が顔をつけ、ロー・アングルの画面の確認をしていた(関野さんにとって、これはよほど印象的な出来事だったのだろう。のちになってこの行為を思い出した関野さんは、あの有名な黒澤監督がこんなことまでしていたのかと、改めて感服したという)。

もうこれで、「村の西」の撮影地は百パーセント、当地「東田中」で決定である。特に証言(6)については、前掲の竹中和雄さんの証言とも完全に一

撮影現場で関野さんに話を聞く（2019年8月1日）　©神田亨

致する。だいいち竹中さんのお名前は関野さんの口から飛び出したもので、これも大変な驚きであった。

ひとつ疑問点を挙げるとすれば、最後の決戦シーンで降らせた「雨」の問題がある。当ロケ現場の近くに〈雨ふらし〉のための水を汲む川や井戸は（今も昔も）存在しないからだ。井戸は関野さんの家にだけはあったが、撮影のためには使っていないという。関野さんは給水タンクのようなものを用意したのではないかとおっしゃっていたが、確かに「村の西」における決戦シーンは、時間的にもそれほど長いものではなく、大蔵地区における仙川のような水源がなくても、なんとか対応できたのだろう。

なお、当地での撮影は、関野さんの証言からも明らかなように、二岡神社ロケと同時期、すなわち『全集黒澤明』所載「製作メモランダ」に記された「11月21日より御殿場二の岡にて、村の西」のスケジュール内（「村の北」の項でも紹介）に行われたものと考えられる。この時期なら、関野さんのいう霜柱も確かに立ったに違いない。

それに、実際に現地をお訪ねになればお分かりいただけようが、ここはそれほど急勾配の斜面ではない。それでも、かなり後方より、長焦点（望遠）レンズを使い、それもイントレ（足場：サイレント作品『イントレランス』から派生した映画業界用語）を組んで高所から撮ったので、圧縮効果が生じ、あのような急斜面に見えたのであろう。ご存知のとおり、野武士の騎馬が迫りくる迫力は他の場面よりも圧倒的で、これも〈黒澤マジック〉のひとつと言えよう。

もう一人の証言者である内海さんとは、この日は残念ながらお会いできなかったが、代わりにその奥様と話をすることができた。奥様によれば、ご主人は小学校一年生のとき、毎日学校帰りに、それこそ「指をくわえて」撮影を見学したとおっしゃっているという。柵の中まで入り込んでも、撮影スタッフからはまったく怒られなかったというから、今の映画人とはその度量の広さからして大違いである。

意外だったのは、関野さんがこの話をここまで詳細に明かしたのは我々が初めて、ということだ。当の映画人よりも遥かに詳しく記憶されているのは、現地の方にとっては〈一期一会〉の経験だったからこそだが、この方たちとの出会いを通じて、『七人の侍』という映画がいかに御殿場の人たちを巻き込み、さらには多くの人間の心を捉えて作られたかが本当によく分かっ

撮影スナップ② イントレを組んで撮影しているのがよく分かる　©TOHO CO., LTD.

た。当たり前のことだが、映画や文化というものは、人が作り、そして人が守っていくものなのである。

こうして、先人の誰もが正確な撮影場所を発表することなく、長らく謎のままとなっていた「村の西」のロケ地探索にも、ようやく終止符が打たれた。

そして、〝七人の侍〟の四人までもが死を顧みずに守った百姓たちの村は、世田谷区の大蔵、静岡県函南町の下丹那、同じく伊豆の堀切、そして御殿場の二岡神社《にのおかじんじゃ》傍の林に、同じく御殿場東田中の傾斜地という、都合四地域、計五箇所をロケ地として撮影された、との結論が導かれることとなった。

付近の森や裏山についても、長尾峠や姥子（注4）など、いくつかの地域で撮影されたとの記録が残っ

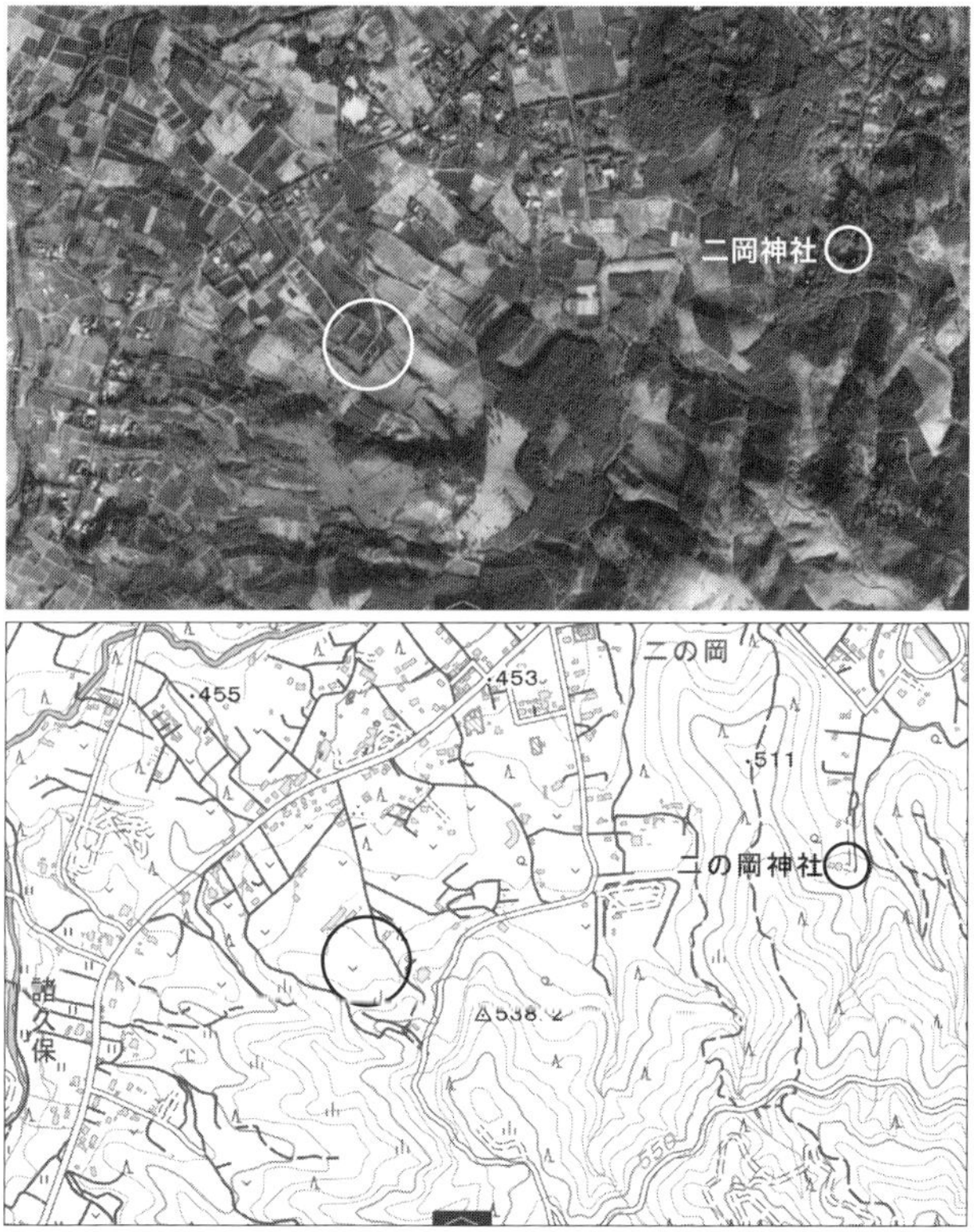

撮影場所の位置関係（1952年当時の航空写真と国土地理院地図）

ているが、残念なことにこの場面には何の手がかりも目印も存在せず、今のところその撮影地を特定することはできそうもない。

上：撮影スナップ③ ©TOHO CO., LTD.　下：カシミール３Ｄ画像

結局のところ、本作で実際に百姓の家々のセットが建てられたのは大蔵と下丹那だけだったが、撮影スタッフはこれだけ多くの地域で撮影場所を確保し、宿はもちろん俳優やスタッフの着替えのための休憩場所を選び、さらには馬やエキストラも集め、時には電話を引いたり、怪我人を病院まで運んだり――これは主

に三船敏郎だが——していたわけだから、あれだけのお金と時間がかかったのも当然のこと。彼らによる「万骨枯る」努力と苦労無くして、この映画が完成を見ることはけっしてなかったろう。ここに改めて、この傑作時代劇を作り上げたスタッフの方々に敬意を表する次第である。

上：右ページ上の写真の読み解き　©Izumi.O
下：ドローンで確認した撮影現場の現在とセットの配置
撮影・作図協力：勝間田太郎（御殿場フィルムネットワーク）

もうひとつの謎の撮影地

『七人の侍』には、もうひとつ撮影地の特定が難しかった箇所がある。それがＳ＃25とＳ＃55に登場する「街道」である。豪農の家で目をつけた勘兵衛を百姓たちがスカウトしようとするが、逆に、この腕の立つ侍を追ってきた勝四郎や菊千代に先を越されてしまう、という一本道のシーンを撮った場所で、堀川弘通監督による『評伝 黒澤明』では、その撮影地は「道中：大平―天城・長尾峠」と記されている。この表記では、長尾峠は別として、あまりに範囲が広過ぎて、特定どころか推定することすら困難だが、この道は、百姓たちが町で集めた侍たちを村に連れ帰る際にも通ることから、映画では二度に亘って登場。どちらも非常に印象に残るシーンとなっているので、ここはなんとかロケ地を見つけ出したいところだ。

映画スチール 村へと向かう七人の侍 ©TOHO CO., LTD.

しかしながら、その撮影地を具体的に記した書物や発言は皆無であるばかりか、いくら目を凝らしてこのショットを眺めても、遠くに見える山並みには霞と雲がかかっており、周りの風景からそのロケ現場を特定することは、そう簡単ではなさそうだ。御殿場の勝間田さんに尋ねても、遠くに見える山は愛鷹山《あしたか》ではないかとの答えはもらったものの、この「街道」がどこで撮られたかについては分からないという。いったいこのロケ地はどこなのか？

この「街道」シーンは、町に行くときも村へ戻るときも、なぜか同一方向からしか撮影しておらず、その光線状態から、道はおおよそ西方向に向かって伸びていることが分かる以外は、ほとんど情報がない。ただ、この場所を別の角度から撮った画像があれば、そこに写り込んでいる風景からロケ地を特定できるかもしれない。そして、ここでも我々に重要なヒントを与えて

「街道」の撮影風景Ⓐ　©TOHO CO., LTD.

大勢の看護師が見物する「街道」の撮影風景Ⓑ　©TOHO CO., LTD.

くれたのは、やはり東宝マーケティングに保管される撮影風景写真Ⓐであった。

この、いわゆるスナップ写真は、映画シーンとは逆方向を捉えたものである。そのため愛鷹山とは反対の方角に見える山の稜線がよく見える。またこのスナップでは、道端に咲く花々が、例によってスタッフにより一本一本植えられたものであることも見て取れる。双方向の山の形が分かれば、そこからロケ場所を特定できるかもしれないと考えていたそのとき、写真右端にひとりの看護師さんが写り込んでいることに気づいた。

「なるほど、当時のロケには急病等に備えて、看護師が同行していたのか」と思っていると、別の撮影風景写真Ⓑに目が釘付けとなった。そこにはロケを見物する野次馬に混じって、数えきれないほど大勢の看護師が写っていたからである。そう、彼女たちは撮影隊に同行した看護師ではなく、ただの見物人だったのだ。

撮影風景Ⓑの光線状態を見ると太陽は南の空にあるようなので、お昼休みなのだろうか。ここは、大勢の看護師さんが制服のまま気軽に見物に来ることができた場所なのである。だとすると、この現場の近くには比較的規模の大きな病院があったことになる。また、看護師さん以外にも多くの人が見物に来ていることを考えれば、当ロケ地が辺鄙な山奥の地でないことも明らかだ。

以上のことから、この「街道」シーンを撮った場所は、付近に大きな病院がある（あった）ことと、それほど人里離れた地ではないことを最大の条件とし、さらに、その撮影時期が『全集 黒澤明』の撮影進行状況に記された「10月5日より 伊豆長岡にて、村はずれの道」に当たると考えた我々探索チームは、下丹那地区近辺で該当するような大きな病院を探してみた。

そこで見つかったのが、「伊豆逓信病院」（当時／現在のＮＴＴ東日本伊豆病院）である。下丹那の有力者・野口氏の子息が釘を踏んで怪我したときに、野口邸を控室として使っていた三船敏郎が、愛車を駆って野口君を送り届けてくれた病院が、ここ「伊豆逓信病院」ではなかったかと考えたことも、この推論の後押しとなった。そして、この病院の辺りなら、遠方に愛鷹山の山並みが見えるという〈もうひとつの条件〉も満たしていそうだ。
ところが、2018年8月23日、これほど特徴的な場所であればすぐに見つけられるであろうと、当病院のある函南町へと足を運んでみると、これが意外に平坦な地で、このような（山並みが見られる）街道が撮られた場所とはとても思えない。我々は簡単に、この地を候補地から除外してしまったのであった。思えば、これが〝大きな回り道〟をする始まりだったのだが……。

町中でない、もっと起伏のある場所ではないかと考えた我々は、愛鷹山を望める山の中の大病院を探すことにした。そして、次に候補地として挙げたのが下丹那のはるか北方、「東名高速道路」裾野インターの東側にある「国立駿河療養所」（1944年、傷痍軍人療養所として開所。1945年に厚生省が管轄するハンセン病患者のための国立療養所となる）であった。

ただ、その施設の性格上、当療養所の敷地内に入るには、年に一度の一般開放期間しかチャンスがない。我々は2019年4月14日になって、ようやく療養所施設を訪問。桜を楽しみながら施設内の様々な場所を見学させてもらったが、残念ながら敷地内及び施設の近辺には、そのような撮影を行えるようなポイントは発見できなかった。また、眺められる愛鷹山の稜線も、映画で見られるものとは多少相違があるように感じられた。

そこで、当療養所付近で撮った愛鷹山の稜線写真を、パソコンを使って映画の画面と比較してみると、ふたつの稜線は明らかに異なっていることが判明。こうして、二番目の病院も候補地から外れることとなった。

映画本編画像イラスト　©Izumi.O

映画で見られる山並みとカシミール３Ｄの愛鷹山の稜線を比較すると……

ここでも我々は、「カシミール３Ｄ」という、ＰＣ上で地形をＣＧで再現できるパソコン・ソフトを導入。ＰＣ画面で愛鷹山の稜線が映画の画面（上掲イラスト参照）と同じように見える位置を、地図上で探し出そうと試みた。

そして見つかったのが、御殿場市の南に位置する三島市の「三島総合病院」

（１９４６年に社会保険病院として設立）の辺り。この病院付近から見た愛鷹山の山並みは、映画のものとほとんど一致する。しかし、喜びもつかの間、当病院は撮影当時、現在の場所にはなかったことが判って、ここも候補地から外さざるを得ない結果となる。

こうして、我々の〈病院探し〉は行き詰ったかに見えたが、愛鷹山と現在の「三島総合病院」をつなぐ延長線上に別の大きな病院はなかっただろうか？　地図を見直すと条件に合う病院は直ぐに見つかった。最初に候補に挙げた「ＮＴＴ東日本伊豆病院」である。

今度は航空写真や土地の起伏図等も使って、病院の周辺の地形を丹念に調べてみた。すると病院の

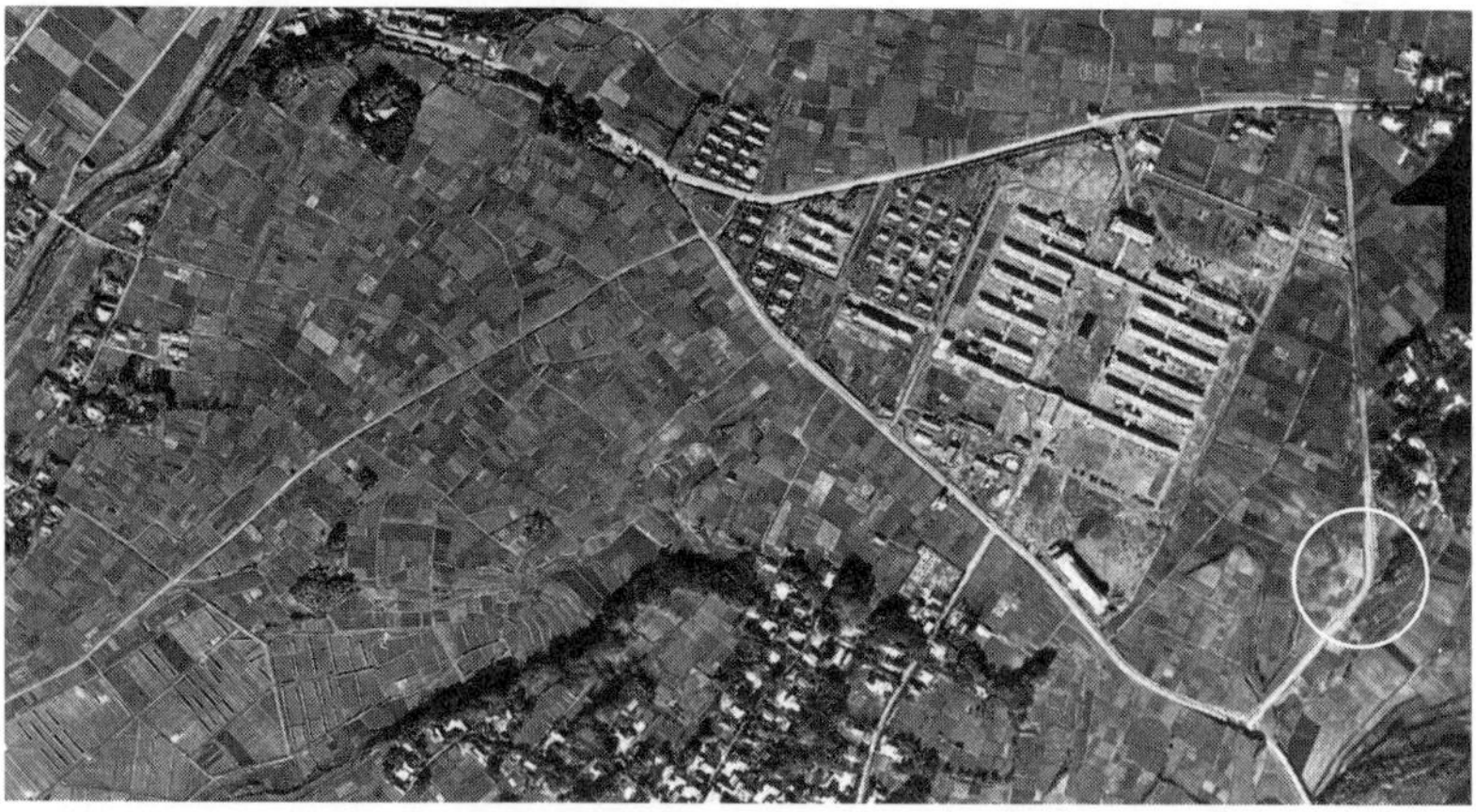

1952年当時の航空写真で見る伊豆逓信病院南東の道。上は撮影地付近を拡大したもの（国土地理院）

南東に、愛鷹山を望む方向とピタリと一致するまっすぐに伸びる道を発見。さらに起伏図で確認すると、崖を切り通した坂道がある可能性も見えてきた。

早速、ロケ撮影の前年、１９５２年11月に撮影された航空写真を拡大してみると、撮影仮定地点から見た南東側の道の曲がり具合が撮影スナップと一致するうえ、道の脇には撮影風景Ⓑ（１６２頁）のロケ見学者たちが上っていたであろう小山らしき影や、映画スチール（１６０頁）で見られる木立も確認できた。さらには、道の方位状況も映画シーンの光線状態と完全に一致している。

これで侍たちが歩いた「峠道」は、この航空写真の丸で囲った部分で決まりではないか!?

当「ＮＴＴ東日本伊豆病院」は、静岡県田方郡函南町平井７５０の地にあり、１９４７年に伊豆逓信病院として設立された。実は当病院、村の全景や野武士の騎馬襲来シーンを撮った「下丹那」地区からも車で十分ほどの場所にある。

そこで必要となるのが実地検証である。三度目の下丹那探訪となった２０１９年８月１日、我々は当病院を訪問。勘兵衛や五郎兵衛よろしく、その東側の道をくまなく検分した結果、この謎に満ちた街道シーンが撮られた場所をついに特定するに至る。

この「平井」地区、周囲を見渡せば背景（南側）に広がる山並みも見事に一致しており、この街道シーンの撮影が当地区で行われたことはまず確実。時期は前述した1953年10月5日に始まった「伊豆長岡にて、村はずれの道」の撮影、もしくは「6月4日、伊豆長岡ロケ、その後、下丹那にて村の遠景、峠」の撮影スケジュール内で行われたものと思しい。当地区は、堀川本に記された撮影地「道中（天城―大平）」の大平地区からもそう離れてはおらず、その点でも大きな矛盾はない。

現在の平井地区（この角度から撮ると富士山は見えない）　©神田亨

撮影風景Ⓒ　©TOHO CO., LTD.

右の写真がその道の現在の姿である。見れば、映画シーンと完全に対応しているのがお分かりいただけるだろう。道路を昇り切った辺りの右手に見える木立は、下の撮影風景Ⓒにもしっかりと写り込んでいる。

いやはや、ここがあの「街道」の撮影地だったとは、とんだ回り道をしたものだ。ただ、断言してもよいが、いきなり当地に連れて来られても、緩やかな坂道であることが同じなだけで、戦国時代の街道がこんな街中で撮られたとは絶対に信じられないに違いない。これもまさに〈黒澤マジック〉の成せる技。愛鷹山の見え方が同じであることも、前に検証したとおりである。

注目すべき点は、この位置から北方向にカメラのレンズを向けると、角度によっては

現在の南東方向の風景　©神田亨

161頁の撮影風景Ⓐで見られる山並みに合致する韮山の稜線（カシミール3D）

愛鷹山の右側に富士山が写り込んでしまうことだ。そもそも映画の舞台となる村は、日本のどこだか分からぬ設定なのだから、富士山などが写り込んでしまえば興醒めもいいところ。撮影クルーは、これを実に上手くクリアしていたことになる。

カメラの逆方向から見た、前掲の撮影風景Ⓐに対応するのが、前頁の写真である。撮影風景Ⓑで看護師たちが見学していた小山は、写真右側のやや高台になっているところ（白っぽい住宅が建つ辺り）であろう。道が右側に緩やかにカーブしているのも撮影スナップと同様なうえ、先＝南側に連なる山並み（韮山）もまったく同じに見える。

以上の検証には、前述の御殿場フィルムネットワークの勝間田太郎さんに加え、かつて函南町の「月光天文台」に勤務した黒澤映画研究家・漆畑充さんにもお力添えをいただいた。お二人の協力なくして、こんなに早くこのロケ現場を特定することはできなかったろう。勘兵衛や百姓たちが歩いた「街道」の撮影場所については、これまでほとんど取り上げられたことはなく、探そうという努力をされた方も漆畑さんを除いてはほぼ皆無であった。この度、まさに共同作業によりその謎を突きとめたことは、筆者としても感慨無量である。

本章を終えるにあたって、驚きのアウトテイク・ショットをご披露したい。この「街道」シーンには、実はもうひとつの撮影場所があったのだ。

これは、函南町調査の過程で、当地教育委員会生涯学習課勤務のMさんから聞き込んだ話。Mさんの亡祖父は、本作の撮影が当地「一本松」近くの直線道路で行われたことをよく記憶しておられ、しばしばご家族にその事実を話していたという。

話を聞いた我々は早速、「町立東中学校」近くの現地へと足を運んでみた。ところが、いくら周りを見渡しても、その光景は映画に写っているものとは大違い。もしかして他の映画のロケだったのでは、などと文句を垂れながら、その日は帰途についたものの、どうにも気になって仕方がない。

すると後日、東宝マーケティングで確認した夥しいスチールの中に、その撮影風景が残っているのを発見。その中には「一本松」自体を撮った写真まであった。Mさんの祖父は、本当に当地で撮影された現場を見ていたのだ！　驚きと感動をもって眺めれば、これは山々の見え方から、明らかに函南の南方、粕谷地区で撮られた光景と分かる。

ただ、これらは影の射し方が本編ショットとは真逆なので、切り返しショットとも思えず、撮影の模様からは「峠道」シーンの〈アウトテイク〉としか考えられない。そもそもこの辺りは高低差のない平坦な地であり、一旦撮影はしたものの、構図的にも映画的にもパッとしなかったことから、平井地区でのリテイクとなったのではなかろうか（注5）。

かつての我が国の映画界ではマスター・フィルムを残す習慣がなく、こうしたアウトテイクはほとんど見ることができないと聞く。それでも撮影スナップを丹念に検証すれば、こうした新発見に繋がる場合もある。この驚きの新発見は『七人の侍』の〝光と影〟の、言わば影の部分に当たるものだが、今後の本作の研究・分析に欠かせない第一級の史料となるに違いない。

というわけで、映画本編には出てこない、幻のショットの撮影風景をしかとご覧あれ！

映画本編には出てこない、もうひとつの「街道」シーン撮影風景　©TOHO CO., LTD.

現在の一本松（左）と、その近くの直線道路（山の稜線に注目！）
©神田亨

©Izumi.O

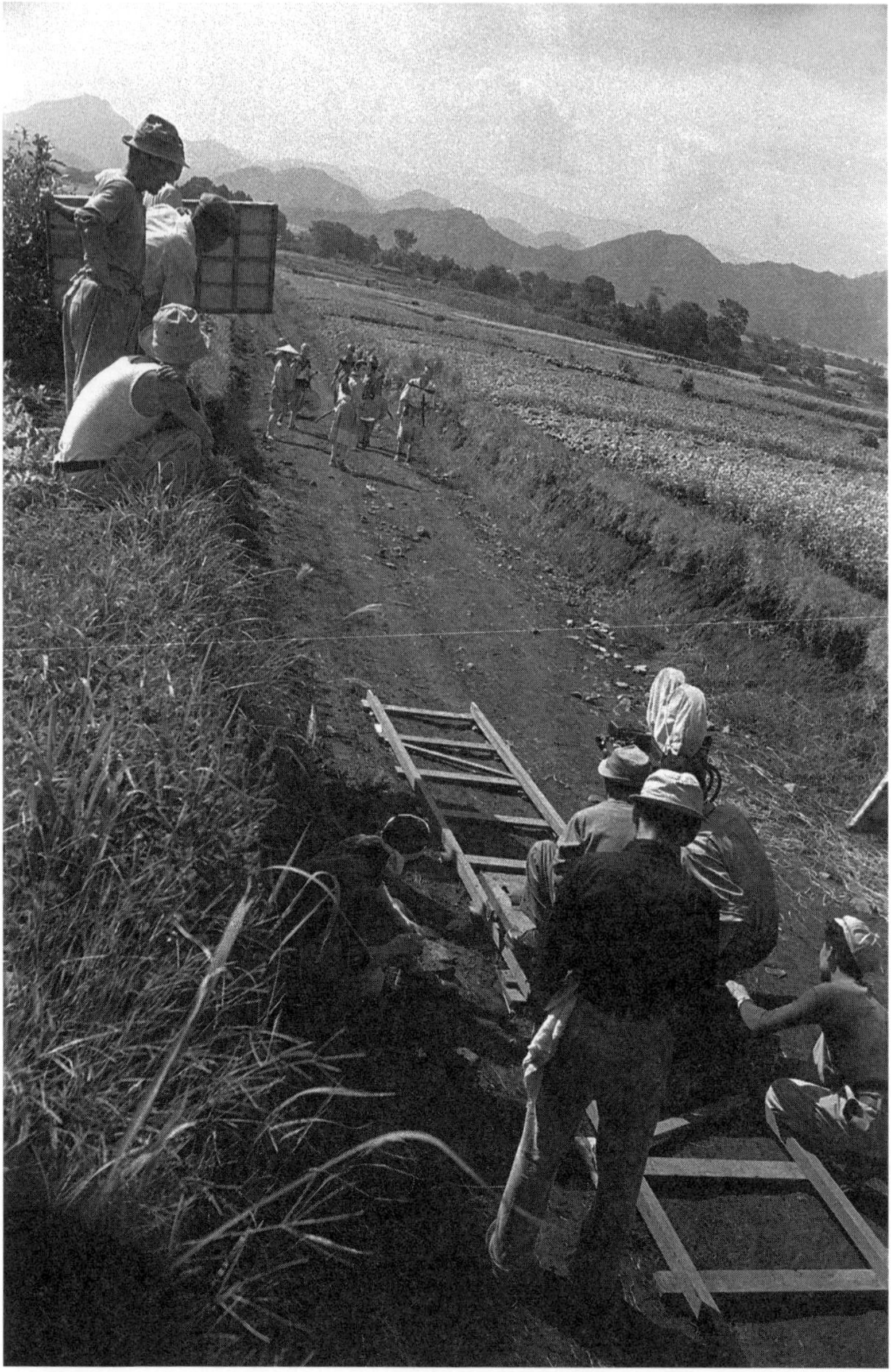

同撮影風景　スタッフの服装から夏場（初期のロケーション時）の撮影と分かる

（注1）できたばかりの世田谷通りのバイパスが見られる映画に、成瀬巳喜男監督による女性ドラマ『女の歴史』（昭38）がある。当作では、このバイパス道の舗道で高峰秀子と星由里子による緊迫した（それも雨中の）やり取りが展開される。

（注2）この小道や二岡神社の境内では、北野武版『座頭市』（平15）のラスト・シーンや、最近では『関ヶ原』（平29：原田眞人監督）で徳川家康（役所広司）が本陣を構えるシーンなどが撮影されている。

（注3）『次郎長三国志』シリーズに〝三保の豚松〟役で出演していた加東大介。本作の出演が決まったことから、豚松のほうは死んだことにして第五部の『殴込み甲州路』（昭和28年11月公開）をもって途中降板、直ちに本作の撮影に駆けつけたという経緯がある。豚松もかなり魅力的なキャラだっただけに、マキノにとっても、当シリーズのファンにとっても大きな迷惑だったに違いない。

（注4）堀川弘通は『ＫＵＲＯＳＡＷＡ 演出・録音・記録編』で、姥子では「花の裏山」シーンなどを撮ったことに加え、砧の御料地でも菊の花を集めて、そのリテイクを行った旨の証言をしている。

（注5）リテイクしているのだから、厳密にはアウトテイクとは呼べないかもしれないが、映画本編には出てこない撮影風景が存在していること自体が驚きであり、場所を移して撮り直したシーンはここしかないことから、あえてこう書かせていただいた。ちなみに、リテイクは、水車小屋や野武士の山塞炎上シーンなどで行われている。

第六章

御殿場では、あの黒澤映画も

～『椿三十郎』『隠し砦の三悪人』の撮影現場～

七郎次

加東大介（撮影当時四十二歳）
かつては勘兵衛の忠実な家臣。負け戦で別れ別れになったが、町で再会。金にも出世にもならない戦に黙ってついていくのはもちろん、その手足となって戦う。長槍を得意とし、百姓たちの指導役・良き理解者となるのは、その豊富な実戦経験によるものであろう。

ここ御殿場は伊豆と並んで、黒澤が時代劇を撮るにあたり、欠くべからざるロケーション用地であった。『七人の侍』のあとも、1956（昭和31）年10月12日に撮影を開始した『蜘蛛巣城』（昭32）で、富士山麓の太郎坊にその名で呼ばれる山城を作った黒澤組は、1958（昭和33）年に撮影・公開された『隠し砦の三悪人』においても、8月1日より御殿場ロケに入っている。この作品では、太郎坊のほかにも、幕岩、馬返し、明神峠等でロケーションを行うが、折からの悪天候（前述の狩野川台風も含まれる）により撮影スケジュールは延びに延び、予算も大幅にオーバー。東宝から自らのプロダクションを作るよう要請を受けるきっかけを作っている。

こうして、黒澤は1959（昭和34）年に黒澤プロダクションを設立。同プロで製作した第二作目の『用心棒』（昭36）の姉妹編『椿三十郎』（昭37）でも、当地御殿場が重要な撮影場所となる。

『椿三十郎』のロケ現場

大ヒットとなったこの娯楽時代劇については、改めて説明する必要もないだろう。寒々とした冬のタッチの『用心棒』と比べ、こちらがほのぼのとした春の趣を感じさせる作りとなっているのはご存知のとおり。実際、本作は年末の寒い時期に撮影されているのだが、これが映画のマジックというものであろう。

そして、まさに『用心棒』から抜け出してきたかのごとき浪人・三十郎が再びその姿を現すのは、映画の冒頭、加山雄三ら若侍たちが密談を成す「社殿」にて。とある城下町の外れにでもあるのだろう、この名も知れぬ神社の社殿の内部は、東宝撮影所のステージにて撮影されたものと思しい。しかし、三十郎が密談の輪に加わってからは、社殿の中からここを囲む大目付・菊井（清水将夫）の追っ手らの姿、すなわち神社の境内を捉えるショットが見られることから、ここはロケーション撮影以外の何ものでもなく、長らくこの撮影地は謎のままとされてきた。

さらに謎を深めたのが、前掲のムック本『夢のあしあと』で『椿三十郎』の社殿のロケ地は、御殿場にある「二岡神社の前」と、写真付きで明示されたことである。前述のとおり、二岡神社では『七人の侍』撮影時、この神社近くの杉林で野武士の騎馬が駆け抜けるシーンが撮られたことは判っているが、もしかすると、この『椿三十郎』に関する情報は間違っているのではないか、との声も上がっていた。

かくして、我々探索チームは現地「二岡神社」に赴き、『夢のあしあと』の記述が完全な誤解であることをこの目で確認。当地小山町のフィルム・コミッション副理事長Ｎ氏の情報に従い、そこから１㎞ほど北東に位置する「厳島神社」へと足を運び、当地こそが『椿三十郎』の社殿の本当のロケ地であることを確認するに至った。

厳島神社こそ社殿のロケ現場

御祭神として弁財天（市寸島比売命＝イチキシマヒメノミコト）を祀る当「厳島神社」（御殿場市東

山１０４７）は、ＪＲ御殿場駅の南東にあり、釣り場として知られる東山湖（注１）や秩父宮公園の東側に位置する。案内板によれば、神社の創立年月は不詳であるものの、その名が示すとおり「安芸国佐伯郡の厳島神社より分霊を受けた」ものであるという。社殿自体は建て替えられたばかりで真新しいが、その趣は映画に写る社殿とほぼ同じ。境内に立てば、今にもその扉が開かれ、三十郎がぬっと姿を現してきそうな感覚に襲われる。

さらに、社殿の正面には、映画本編で仲代達矢演じる室戸半兵衛がその前に立った杉の大木が、撮影当時のままの姿で現存（次頁写真参照）する。清水元や佐田豊などの追っ手の侍たちが引き揚げて行く参道も、まさに映画の画面どおりで、杉林の中にひっそりと置かれた神社の雰囲気が、今もそのまま残っていることに驚かされる。

社殿から姿を現す三十郎　©TOHO CO., LTD.

室戸半兵衛と三十郎 © TOHO CO., LTD.　下は現存する杉の大木 © Izumi.O

これにて本作の冒頭シーンのロケ地が確定し、長年の疑問は氷解する。のちに黒澤明研究会のホームページでも、当撮影現場に関する訂正文が「日刊スポーツ」の記事（1961年11月8日付）をもとに掲載され、今では誤解もすっかり解けたと言ってよいだろう。当該記事や『全集 黒澤明』所収の製作データによれば、このシーンの撮影は記事掲載の前日、11月7日に行われた模様だ。

御殿場市の東の外れに位置する当社は、二岡神社から歩いて十五～六分、御殿場駅近くの定宿（「松屋」「御殿場館」「大黒屋」など）からもさほど遠くなく、黒澤組のスタッフにとっては非常に通いやすいロケ地だったわけである（注2）。

現存する決闘の地

驚愕するのは、この映画のラスト・シーン、三十郎と室戸半兵衛が決闘を行う街道の辻が現存することである。大目付・菊井（清水将夫）の計略が頓挫したことによって出世の道を絶たれた室戸は、若侍＝城代家老側に加勢した三十郎に決闘を申し入れる。その腕を見込んで、菊井への仕官を仲介したこともあって、三十郎への憎しみは倍加。その憤懣を、

御殿場「厳島神社」の現在　©神田亨

社殿の若侍に迫る追っ手たち　©TOHO CO., LTD.

決闘を固唾を飲んで見守る若侍たち　©TOHO CO., LTD.

現在のその場所（御殿場市神場）　撮影：勝間田太郎（御殿場フィルムネットワーク）　協力：御殿場市

斬るか斬られるかの決闘にぶつけるしかない室戸であったから、その形相は凄まじいばかり。仕官の道など思いもよらない三十郎との決闘の結末は、ある意味、決まっているも同然。そもそも主人公である三十郎が斬られるはずはないのだが、観客は数十秒に及ぶ沈黙の果たし合いを、固唾を呑んで見守るしかない。

シナリオに「とても筆では書けない」と記された、このインパクトの大きい決闘シーンを撮った現場が、

決闘シーンにリハーサルは確かにあった　©TOHO CO., LTD.

よもや現存するとは思っておらず、やはり小山町フィルム・コミッションのN氏の案内で当地を訪れた筆者は、これまた筆では書けない驚愕と歓喜の念に襲われることとなる。

現在のその場所（三十郎は先の方へと去っていく）撮影：勝間田太郎（御殿場フィルムネットワーク）協力：御殿場市

その現場こそ、御殿場市の「神場」地区に位置する、雨が降れば川となり、そうでなければ道になるという不思議な街道（？）で、これは火山灰地である御殿場なら

一発 OK の決闘シーン　© TOHO CO., LTD.

ではのものであるという。周囲には整備された道路と工場施設が点在し、今やこの辺りで時代劇を撮ることなどまったく不可能のように思えるが、この一角だけは奇跡的に撮影当時、そのままの姿を残している。

道路脇に車を停めた我々は、折からの小雨で濡れそぼった土の道を下って行く。すると、手前には細いながらも川のごときものが横切っている。すでに筆者は、この地こそ『椿三十郎』の決闘の地と直感、全身をアドレナリンが駈け巡るのを抑えられずに、加山雄三演ずる若侍・井坂伊織のごとく立ちつくすのみ。まさにこの地点こそ、九名の若侍が三船と仲代の決闘を、身を固くして見守った場所なのであった。

その日は雨模様だったため、決闘の場には立てなかったが、のちに天気の良い日に訪れた際に、改めて三船と仲代が斬り合った場に立った筆者。初めて本作を見てから五十八年目にして、その撮影の現場に立てるとは思ってもいなかっただけに、深い感慨が湧いてくる。いつ整地が成され、なくなってしまうかもしれないロケ地であるだけに、読者の皆さんもなるべく早い時期に訪問されて、ご自身の目で確認されることを強くお奨めする次第だ。

　この世間をアッと驚かせたラスト・シーンの撮影は１９６１（昭和36）年の12月20日、封切日はなんとその十二日後の１９６２（昭和37）年1月1日であった。記録によれば、12月22日と23日に音楽ダビング、24日から26日までに台詞等のダビングを済ませ、わ

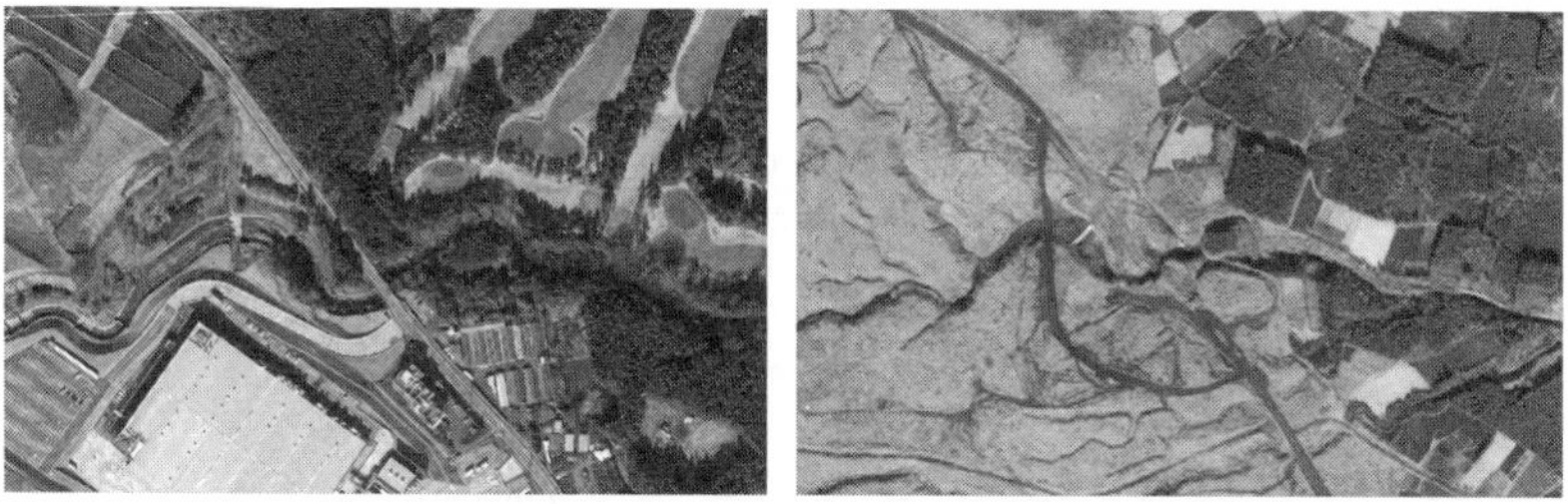
中央がラストの決闘の地。今も残っていることに驚愕する。右は1962年の航空写真（国土地理院）

神場地区の地図　※地図上では、道は川扱いとなっている（国土地理院）

ずか中五日をおいての公開であったから、スタッフたちにとってはなんと慌ただしい年末であったことか。

これも、撮影中から編集を済ませておく黒澤だからこそ成し得た〝離れ業〟であったろう。

驚いたのは、この時、室戸半兵衛の胸から噴出する大量の血を送り出した装置を、三船プロダクションで仕事をした佐藤袈裟《けさ》孝《たか》さん（注3）が、いまだに所持されているという話を聞いた時である。ポンプ仕掛けで血を送るこの小道具は、考案した浜村幸一さん経由で、今も佐藤さんのもとにある。当時助監督だった出目昌伸監督とスクリプターの野上照代さんが、二人で室戸が斬られるのと同時に血を噴出させるタイミングを合わせた苦労談はよく聞くところだが、よもやその装置が現存するとは！　その後の時代劇が、本作（正確に言うと、清水元の胸から血が噴き出す『用心棒』だが）の影響を受け、やたらと血を噴出させることになるとは、当の黒澤や仲代本人も、思いもしないことであったろう。

これが『椿三十郎』で使用された血の噴出装置　©神田亨

『隠し砦の三悪人』も当地御殿場で撮られた

さて、ジョージ・ルーカスが『ＳＴＡＲ ＷＡＲＳ』（以降『ＳＷ』

太平（千秋実）と又七（藤原釜足）による罵り合い　©TOHO CO., LTD.

と記載）を撮るにあたり、最もインスピレーションを受け、参考にしたのが黒澤娯楽時代劇にして、敵中突破ものである『隠し砦の三悪人』（昭35）であった。この戦国時代劇を、そっくりそのままスペース・オペラに移し変えようという意図は、ルーカスが東宝から本作のリメイク権を買い取ろうとした事実（『「スター・ウォーズ」のすべて』マーク・クラーク著／キネマ旬報社）からも明らか。これが成就しないと見たルーカスは、オリジナル・ストーリー路線に切り替えるが、本作のエッセンスは『ＳＷ』のそこかしこに残ることとなった。

その最大の類似点が冒頭とラスト・シーンの構造にあるのは、すでに広く知られたことだが、この両作は主要登場人物の構成も大変よく似ている。二人の百姓、又七（藤原釜足）と太平（千秋実）が口喧嘩を繰り広げながら原野をさまよい歩く冒頭シーン

撮影現場で見られる山並み　©TOHO CO., LTD.

は、二体のドロイドがぶつくさ言いながら――もっとも、こちらで喋りまくるのはC－3POのみだが――砂漠を歩く『SW』のファースト・シーンに取り入れられていて、この二人（二体）が敵方に捕われて、のちに再会する展開もまるで同じである。

オリジナルである『隠し砦の三悪人』のそのシーンは、果たしてどこで撮影されたのか？　これについては、御殿場ロケであることはよく知られているものの、その正確な場所は明らかにされておらず、論じる人も、探そうとする人

カシミール３Ｄの山並みと完全に一致！

もほとんどいなかった。
そこで、我々『七人の侍』ロケ地探索チームは、この際とばかりに、御殿場の地でこの撮影ポイントを探し出そうと決意。現地での実地調査はもとより、その画面を仔細に考察した結果、背景に写る山並みから、ここは間違いなく富士山麓の「陸上自衛隊 滝ヶ原駐屯地」の中で撮られたものと断定するに至った。下がその現場写真である。

なにせ本作、登場するのはすべて架空の地であるから、どの場面からも富士山が写らぬよう配慮している様子がありあり。本作にせよ、『蜘蛛巣城』にせよ、『乱』にせよ、やはり富士山は〝邪魔もの〟であり、どの作品でも巧妙にその影＝存在を消す苦労の跡が見て取られ、なかなか興味深いものがある。

ただ、富士山の姿は隠せても、近くの山並みは、CGなど存在しない時代に隠しおおせることは不可能。映画の画面とGoogle Map等の航空写真を見比べてみれば、遠くの山並みはもちろん、その手前に見える林や畝までもが完全に一致する。いやはや、まったく便利な時代になったものである。

『隠し砦の三悪人』の冒頭シーンは、御殿場の「滝ヶ原駐屯地」で撮られた　©神田亨

かくして2019年4月14日、「滝ヶ原駐屯地」創立四十五周年を記念する一般開放日がやって来て、我々探索チームは現地を再訪。その撮影場所と見込んだ地点（その日は一般客の駐車場となっていた）に足を踏み入れる。しかしながら、その駐車場となっている場所からは、すぐ脇に人工の杉林が設けられていることもあって、山並みを眺めることはできない。ただ、その土地の形状は（杉林さえなければ）映画の撮影当時とまったく同じで、まさに負け戦から落ちのびてきた又七と太平の二人が彷徨う〈荒れ野〉そのもの。ピン・ポイントで撮影地点を特定することはもはや不可能だが、まずはその周辺の地形から、撮影されたのは推定地点のもう一つ上の高台（現在ではブッシュとなっているが、当時の航空写真からは平坦な射撃練習場であることが判る）であることがほぼ確実となった。

実際にはご覧のとおりの眺め　©神田亨

実際、現場のすぐ目の前には、見事なまでに富士山が屹立しているが、黒澤はこの〝日本一の山〟を実に巧みに隠して撮影している。百姓たちが架空の秋月領から、早川領という、やはり架空の故郷の地へと戻ろうとする場面に、誰もが知る富士の山影が写ってしまっては興醒めもいいところ。黒澤ら撮影隊は、なんとしても富士山が画面に写らぬよう、苦労して撮影する必要があったわけである。

なお、この冒頭シーンの撮影は、8月1日から開始された御殿場ロケ中に行われたものと思しい。この年、1958年の夏は狩野川台風（9月27日上陸）など、三つの台風の上陸による天候不順に見舞われ、撮影が大幅に遅延したことは前述のとおり。御殿場ロケが、十日の予定が三箇月に延びたという話は、ホラ話でも伝説でもなく、正真正銘の事実である。これにより、当初は田所兵衛役で出演していた松本幸四郎（当時：のちの松本白鸚）が、舞台のスケジュールを優先せざるを得ず、その役が藤田進に回っていったことも、今では広く知られるトリビア話となっている。

当時ロケに参加していた大部屋俳優・加藤茂雄さんに伺っても、撮影がなくなると旅館では麻雀三昧、日当は入るは、食事は三度とも出るは、さらには、夜は酒を飲みに行けるはで、この時の御殿場ロケほど恵まれた環境＝待遇はなかった、ということだ。

秋になって、10月17日から11月29日の間の天候条件が良い日に、改めて明神峠や関所のシーンを撮影し直したとの記録も残っているが、この時の予算超過（九千万円の予定が一億五千万円に）のツケがやがて黒澤自身に回っていく（注4）のも、やむを得ぬことであったろう。

本作では、雪姫一行が最後の最後で、田所兵衛の〝裏切り〟によって、目的地である早川領へと抜ける脱出劇が明神峠（駿東郡小山町）にてロケされているが、そこまで行くと寄り道が過ぎるので、このあたりで話を『七人の侍』に戻すことにする。

（注1）当フィッシングエリアは7月から9月の夏場は営業しておらず、我々が訪れたときには完全に干上がっていたので、湖とはまったく分からなかった。ちなみに、『椿三十郎』DVDソフトのパッケージ写真は、当東山湖をバックに撮られたもの（御殿場フィルムネットワーク情報）だという。

（注2）『隠し砦の三悪人』で初めて黒澤組に就いた池田誠氏（衣装担当/のちに三船プロダクション）によれば、御殿場ロケの際は、監督、カメラマン、照明、録音、チーフ助監督などのメイン・スタッフや、主役級の俳優らは老舗旅館「松屋」に、その他のスタッフ、キャストは駅前にあった「御殿場館」や「大黒屋」などに分宿していたとのことだ。

（注3）小道具の佐藤袈裟孝氏は、東京映画・新東宝を経て三船プロダクションに所属。『太平洋の地獄』（1968）、『レッド・サン』（1971）といった外国映画出演の際には三船敏郎に同行し、公私共にサポート。現在、軽井沢で美術工房「三度屋」を営む。「軽井沢三船カバレロ会」の代表幹事も務め、毎年、同地にて三船敏郎主演映画の上映イベント等を開催。小道具担当だけあって、本作で使用された血糊を噴出させる装置を、その後の作品でも使い続け、現在でもそれらを大切に保管している。三船愛に溢れる佐藤さんであるからこそのエピソードに、驚きと共に心温まるものを感じ取った筆者である。

（注4）前述のとおり、本作公開後、東宝は黒澤に自らのプロダクションの設立を要請、以降は東宝と黒澤プロが共同出資して作品作りにあたることとなる。

東山湖の現在　©神田亨

第七章

クランクインとクランクアップの撮影現場は、意外なところに……

岡本勝四郎

木村功（撮影当時三十歳）

未だ前髪を残した武者修行中の若侍。勘兵衛に鍛えられ、野武士との戦を通じて大人になっていく姿は、黒澤が好む"青二才の成長物語"そのもの。百姓娘・志乃との恋愛や、憧れの侍・久蔵の死を乗り越えて、いったいどのような武士になっていくのだろうか。

『七人の侍』ロケ地の探索もいよいよ大詰め。これまで映画の主たる舞台となった、七人の侍たちが命を賭けて守った「百姓の村」の撮影現場について、その謎と秘密を探ってきた。本章では、クランクインとクランクアップの日の意外な撮影現場についてご紹介したい。

クランクインの日の撮影は

一年近くに及んだ本作の撮影だが、記念すべき撮影初日（1953年5月27日）に撮られたのが、S#18「町外れの道」であったことはすでに記した。そして、その撮影が行われた場所こそ、世田谷区砧の東宝撮影所（現在の東宝スタジオ）の最北端に位置する「所内オープン」であった。ゴジラのスーツ・アクターとして世界的にその名を知られ、本作にも野武士の斥候として出演（あえなく宮口精二の久蔵に斬られてしまうが）した中島春雄氏が、その位置関係から〝北海道オープン〟と呼び習わしていたオープン・セット設営用地である。

このシーンでは道の脇に小川が流れており、その畔《ほとり》で侍探しに疲れた土屋嘉男や藤原釜足、小杉義男、左ト全ら百姓たちが顔や足を洗う。そして、その眼前には、誠に立派な豪農の家の門が立ちそびえている。果たしてこの小川は、成城学園の東端を流れ、その南方に位置する東宝撮影所へと通じる仙川（注1）という河川で、このセットは仙川の流れをそのまま使って作られたものであったのだ。仙川が現在のような形になったのは、1967（昭和42）年に完了した護岸工事が成されてからであり、それまではこのように地面とほぼフラットに流れる小川であった。台風や大雨でしばしば氾濫したことは、すでに述べたとおりである。

川の流れを見れば、このセットが川の西側、すなわち、のちに「東宝銀座」(注2)や特撮用の「大プール」が作られるオープン用地とは反対側に作られたことは明らか。ここは、現在「くろがねや」というホームセンターになっているが、それ以前は東宝が経営する「東宝日曜大工センター」、さらに前は「東宝ボウル」というボウリング場の建物が建てられたところ、と言えば、成城近辺にお住まいの方にはすぐにお分かりいただけよう。

ここで勘兵衛が初登場。髷を落として僧侶に化け、子供を人質として豪農の家に立て籠もる盗人（東野英治郎）を見事退治する。この一連の行動を見ていたのが、侍を探す百姓たちであり、さらには若侍の勝四郎

豪農の家は撮影所内オープンに作られた　©TOHO CO., LTD.

に、のちに菊千代と名乗る得体の知れない侍（のようなもの）であることは、実に巧みな作劇展開と言える。この短いシークエンス＝事件に、主要な侍が三人も集まってくるわけだから、ここから一気に話が流れ出すことは言うまでもない。

なお、豪農の家のデザインにあたっては、奥多摩の農家やその生活を参考にしたとのことで、当時チーフ美術助手だった村木与四郎氏は、NHK－BS2で放送されたテレビ・ドキュメント「七人の侍はこうつくられた」（1999）で、多くの取材写真を開示しておられた。

ところで、皆さんは『スター・ウォーズ　エピソードIII／シスの復讐』（2005）でマスター・ヨーダが見せた、悩ましげに頭を掻く仕草を憶えておられるだろうか？　若きアナキン・スカイウォーカー（のち

勘兵衛が髷を落とすのは仙川の水で　©TOHO CO., LTD.

に〝フォース〟の暗黒面に堕ち、ダース・ベイダーへと変貌を遂げる）の行動を心配してのことだが、これは、髷を剃った勘兵衛がしきりと頭をなでる癖と大変よく似ている。ヨーダは『エピソードⅢ』になって初めてこの癖を見せるようになるが、これは監督のジョージ・ルーカスがわざわざアニメーターに指示してのことと言われている。そもそもヨーダの顔つきは、勘兵衛のそれを思わせるものがあり、これぞルーカスの〈Seven Samurai 愛〉の発露と言ってよいだろう（注3）。

さらに、サム・ペキンパーがアクション・シーンにスローモーション（ハイ・スピード）撮影を多用するようになったのは、本作（あるいは『酔いどれ天使』）に影響されてのことだという。これも、本作で勘兵衛に退治された東野英治郎の盗人や、久蔵との果たし合いで斬り倒された浪人（牧壮吉）の姿を見れば、いかにももっともなことに思える。本作で使われたハイ・スピード撮影の効果が、群像西部劇『ワイルドバンチ』（１９６９）や、そのペキンパーから影響を受けたジョン・ウーのバイオレンス映画にまで及んでいることを思えば、実に感慨深いものがある。

クランクアップの日も

本作最後の撮影は、S＃123から132にかけての「野武士の山塞」襲撃シーンであった。すでに述べたとおり、残された製作データや完成記念の集合写真が撮られた場所を考えれば、クランクアップを迎えたのは、大蔵地区での雨の決戦シーンを撮り終えた2月某日ではなく、この山塞襲撃シーンが撮影された

3月18日前後（諸説あり）であったことは間違いない。
当時、セカンド美術助手であった竹中和雄氏の言によれば、山塞はこの所内オープン用地に、豪農の家をばらした後に建てられたものだという。ロケハンを行った白川郷の家々を参考にして設計されたことは、その合掌造りの形状からも明らか。この形を持つ山塞は、若き日の黒澤が助監督として就いた『戦国群盗伝』（昭12：滝沢英輔監督）でも見られる上、黒澤が潤色を施したそのリメイク版（昭34：杉江敏男監督）でも、この造りが踏襲（どちらの美術も北猛夫が担当）されている。

　そして、堀川弘通チーフ助監督（当時）が語るには、山塞脇に立つ断崖（岩場）は、

山塞に至るシーンの撮影風景 岩はなんとトタン製　©TOHO CO., LTD.

なんとトタン板や木箱を加工して作ったものなのだという。これは、のちに黒澤組の一員となる松尾民夫氏（注4）の証言からも明らかで、いまだ映画界に入っていなかった松尾氏は、成城地区に引っ越してきたばかりの1954（昭和29）年春、仙川沿いの、のちに「ダビング・ビル」（現在の「ポスト・プロダクション・センター2」）ができる辺りに作られた岩場セットを目撃。それがブリキだかトタンでできているのを、自らの目と手で確認したとのことだ。

かくして、菊千代や利吉たちが馬を留める岩場及び洞穴は、やはり仙川の流れを利用して作られたセットであることが判明。今では、右のスチールは龍谷大学HP掲載の「黒澤デジタルアーカイブ」でも確認可能となっているが、よもやこれがセットだったとは、その画面からは想像すらできなかったことである。その川の流れからは、菊千代らが山塞に向かって、下流側（のちの「ダビング・ビル」）から現在の「くろがねや」方向に川を遡っていることが見て取れる。山塞並びにその周囲の溪谷の建て込みには、当時のお金で二百六十万円かかった（『キネマ旬報』1954年4月下旬号「現場ルポPART2」掲載）というから、これは相当な金額だが、撮影も佳境に差しかかり、すでにロケに出かける時間的余裕はなかったのであろう（もっとも、こんな凄い岩場は、そう簡単には見つからなかったに違いないが）。

土屋嘉男は自著『クロサワさーん！』で、このオープン・セットを「岩が屛風のように切り立って迫る暗い溪谷、その下を流れる溪流の音、嶮しい細道を通り抜けると、パッと開けた広場のように、とてつもなく大きな合掌造りが並んでいる前は沼、後ろは岩山」と書いており、さらには「日曜大工センター（現在は、くろがねや）のある場所に作られ、今も川だけは流れている」と、その設置場所も明らかにしている。

ちなみに筆者は、東宝（P.C.L.）の創設者の一人・植村泰二の孫に当たる中江和彦氏から、野武士の山塞が作られた場所を仔細に伺っている。子供だった中江氏は、成城二丁目（現在）の自宅から崖を降りて、このセットによく遊びに来たとのことで、これは「くろがねや」の建物のすぐ前の辺りだったという。植村泰二の長女・泰子氏は、成城にあった中江家に嫁いでいたが、この家がオープン・セット脇の崖上にあったというわけだ。中江氏によれば、『どん底』（昭32）の長屋のセットも、この崖のすぐ下に作られたとのことである。

くろがねや（かつての東宝ボウル）　©神田亨

山塞焼き討ちの撮影にあたっては、すでに時間的余裕が失われ、やり直しもきかないことから、堀切での水車小屋炎上シーンの失敗を教訓に、やたらガソリンを撒いたのが災いのもととなる。本番中にバックドラフト現象が発生して、撮影は途中で中断。利吉役の土屋嘉男が大やけどを負ったことも、今ではよく知られた逸話となっている。消火作業には撮影所のすぐ北側にあった成城消防署の手を借りたが、空気の乾燥（この日は乾燥注意報が出ていた）とガソリンの大量散布もあって、火勢はなかなか収まら

炎上する山塞の消火にあたる成城消防署員ら　©TOHO CO., LTD.

ず、ましてや土屋の悶絶ぶりもあって、現場は大変な状況に陥ったという。土屋がテレビ番組（ＮＨＫ－ＢＳ２「我こそは七人の侍」）で述懐するところでは、「馬は逃げ出す、死んだはずの野武士役の俳優も這いずって逃げ出した」とのことだから、尋常ならざる火勢に発展していたのは確かである。

十箇月に及んだ本作の撮影も、いよいよこれにてクランクアップ。竹中和雄氏の表現によれば、「スタッフからは声にならない叫びのようなものが起きた」(注5)というから、堀川助監督をはじめとしたスタッフたちは、さぞや開放感に浸っていたのであろう。実際には、うまくいかなかった土屋嘉男の演技を後日撮り直したということだが、このテイク（カット）は使われずに終わったとの説もあり、これこそがクランクアップの日付が人によって異なる要因となったのかもしれない。

本作の公開は、クランクアップからわずか一箇月後の1954年4月26日。3時間半近い長尺の作品に仕上がったのは、もとから284ものシーン数があったこともあるが（注6）、じっくり編集するような時間的余裕がなかったからとも考えられる。逆に言えば、黒澤が、思うがままに仕上げたホンを、思う存分撮影し、自ら思いどおりに編集して、完璧に作り上げた作品と言うこともできるが、その年のベネチア国際映画祭に出品（注7）するため、その時間的制限（コンペティション部門出品作は160分以内）ちょうどに再編集したことを考えれば、公開までにもっと時間があったなら、さらに違った形の『七人の侍』が生まれていた可能性もある。

しかし、〈オリジナル版〉を一度でも味わったことのある方なら、もうこれ以上のものは作りようがなかったとおっしゃるに違いなく、ましてや短縮版などは見向きもしないだろう。何度も申し上げるが、通俗アクション映画にしてアート（芸術）映画になり得た本『七人の侍』は、人間の業＝本質を描いた悲劇であると同時に喜劇であり、動と静、熟練と未熟、理想と現実、生と死が隣り合わせ、さらには観念性とテーマ性が見事に融合した〈奇跡的な映画〉である。本作はその出演俳優の魅力も相まって、これからも愛好者を増やし続けていくに違いない。本書をお読みになった皆さんには、是非菊千代や勘兵衛らが立った撮影現場に足を運んで、俳優やスタッフたちの苦労の跡を偲んでいただきたいと思う。

（注1）仙川は、多摩川水系の河川。小金井市に発し、武蔵野市から三鷹市へと下り、やがて世田谷区に達する。東宝撮影所の南側の地・大蔵を経て、鎌田で野川と合流、さらにその流れは多摩川へと通じる（東京都設置の看板による）。のちに、撮影所内のこの川沿いには桜の木が植えられるが、これは小林一三の命によるものだという。

（注2）東宝銀座が作られた土地はもちろん東宝の地所で、のちに「東宝住宅公園」という名の住宅展示場となる。2021年末にはマンションに建て替わる予定だというが……。

（注3）ヨーダの名前が日本の脚本家・依田義賢から来ているとの説は有名だが、その顔（目つき）はアインシュタイン博士がモデルであることを、「スター・ウォーズ展」（2019年）で初めて知った。

（注4）松尾民夫氏は、1957年、東宝撮影所の製作部技術課入社。『悪い奴ほどよく眠る』（昭35）で初めて撮影助手として黒澤作品に就く。その後も『まあだだよ』（平5）までのすべての作品で、撮影・製作の両面にて黒澤を支えた。

（注5）本書に掲載した竹中和雄氏の証言内容は、2015年3月14日に世田谷美術館で行われた「映画講座」（「東宝スタジオ展」関連企画）と、竹中さんに直接行った聞き取り調査（2018年4月）による。

（注6）上映時間2時間19分の『隠し砦の三悪人』のシナリオのシーン数は102。3時間5分の『赤ひげ』ですら、シーン数は106を数えるに過ぎない。

（注7）結果として本作は、当映画祭で銀獅子賞を受賞している。

『七人の侍』出演俳優 加藤茂雄さんに聞く

〜加藤茂雄インタビュー〜

『七人の侍』に農民（百姓）役で出演された加藤茂雄さん（インタビュー当時九十三歳）に、本作にまつわるお話を聞かせていただいた。

加藤さんは、1925（大正14）年6月16日、鎌倉市長谷生まれ。1946年の開学時に「鎌倉アカデミア」（鎌倉材木座の光明寺に設立された私立の専門学校）に入学、1950年に演劇科を卒業する。1952年より、準専属契約を交わした東宝の映画に出演するようになる。本作が公開された1954年には専属契約を結び、1973年までいわゆる大部屋俳優として多くの東宝映画に出演。契約解除後は、鎌倉由比ガ浜で漁師をしながら俳優業を続ける。この日も、地引網をしたあとでの取材であった。2019年夏には、俳優生活70周年を記念する初の主演映画『浜の記憶』

2018年10月14日 鎌倉「カフェ ルオント」にて　（聞き手：高田　撮影：神田亨）
※机上のスナップは、溝口健二作品『武蔵野夫人』（昭26）に学生役で出演したときのもの

（監督：大嶋拓、共演：宮崎勇希、渡辺梓）が公開されている。

お話は『七人の侍』の撮影エピソードに限らず、黒澤明や本多猪四郎などの監督たちの素顔、〝大部屋〟と呼ばれた「Ｂホーム」俳優たちやその契約形態、さらには、東宝との契約を終えるときの話や終えてからの俳優たちの人生模様など、多岐に亘り、どれもこれも貴重な証言ばかり。黒澤映画や東宝映画ファンのみならず、映画好きの方には興味深く読んでいただけるに違いない。

——加藤さん、お住まいは昔からこちらですか？

加藤（以下、**Ｋ**） 黒澤組の時はここ（インタビュー場所の江ノ電の線路を挟んだすぐ前）に住んでいたの、長谷駅から近いもんだからね、裏から入って。でね、今日はこんなのも持ってきたの。なんだと思う？

——もしかして、それ『将軍』のときの小道具じゃないですか⁉

Ｋ うん。

——私、年末に『将軍』を拝見しましたよ、ＣＳチャンネルで（２０１７年12月に時代劇専門チャンネルで放映）。今でもこれ（筆者注）、お持ちなんですか？

Ｋ ふふ、お見せしようと思って……。

（筆者注）加藤さんがお持ちになった小道具というのは、三船敏郎が将軍トラナガを演じた米国製時代劇『ＳＨＯＧＵＮ』（監督：ジェリー・ロンドン）において、加藤さん扮する農民が目黒祐樹演じる武士に斬り落とされる時に使われた、ご自身の首（！）であった。

――加藤さん、お生まれは？

Ｋ １９２５年、大正十四年。黒澤さんがだいたい十五歳くらい上でね。『七人の侍』の頃が最高の時ですよ、エネルギッシュでね、一番動いているとき。

――そうですよね、世界にその名を轟かせた『七人の侍』を撮った時ですから。

Ｋ 凄かったですよ、怖かったですよ、黒澤さん。三白眼でしょ、カラダが大きかったから、「わぁ～っ」って言うと、もうピィ～ってなってね。僕が二十八歳だったから四十三歳くらいですよね。もう人間の、一番凄いとき。でもね、黒澤さんは兵隊さんに行かなかったのね。よく記事にも出ているけれど、お父さんがあれして（働きかけて）逃れたっていうけれど……、あのカラダだからね。あのタイプだと絶対に（軍隊に）取られる人なんだよね。いいカラダしていたしねぇ。『乱』の時もそう（凄かった）でしたが。

――三船さんは黒澤さんより十歳ほど下でしたね。

Ｋ そうでしょうね。

――三十代前半でしたでしょうか（筆者注：撮影時、三船敏郎は三十三歳）。

――今日は、『七人の侍』のときのお話をお聞か

K　せいただきたいと思います。『七人の侍』のときはね、ボクらずっと〈待機〉なんですよ。出なくても、現場に呼ばれてね。まだ戦争終わって七年くらいでしょ、みんな兵隊帰りばっかりなのよ。だからね、黒澤さんが命令して、次々と野武士に対する作戦を展開していくでしょ。凄いね、みんな斬新なの。黒澤さんがもし参謀だったら、敵をたくさんやっつけただろうねってさ……。そのくらい凄かったの、黒澤監督って！　監督の中でもその凄さが違うの。

——やっぱり他の監督とは違いますか？　逆に本多猪四郎監督は、優しいって言われていますが。

K　そう、本多さんはね、全然違う。だから全軍を指揮して勝ち戦に持っていくのは、彼（黒澤さん）なんじゃない？　見た感じ、絶対に負けそうにない。

——戦争に行かなかったことについては、黒澤さんも忸怩たる思いがあったようですが……。

K　『七人の侍』はさ、当時の日本の状況に、ちょっと似ているからさ。みんな兵隊だったからね、竹槍なんか持ってね。

——加藤さんは大蔵のオープン・セットだけ（の出演）ですか？　大蔵のシーンでは加藤さんのお顔を確認することができますが、ほかでもたくさん撮っていますよね、伊豆とか御殿場とか、加藤さんはそちらには行っておられないんですか？

K　僕はね、御殿場なんか何回も行った。例えば、竹槍をもって整列したり、木を担いで「えっさえっさ」なんか、あんなの（「村の西」シーン）にも出た。我々（大部屋俳優）はどこにでも配置されたんですよ。藤原釜足の一家の人とか、小杉義男さんのところとか。みんなかまわず戦闘要員だったから。場面、場面で竹槍持たされたり、菊千代の要員で整列させられたり……。

——菊千代グループでも、七郎次グループでも？

K うん、だから方々に回されるの。

——そうだったんですか！

K だから、野武士が馬で大蔵のオープンに入り込んでくるとき、梯子で防いだりね、その片棒担がせられたりさ。要するに戦闘要員！

——へぇ～、じゃぁ堀切にも行かれました？

K ううん、そっちは行ってないの。だから前半の伊豆でやったでしょ、田植えの「どっこい

防柵を築くための生木を担ぐ百姓たち。この中に加藤さんもいるという　©TOHO CO., LTD.

こらこら」ってさ。あれは行ってないの。

――あぁ、堀切には行ってないんですね。

K　『七人の侍』が決まってから、こっち（砧）に帰ってきて。オープン・セットになって、9月くらいかな。まだ本多監督の映画（昭和28年10月公開の『太平洋の鷲』のことか？）の撮影が残っていたからね。

――本多監督の作品は、『ゴジラ』にも出られていますが……

K　あの頃からね、ぼつぼつ忙しくなるんですよ。僕がね、初めてロケーションに行ったのは、『赤道祭』（佐伯清監督。昭和26年12月公開）っていう、三崎で撮った赤道の映画ですかね。『七人の侍』の二、三年前だったかな。

――その頃、東宝と契約したんですか？

K　そうです（筆者注：加藤さんの準専属契約は昭和27年）。その前に本多さんの鯨捕りの映画（昭和27年11月公開の『港へ来た男』）なんかで使ってもらって、それからかな、『七人の侍』は。

――9月頃から入って、翌年の冬2月まででしょうか？

K　12月までずっと撮っていて、そこで試写があったんです。重役なんかがみんな見てるの。その前にあんまり（お金が）かかりすぎるから、こう（いったん中止）しろって。

――一度、撮影が止まったんですよね。

K　戦闘場面がまだ撮ってなくてね。

――じゃ、そこだけ残っちゃったわけですか。

K　そう、あれが一番最後。ボクらも、まったくどうなることか想像がつかなくてね。そしたら、〈雨あられ〉になっちゃって……。

アメリカの西部劇に対抗して、あの大雨になった。

翌年に入ったときに、まずホースを五本くらい使ったんだけれど、チャチでね。黒澤さんにしたら、そんなもんじゃないだろうって。もっと増やせってことで、二日か三日くらいかけてテストして、雨降らせたの。消防署まで呼んで、川の水汲んでさ。

――仙川の水ですね。

K ガンガンやったですよ。で、それに僕らも毎日呼ばれてね。いちいち扮装して朝から晩まで。

――でも、出演していないんですよね?

K 関係ない。ただ見ているだけ、そこにいるだけ。黒澤さんが長靴履いて、カッパ着てね、「もっとまだ! ダメ!」とか言って、怒鳴り散らしてるの。三日間　ボクたちは見学だよ。

――寒い時ですよね、2月ですから。

K (雨降らしのテストは)三度でしたよ。アメリカの(西部劇)に対抗して、凄さを出すってね。

――そうですよね、西部劇ではほとんど雨、降りませんから。

K 黒澤組は堀川(弘通)さんね、助監督。清水勝《かつ》ちゃん(清水勝弥)、ネコやん(金子敏)、廣澤栄、だいたいこんなメンバーでやってた(筆者注:堀川弘通の記憶では、セカンド助監督が廣澤栄、清水勝弥か田村泰良がサードだったとのこと(前掲『KUROSAWA』)。廣澤栄は「鎌倉アカデミア」の同級生。彼は大きな闘争(東宝争議)があったときに、組合に頼んで一時休暇を取って、それで鎌倉アカデミアに入学したんですよ。彼は大学出てないで、受かって。周り見たら、みな京大やら東大だとか出ているから、大学は出なくちゃいけないってさ。闘争中に逃げ出して、入って来たの。でも、映画のこと、みな分かっているからね、彼はとても優秀で、闘争が終わったら戻っちゃったの。僕らは卒業までいたんだけれど。彼は一年半くらいでまた東宝へ戻って、助監督になった。で、二、三年経ったら『七人の侍』の助監督。それで「加藤を」ってことで、役者（百姓）の中にぶっ込んでくれて……。

——それは良かったですね。

K　いま考えるとね。あのとき黒澤さんの映画に出してもらってさ。その前に『生きる』があったけれど、あれは（市の職員役の）オーディションがあったんですよ。そこらにゴロゴロいる普通の顔の役者がいいと、大部屋俳優ばっかり十数人で、丸林久信っていうチーフ（助監督）に事務所へ呼ばれてね。僕は鎌倉アカデミアを出たばっかりで、まだ二十代だったから。でも、それで初めて役を貰ったの。初めて台本貰ったの！（補足一）
『生きる』のときは、黒澤さんがボクらのいた「8号室」っていう俳優部屋へ来て、志村喬さんや藤原釜足さんら全俳優を呼んでね。僕はたった一言なんだけれど、一応役だから、全員集まって本読みをやって。今でも思い出すけれど、（自分で）手を上げちゃってね。僕の台詞は「蚊が多いんですな、すると虫疫係の仕事ですな」っていう……。それを演技づくりして、黒澤さんの前でやっちゃって。演技学校出たばっかりだからさ、真面目でね。黒澤さんもちょっと苦笑いしていた。「まぁいいでしょう」って。今だとおっ恥ずかしいけれども、将来は釜足さんみたいに、課長役になりたいなって思って。あの頃は演技プランが流行っていて、志村さんとかみんな揃っているのにね（笑）。今ではもう、『生きる』に出て実際に生きているのは、ボクだけになってしまったけど……。

（補足1）この時は、同じ鎌倉アカデミアから俳優になった鈴木治夫（衛生課職員役）も台詞をもらった。毎日、小田急線の中でこの台詞を練習したが、2月か3月のことで周りの乗客がみなキョトンとしていたので、（誤魔化すため）時々手をパチンとさせて蚊を殺す仕草をしたりした。黒澤組で台詞を貰ったことで自信がつき、自分でもワクワクした。（2019年7月30日、『浜の記憶』上映後のトークイベントにおける加藤氏の発言）

――『七人の侍』では、農民役で〈大部屋〉の人がたくさん出ていましたね？

K 劇団からとかも、名前のある人が来ていた。夏でさ、暑かったから、薄いペラペラで袖も全部出してやってたんだよ。暑いから得意でさ。ところが、すぐ終わると思ってたら、秋になるわ、冬になるわで、寒くなっちゃって。劇団から来ていた奴らはみんな途中で来なくなっちゃったの。劇団は一本いくらでやっているからね。三日か四日で終わると思ったら、一ヶ月も二ヶ月も続いて、冗談じゃないって、一人消え、二人消えして。決戦の時は、もう黒澤さんはみんなの顔を覚えているからさ、怒られるんじゃないかと……。

〈大部屋〉で百姓やったの、十人くらいかな。野武士は二十人くらい、〝黒澤要員〟としてプールしていたの。その中でも俺は、っていうのが出てくる。で、あの頃は準専属って、日当が五百円だったから。それがね、「逃げちゃいけないから」って、黒澤さんのお陰だけれど、会社が慌てて一日千円にしてくれて

——「寒冷手当」ってことでね。ところが、それでも辞めるっていうのが出てくる。寒い時だったけど、〈褌一枚〉っていうのもいてね。そういうのが絶対来なくなっちゃうの（補足2）。

（補足2）あまりに寒くて、痔になってしまう役者も出た。トラックに乗せて狛江の黒澤さんの家まで運んで、暖をとらせて看病したりして大変だった。（前掲イベントでの発言）

で、また慌てて黒澤さんのお陰で二月から急遽、専属制になったの。月給、基本給五万円！一日働けば追加で千円。そこで厚生年金もね、身分もね、社員制度に発展したの。第一次専属って。品行方正なのが第一。今考えても黒澤さんのお陰だね。〝Ａホーム（主役級）〟のスターは、厚生年金ないからね。俳優辞めたら普通の年金で、養老院に行ったらお金なくなっちゃって。ボクなんかにも寄付してくれって頼んできたのがいたよ（映画全盛期の女優だが、名前はマル秘とのこと）。

——本当ですか！

K　良い生活しちゃったから、収入がなくなっちゃったらさ……。ボクらはその後も役者続けていたからね。これは本当に黒澤さんのお陰！（筆者注：〝Bホーム〟所属の加藤さんらは、撮影部、照明部、録音部、大道具、小道具と同じ「全国映画演劇労働組合」東宝演技者支部の組合員だったので、年金は少なからずもらえているとのこと。〝Bホーム〟については後述する）ボクらは昭和四十八年にフリーになって、専属制は二十年で終わったの。その後は食えなくなっちゃった。東宝ではそう（有名）でも、世間に出たら加藤茂雄なんていったって無名ですよ。だからタイトルに名前は出るんだけれど、最低の「ひと言二言」の役者だから……。

テレビの「太陽にほえろ！」だって台本はあるけど、（撮影は）たった三十分くらいだから。「大江戸捜査網」にしたって、なにせ撮影は一日で終わっちゃうから、とにかく台本だけは溜まるんだよね。五十幾つの時に、役者って食えない、六十歳になったらソビエトの俳優と同じだ、と思ったのよ。厚生年金のこと考えてね、俳優は六十から年金貰えるって！それでね、ハッと思って、雑誌に書いたことあるよ。「六十歳まで役者続けたら、食っていける」って。

——その時大部屋にいたのは、夏木順平さんとか、吉頂寺晃さん、鈴川二郎さん、熊谷二良さん（本作では長老・儀作の息子役）、岡豊さんあたりですか。岡さんは農民役じゃなかった（豪農の家の前の野次馬の一人）ですけど——。その岡さんと結婚されたのが、百姓女として出ていた記平佳枝さん。背中に矢が突き刺さって大変だった方ですよね。

K　まだ生きているかな？　新聞に、「背中」なのに「太もも」って書かれて……。テグスが弛んじゃったんだよね。

——あの仕掛けは浜村幸一さんでしたか。

K　そうそう、弛んじゃってとんでもないことになって。本人は平気だって言っていたけれど、膿んじゃってね。

——左卜全さんもそう（矢が背中に刺さる）ですよね。

K　そう。でも、あれはうまくいったの、前に失敗しているから。小道具さんはね、『七人の侍』ではいろいろやったんだよ、技術的なこと。雨粒をポタッと落としたりしてね。

——あの野武士の馬は、成城大学の馬術部から運んでいったと聞いています。

K　そうそう、（撮影期間が）長くなっちゃってね。

——あんなに長く撮っていたんですものね。

K　丹那トンネル（下丹那）の撮影のときね、山から野武士の馬が下りてくるんだけれど、みんな落っこっちゃう。ボクらが見ているときは逆落としでてね、あれは、ボ

野武士の騎馬が急斜面を駆け下りる　©TOHO CO., LTD.

クたちは下から見ていたの。ボクらは仕事がないの。でもね、連れて行かれるの。万が一、馬が下りてくるとき逃げることがあるんじゃないかって、助監督が連れてったのよ。ボクらは毎日、山ばっかり見ていたわけ。あぁ、「また落っこった！」って（笑）。今日は写真（次頁）持ってきたんですよ、その時の。

――えっ、ずっと待機されていたんですか⁉ でも加藤さん、確かにヒマそうですね。百姓の扮装をされていますけど……。

K ボクら全然仕事ないの。みんな馬に乗ると手当が出るんで、元気の良い奴は馬に乗れなくても出ちゃうの。渋谷（英男）さん、香山茂の兄貴など――。砂川繁視とか鈴木治夫とか、みんなすげぇんだ。

――それは野口さん（筆者注：熱海でキャバレーを経営し、東宝との交渉役を務めた下丹那地区の顔役。ロケ時には野口邸が俳優の控室になっていた）の家かもしれません。この間、現地に行ってみましたよ。

K 助監督は適当にいろんなコト考えて連れて行くんだよ、黒澤さんに言われる前に。

――今では考えられないことですね。でも、この下丹那の山のところ、今では、木が生えちゃっているんです。現地の人で、エキストラで出ていた人が何人もいましてね、この間その

下丹那の山の現在の姿。山の右方が〈逆落とし〉の現場　©神田亨

加藤茂雄さんが今も所持する下丹那ロケ中のスナップ（前列左より、加藤茂雄、渋谷英男、神山勝、鈴木和夫、後列左より、伊原徳、加納栄子、森今日子、坂本晴哉、平三富子）。いつ百姓役が必要になるか分からないので、堀川助監督は加藤さんらを待機させていたという

方々からお話を伺いました。

——大蔵のオープン・セットには、村全体をつくって。墓地のシーンも大蔵でしたね？

K 水神の森とかつくってね。土屋嘉男がかみさん（島崎雪子）に会いに行ったのは、あれは裏門のところにつくっちゃって……。

——のちに東宝ボウル（東宝日曜大工センター）になる〈所内オープン〉ですね。

K そう、あれだけは見に行ったよ。熱いから（笑）。もう最後の方だったので、普段着で見ていたから、ショー見ているようなもんだよ。（墓地のシーンでは）夕日が出るでしょう？ 侍が何人か死ぬでしょ。あの時はいい雲が出て、夕日と絡まってさ。あれ、何日も待って撮ったんだよ。毎日、雲出るの待ってたんだ。

今にも泣き出しそうな……。でね、もったいないからボクら、三船さんがやる役柄をあそこで何回か演技したんだよ。黒澤さんが見てくれて、何回かやったよ。本番は三船さんがやったんだけど。だから三船さんも見ていたんだね、恥ずかしいなぁ。

――これ、カラーだったら、さぞかし綺麗だったでしょうね。

K　でも凄いよね、お金なんか関係ないんだ。良いもの撮るために何日でも待機させて、雲待って撮ったんだから！　こういうの、やった覚えがあるんで、忘れられないんだよ。

K　ロケもいろいろやったけど、木村功なんかも言っていたけれど、個人、個人に会うとね、あれはもう二度とできないねって……。凄かったよね。みな一緒に闘った仲間だからね。

――稲葉義男さんが何回も黒澤さんに怒られたっていう話がありますが。

K　そうそう。でも、それぞれいい顔で出ているよね。

――稲葉さんは本当に素晴らしいですね。ところで、御殿場で撮った柵を作るところは、どのあたりだったんでしょうか？

K　何とか橋、だったような……。ボクらはいろんなことやらされたの、使い走りだからさ。

――岩本弘司さんとか、あの頃、もういましたか？

K　そう、水神の森あたり（の百姓）にね。

――大蔵と二の岡と、うまく繋がっていますね。ほかに印象に残っていることはありますか？

K　印象に残っているのは、志村さんがみんな（百姓）を集めて訓辞するところで、カメラ助手

ここでも実に良いポジションにいる加藤茂雄さん　©TOHO CO., LTD.

さんが巻き尺持ってね、ボクのところに来て、ボクだけ測るの。ボクは神妙な顔して、一人だけキャメラにおさめてくれて。「あ、巻き尺で測っているから、写るな！」って（笑）（筆者注：加藤さんが一番大きく写るのは冒頭の談合シーン）。

――中島春雄さんは野武士でしたよね、斥候に来て、殺されちゃうという。

K　『七人の侍』では、まず衣装合わせしてカツラ。「山田かつら」の社長が来て、一人ひとり（サイズを）測ってね。急遽、百姓のカツラを薄いので、初めて作ったの。はがねに毛がついて、軽く、パチッと（つけられて）ね。年寄りなんかは、髪が薄くてもそのままで大丈夫で。それまでは重たくて、長谷川一夫なんかつけているのはさ、かっこいいんだけれど重いし、暑いの。でも、これは山田かつらが新しく発明したんだ。軽くて簡単に取り外しができるの。嬉しかったねぇ。黒澤さんの時代劇に出るってなると、すごくいいの。自分で〝羽二重〟やってさ、簡単につけられる。これは革命だったね。

でね、9時前に「黒澤組中止！」ってなる。三船さんが酔っ払ってとか、ジョーク入れながらさ、よくあるんだよ。でもさ、それで一日分（日当が）貰える。みんなすぐ麻雀やったりで……。黒澤組はよく朝、中止になるんだ。1分でも過ぎれば日当貰えるからね！本木（荘二郎）さんっていう、名プロデューサー。「彼がやったら絶対」って言われた人が（中止を伝えに）来るんだ。

——中島春雄さんは大蔵団地に住んでいたそうですね。

K そうそう、嫁さんをもらってね。それに、オカポン（岡豊）は面白い男で、山本嘉次郎さんは必ず岡さんに役をつけるんだよ。Bホーム（筆者注：東宝俳優のランク。Aホームは主役級、Bホームはいわゆる大部屋で、そこにもランク付けがあった）だけど、岡さんに「Aホームに行けば？」って言ったら、「俺は絶対にいやだ」って行かないのよ。ずっと大部屋にいた。なにせ本数契約だから、年に五本。それ以上はどんどん（出演料が）入るんだからさ。給料が違う（安い）んだけれどね。

——Bホームでも何段階かあったと聞きますが。

K （一覧表を示し）これさ、ボクだけが持ってるの。兵隊さんが頭刈るといくら、台詞言ったら、主役の隣に写ったらいくらって決まってるのよ。ボクは労働組合の俳優だから、年々いろんな「事件」が出てくるの。赤い〈との粉〉塗ったらかぶれちゃったりさ、だからいろいろ（手当が）あったんだよ。

――ほんとだ。いろいろありますね。「色塗り全身」が二千円、「半身」が千円。「入れ墨」三千円！（筆者注：加藤さんは『モスラ対ゴジラ』でインファント島の土民に扮した際、赤い顔料を塗った）

K この頃ね、兵隊役が入るとね、競輪につぎ込んじゃって、毎月の給料を使っちゃうのがいたんだけれど、「兵隊募集」だと最初から頭剃っちゃって、特別手当稼ぐんだよ。もう目茶苦茶！　靴を売っているのが裏（筆者注：撮影所裏門の近くのことと思われる）にいてね、先に靴いっぱい買ってね。で、他の奴に売るんだよ。で、それで儲けても、結局、競輪ですっちゃうの。

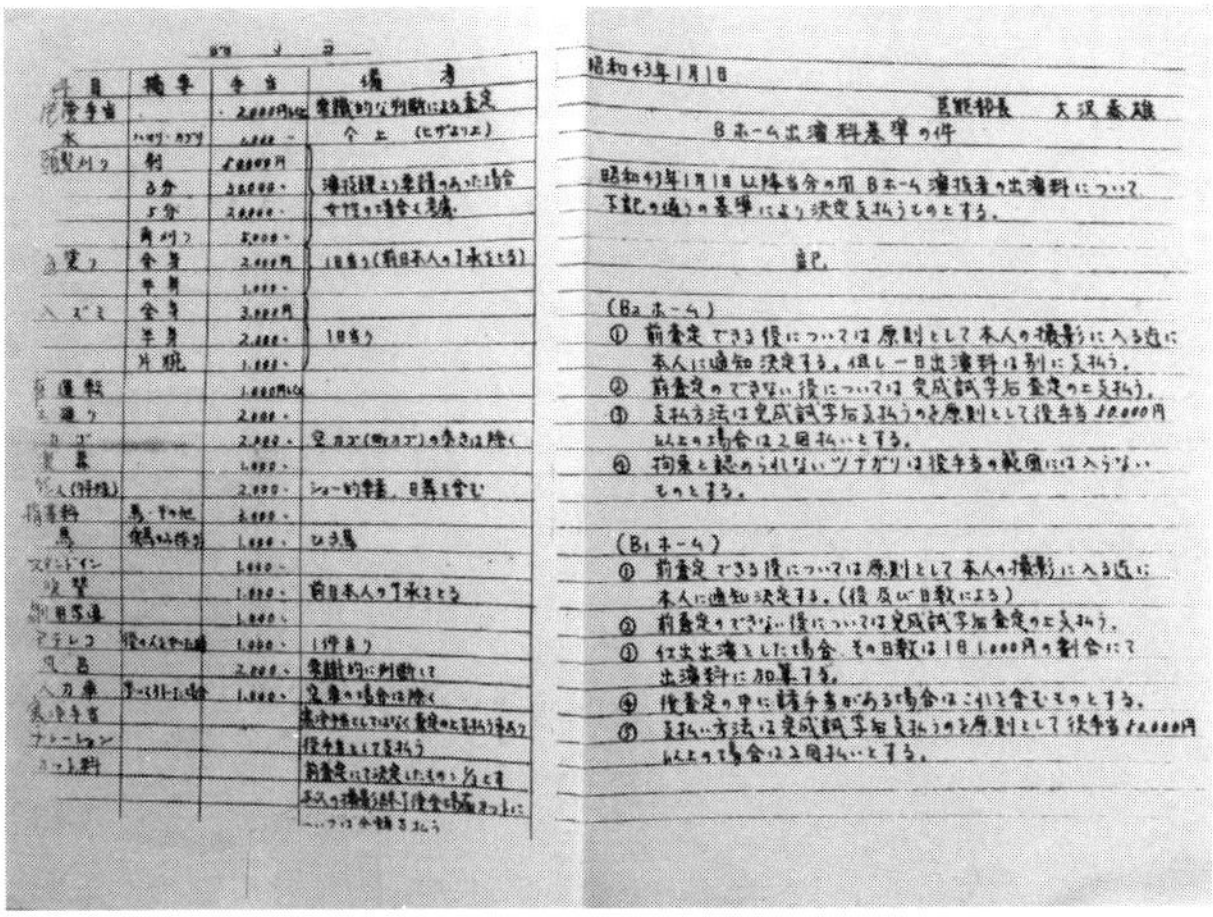

昭和43年1月1日

芸能部長　大沢善雄

Bホーム出演料基準の件

昭和43年1月1日以降当分の間Bホーム演技者の出演料について下記の通りの基準により決定支払うものとする。

記

（B2ホーム）
① 前査定できる役については原則として本人の撮影に入る迄に本人に通知決定する。但し一日出演料は別に支払う。
② 前査定のできない役については完成試写后査定の上支払う。
③ 支払方法は完成試写后支払うのを原則として役手当10.000円以上の場合は2回払いとする。
④ 拘束と認められないツナガリは役手当の範囲には入らないものとする。

（B1ホーム）
① 前査定できる役については原則として本人の撮影に入る迄に本人に通知決定する。（役及び日数による）
② 前査定のできない役については完成試写后査定の上支払う。
③ 代出演をした場合、その日数は1日1.000円の割合にて出演料に加算する。
④ 役査定の中に諸手当がある場合はこれを含むものとする。
⑤ 支払い方法は完成試写后支払うのを原則として役手当10.000円以上の場合は2回払いとする。

Bホーム役者の出演料一覧表（昭和43年1月1日、芸能部長との申し合わせ）　※頭を剃ると、五万円の手当が支払われたことが分かる（加藤茂雄氏提供）

——Bホームって、多いときはどのくらいいらしたんですか？

K　うーん、多いときは百人以上かな。『七人の侍』のころは五十人くらいいたね。それ以降は映画がこう（斜陽に）なっちゃったから。東宝芸能学校（筆者注：昭和三十年開校。川口節子、古谷敏、田辺和佳子等がここの出身である）とかから毎年たくさん入ってきてね。でも映画が下降になるとさ……。

——中島さんなんかは、ボウリング場へ行かされたりしましたね。

K　（専属契約が破棄された）昭和四十七年から、行けって（言われたみたい）ね。ボクはロケに行っている間に、急に労働組合の執行部に勝手に任命されちゃって。ボクが組合を全部引き受けて、会社と交渉したの。一年位闘争して。で、最後はみんなお金欲しいからサインして、あちこちに散らばっちゃった。中島春雄たちは、覚悟してボウリングやゴルフ、東宝パーラーとかに行ったの。大仲（清治／元阪急ブレーブスの野球選手）なんかは、すぐ（ボウリング場に）行っちゃった。だから、手を挙げて先に行って、係長（になった）。彼はもともと野球の選手だから、一番先に行ったから待遇が良くって。みんな「大仲みたいにやればよかったね」って。もう映画なんか一年に一本くらいしか撮らないから、会社勤めして、ボーナス出て、給料貰った方がいいでしょ？　でもボクは、みんなの行き先を決めてから、残ったんだけど。「やっぱり役者だ」って思っていたら、日暮里にあったブロイラーの会社

「鳥一」に、清水（良二）から来ないかって言われたんだけれど、そこに台本が来ちゃったんだよ。その時、他のみんなはブロイラー会社に行って、今井和雄と俺が小さなプロダクション（新星プロ・グループ）に入って、役者続けたんだけれど、今井も辞めてね。でも、そのあと東宝のおじいさんたちが行くところなんてないワケよ。それでさ、いろんな奴らがボクのところに集まってきてさ。だから、俺の会社に東宝の残党を呼んで、プロダクションに入ったの。そのあと、成城で何回か毎年みんなでパーティーしてました。結局、最後まで俺一人が残って、いまだに役者続けているんだけれど、みんな行った先の所（東宝の子会社等）はなくなっちゃったですよ。あの時、ボウリング場へ行っていたらどうなったかね。ブロイラー「鳥一」へ行った佐藤（功一）も重役になったけれどね。彼も亡くなっちゃった。（仕事が）終わった時点で、サラリーマンってガクンとくるんだね。いろんな人生があるけれど、俺なんか漁師しながら、いまだに俳優やっているんだよね……。

――岩本弘司さんは東宝パーラーへ行かれましたよね。

K　越後憲三とかとね。映画でよくやっていた、蝶ネクタイなんかしてさ。「いらっしゃいませ」とか言っちゃって。でもさ、よく俺に訊いてた。「役者で食えるのか？」って。みんな役者やりたかったんだよ。でも、家族だとか食うためにサラリーマンになったわけで……。

――日比谷の東宝パーラーって、どこにあったんですか?

K 有楽町の「電気ビル」の一階にあったね。いつも凄い人なの、汗かいて働いてたよ、あいつら。蝶ネクタイしてね。

あとから入ってきた照明部のあんちゃんが、東宝パーラーの課長だから。今まで俳優時代は自分のほうが先輩だったけれど、社員だから、会社になったらあんちゃんの方が上でさ、岩本や中島なんかは、それが堪らなく悔しかったみたいだね。年中ぼやいてた。でも、定年退職になってから、(中島は)アメリカからお呼びがかかって、凄いことだよね!

――中島春雄さんは、『ゴジラ』で手当がたくさん入ったのでしょうか?

K そうね、彼は安定したんだよね。ブリヂストンタイヤみたいなの着てるんだから。そこで、手塚勝己とかソロモン(広瀬正一)が、生活が大変だから、俺にもやらせろって言い出した。でも、中島春雄の演技力には敵わず、みんな一発で辞めちゃって駄目だった。やっぱり中島は、それを我慢してやってたんだけれど、偉かった! それで法外なお金もらったんだよ。

――大蔵団地は今、工事して壊しているんですよ。それと、御殿場や伊豆ロケのときの旅館は覚えておられますか?

K 御殿場館、それと、僕らが泊まったのは香養館、大黒屋の三つ。僕ら(大部屋)は専ら香養館(筆者注:東宝と三船プロで衣装を担当した池田誠氏の話によると、メイン・スタッフと俳優は松屋、その他が御殿場館と大黒屋に分宿していたという。池田氏は三船敏郎の衣装を担当していたので、最高ランクの松屋に泊まれたとのことだ）。天本（英世）なんかもね。女中や仲居さん、娘なんかと結婚したりね！　やたら行きましたよ。本多組は全部、御殿場。自衛隊の格好したりして。

——スターなどは違うところに泊まったそうですね。

K　よく行ったのは伊豆長岡。稲垣（浩）さんが最高のホテルに泊まって、俺らは「さかなや」とか。ロケは必ず温泉がないとね、伊豆長岡は月に何度も行ったなぁ。食事も最高だし。だから、独身生活はやめられないし、結婚なんかとんでもない。良い時期だった。『七人』のときも、前半は長岡に泊まりましたよ。

——『七人の侍』のあと、黒澤組には入りました？

K　これ、ボクの年譜。差し上げますよ。

——ああ！『宮本武蔵』、『獣人雪男』、『用心棒』……、いやぁ凄いキャリアです。『用心棒』は農場オープンですね。ヤクザのひとりで？清兵衛、丑寅、どっち側でしょうか？

K　『用心棒』はあまり出されなかったから、よく覚えてない。ヤクザっぽくないから（笑）。ボクは『生きものの記録』のときに、三船さん（工場主の中島喜一）に電報を届ける郵便配達役でさ。ボク、スクーターに乗れないから、前の日に車借りて、砧小学校の運動場で練習したの。乗れるようになったから、明くる日の本番でテストやったら、ブレーキのつもりが（アクセルを）ふかしちゃったの。でさ、暴走してさ。石炭の山に突っ込んで、ボクは放り出されてね。三船さんも真っ青な顔して……。それで、黒澤さんが「大丈夫？」って聞いてくれてね。普通なら、あいつはダメだって替えられちゃうんだけれど、黒澤さんは優しくてね。先ず心配してくれて、何事もなかったように「じゃ本番！」って。嬉しかったね。それで、ちゃんと僕を撮ってくれたんだ。

――砧小で練習できたんですか？　それはスゴイですね。

K　そう、それで黒澤さん、覚えてくれてね。『まぁだだよ』でもボクんところに（出演依頼が）来て、駅長なんだよね。たったひとりなんだよ、主役の人（松村達雄）と。でさ、暗いところで出番を待っていたら、「僕（黒澤明のこと）も八十三歳になるけど、あと一本くらい撮れるかな」なんて話しかけてくれて。それを助監督たちが見ていて、（黒澤監督が）ボクに話しかけたので、相当偉い人だと思ったのかビックリして、椅子かなんか持って来てくれちゃって（笑）（補足3）。

（補足3）黒澤さんは大部屋の役者でも、見るものはきちんと見て、役者をとても大切にする人だった。こんなボクなんかに そういう心境を吐露してくれたのはとても嬉しかったね。
『八月の狂死曲（ラプソディー）』の時も、お念仏堂があって、僕らが般若心経を唱えているところにリチャード・ギアが来る――。僕らは三日くらい前に黒澤さんに連れられて寺へ行き、お坊さんから般若心経の唱え方を教わったんだけど、三回くらい行ったその費用は東宝（黒澤プロか？）が出してくれたので、ここまでしてくれたら当日までに般若心経を全部覚えなきゃと思ってね。で、本当に覚えちゃった。それで撮影当日、僕らが般若心経を唱えていると、リチャード・ギアが入って来て、僕の方を見てお辞儀をしたの。思わず僕は声を止めて、台本にはないお辞儀を返したら、黒澤さん、そのままそれを使ってくれた。
その前には、僕らを知らない助監督が、リチャード・ギアを正面で撮ろうとして、僕らを背中向きにしたら、黒澤さんが怒って「この人たちはウチの人たちなんだから、そんな撮り方したらダメだ！ 正面からだよ」と言ったんだ。僕と『七人の侍』に出た女優が三人くらいいたんだけど、何十年ぶりかに出たのに〈ウチの人〉なんてこと言ってくれて、すごく感激した。
（前述のトークイベントにおける加藤さんの発言）

——『天国と地獄』もですね。

K そう、エキストラみたいなもんだけどね、いろいろ出てるの。黒澤組要員って決まってるの、必ずね。（黒澤監督は）どこにでもいるような顔がいいの。

——鎌倉アカデミアには、どういった方が？

K いずみたく、山口瞳、みんな鎌倉アカデミアの同級生なんだよ。（筆者注：ほかにも東宝で監督になった岩内克己、日活の鈴木清順、俳優の高松英郎、沼田曜一、左幸子、山本廉などが在籍したとされる）

——現在、出演中の作品『浜の記憶』について教えてください。

K 10月8日にクランクアップなんですけど、これ苦労したですよ。初主演！ 最初から最後までいる、なんて初めてだから。大抵は一日で終わっちゃうんだから。九十三歳で俳優やっている人はあまりいないから、ギネスブックに出るんじゃないかって（笑）。

——主演では最高齢じゃないですか？　ところで、『七人の侍』には農民の子供役で二木てるみさんが出ているんですが、覚えておられますか？

K　あまり覚えてないなあ……。

——最後の決戦シーンはカメラ四台ですが、ほかはどうでしたか？

K　ほかはないよね、黒澤さんが初めてですよ。木村大作は（黒澤組の撮影）助手だったから、今撮っているの（『散り椿』2018年公開）も複数でしょ？　『まあだだよ』で、駅長役のときの撮影は大井川鐵道でね。本多猪四郎さんが応援（B班）監督で、大井川鐵道を走らせて、黒澤さんが絵描いてね。凄くお金かかったんだよ、夜汽車。セットでもう一回撮ってさ。で、本多さんが撮ったのは、結局、カット！（笑）

——『七人の侍』はアフレコですか？

K　アフレコ、ほとんどアフレコ。『七人』で残されて、その時『ゴジラ』で伊勢の方へロケだったんだけれど、『七人』の撮影が残っていたんでね、ダブっちゃったんだよ。本多さんはよくボクを呼んでくれたの。お正月映画とか軽い映画も撮ったんだけれど、よく呼んでくれた。で、若いときはあがっちゃって、どうすればいいかって訊いたら、「加藤くん、あがらずに演技するには運動してね、逆立ちしても台詞言えるようにするんだよ」って教えてくれた。こんな人いないよ。でも、今までいろんな監督さんとやってきたけれど、黒澤さんが一番凄いね。

――この映画（『浜の記憶』）のあとの予定は？

K　近く成城でパーティー（砧同友会）があるので、（成城に）行きます。この日は地引網があるんだけれど……。

――テレビは「ウルトラQ」とかにも出ておられますね。

K　そうですね、けっこう怖いヤツにも出てますよ。〝なんとかジジイ〟とか、〝口裂け女〟とかね（笑）。

ここで、加藤さんが『将軍』（1980）で使われた、ご自身の「生首」の小道具を改めて披露。

K　これ、東宝でこしらえたの。作った人は有名な人です。

――これは、型とか取ったんですか？

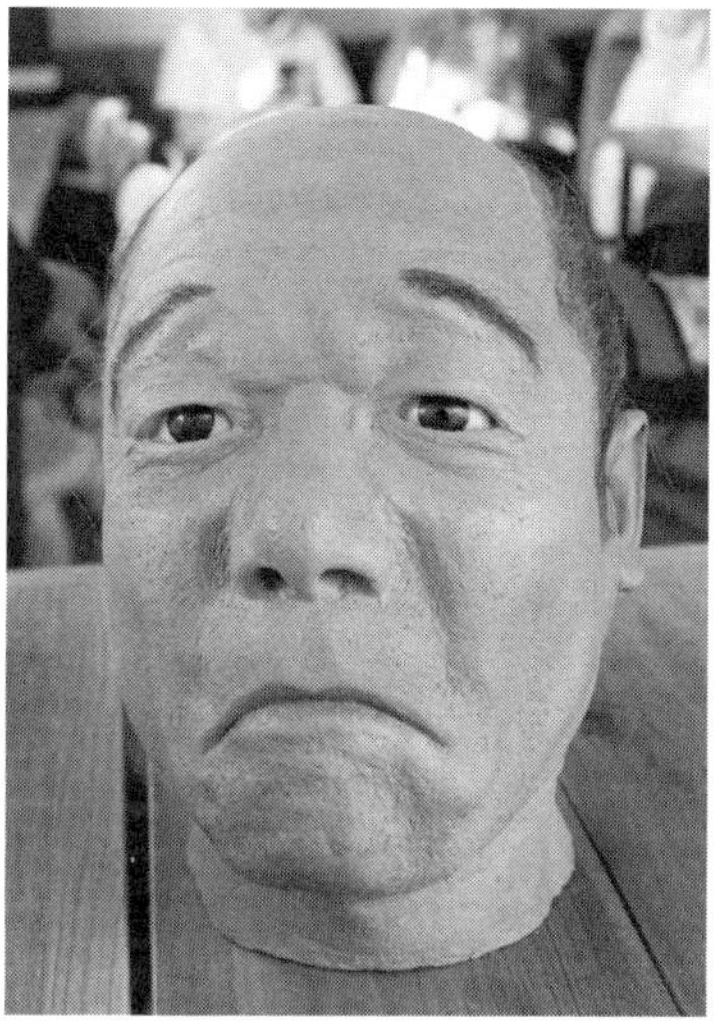
『将軍』で目黒祐樹演じる武士に斬り落とされた加藤茂雄さんの首（本人所蔵）
©神田亨

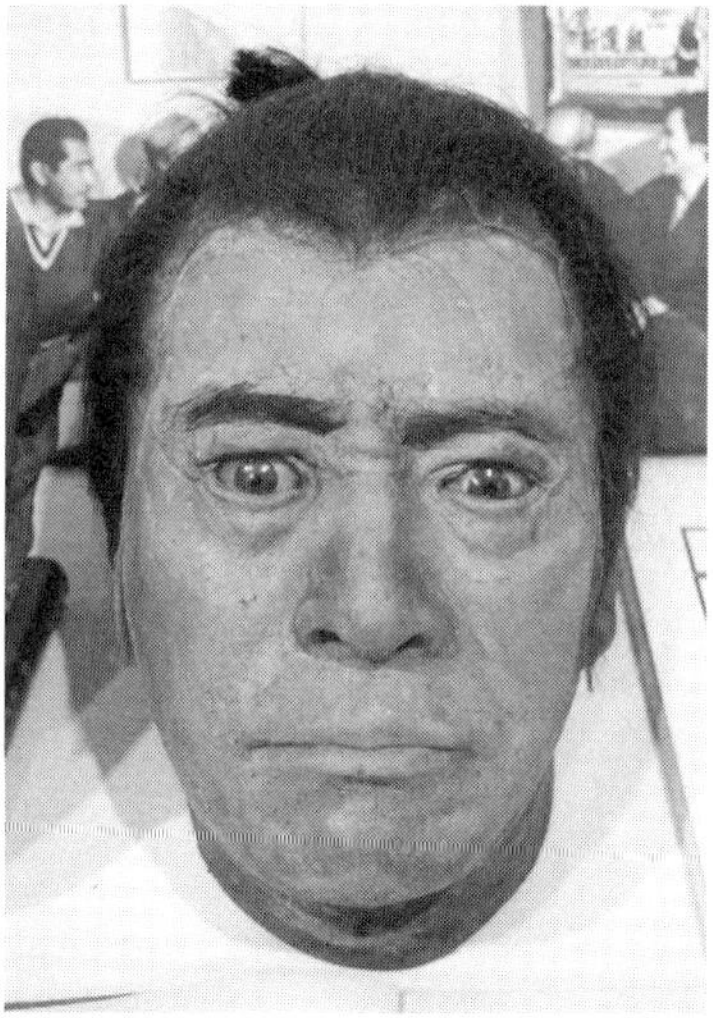
『新選組』（昭45）で近藤勇が斬首された時の小道具（佐藤袈裟孝氏製作・所蔵）
©神田亨

K そう。これ三十万円かかったんだって！ 監督のジェリー・ロンドンが送ってくれたんだよ。

――昨日、軽井沢で三船さんの「首」（筆者注：元三船プロの小道具担当・佐藤袈裟孝氏が今も所有する、『新選組』で使われた近藤勇の首）を見せてもらったばかりなんですよ。

K 「なんでも鑑定団」に出さなくちゃ！（笑）

――貴重なものを、ありがとうございました。あと、あの『七人の侍』の村のセットを作った場所（大蔵団地）で、ほかの映画は撮ってないですよね？

K そうね……ボクらは、俳優仲間でいろんなところの物産展をね、団地でやったことがあるよ。女優なんかも来てね。

――今日は長時間に亘り、貴重な話を本当にありがとうございました。加藤さん、ますますお元気で、俳優を続けられてください。

※加藤茂雄さんは二〇二〇年六月十四日、九十四歳で永眠された。九十五歳の誕生日を迎える二日前のご逝去であった。長きに亘る俳優人生を全うされたことに敬意を表するとともに、心より哀悼の意を捧げたい。このインタビュー記事は、東宝映画を愛する者にとっては一生の〝宝物〟となるであろう。加藤さん、どうぞ安らかにお眠りください。

二木てるみさんも農民の子供の一人！

～二木てるみインタビュー～

『七人の侍』に子役として出演したのが、かの名女優・二木てるみさんである。当然ながらクレジットはされていないが、本作には劇団「若草」から派遣され、侍が守る村の子供の一人に扮して、多くの場面に登場している。

成城にも近い経堂にお住まいの二木さんとは、東宝との縁も深い「成城凮月堂」でお会いして話を伺った。

2018年11月6日　「成城凮月堂」三階サロンにて
（聞き手：高田　撮影:岡本和泉）

——経堂にお住まいと伺いましたが、普段はどのようなお店にいらっしゃいますか？

二木（以下、**N**）堀口珈琲店が大好きでよく行きます。インタビューの仕事をしたり、森繁ブランドを飲みながら、森繁さんを思い出して一服したりしています。自転車で行けるところなので、本当によく行くんですよ。

——さて、『七人の侍』出演時のご記憶はおありでしょうか？

N　『七人の侍』は小さすぎてほとんど記憶があ

りませんが、久松監督のことならいっぱいあります。

久松監督とは『警察日記』が最初です。当時、映画作品は監督のものばかりでしたので、本当に自分の娘のように可愛がっていただきました。12月30日、寒～ぃときに永福町のお寺で（久松監督の）葬儀がありましたが、弔辞を読ませていただきました。本当に悲しかったです（筆者注：久松静児監督は、1990年12月28日、七十八歳で死去）。

『警察日記』を千葉で上映するにあたって、監督と一緒に開催場所へ行ったことがありましたが、それが監督と出かけた最後となりました。上の娘を産んで直ぐのことです。二十五歳くらいでしたが、その時の会話は後生大事に、すべて心の中にとってあります。

『警察日記』は子供の時なので、断片的にトラックが怖いとか、消防車が電柱にぶつかるのが怖いとか、理屈として、そんなことが想い出です。でも、よき時代を懐かしむだけでなく、人間はね――、と言うことを伝えていく役割は、私たち世代が最後だと思っています。

――黒澤監督をはじめ、皆さん亡くなってしまいましたね。

N 黒澤監督と久松監督と森繁先生は、私の中で絶対に死なない人だと思っていました。大人のいい年になるまで、本当にそう思っていました。

だから、森繁先生が亡くなられたニュースを耳にしたとき、私の中でひとつの節目として、ある時代が終わったんだと、妙に感じました。

――来年（２０１９年）は、森繁さん没後十年の年となります。

N　え〜、森繁先生が亡くなられてから まだ十年ですか！

映画が好きな方々がまだまだいるじゃないですか。若い人たちを前にしていると、先へ先へと進むことも大事なんですが、もっときちんとした心の持ち方――特に、私は幼児教育をしていたので、子どもを育てていく上での大事さ、人間の成長とか、私が経験した中から話をしていました。

普通の人が経験したことのないこと、時代を越えた人々の営みなどですね。本当に映画って素晴らしい教材なんです。

テレビが主流になってきた時代の役者さんたちと私たち世代（映画だけ時代）とは、少し経験が違うと思いますね。風間杜夫さんとか、私とかの時代までなのかな？　彼とは同い年なんです。風間さんも同様ですが、映画史に残るような大物役者さんたちと共演させていただいたのは、光栄なことでした。

ある意味、古い時代の映画づくりは独特なものでしたから――、四歳でその当時の撮影所の雰囲気を知っているのは、財産ですね。役を演じる以外でも、一人の人間としての在り方など、諸先輩方が示してくださいました。

――今の子役は大事にはされているようですが、〈ちやほや度〉が少し違うのではないでしょうか？

N そうそう！　子供ながら、現実的なことが分かっているのでしょうね。

久松組では熊井啓さんが私の係だったんですが、「おまえ、見てろ」って久松監督に言われて、いつもポケットにチョコレートをひそませて——。「私を泣かさないように、ご機嫌をとるのが大変だったんだ」という話を、（久松監督の）葬儀の時にしておられました。

子供時代以来、『日本の黒い夏［冤enzai罪］』が久々の出演でした。この映画で主人公の神部（寺尾聡）の奥さんの役をいただき、熊井監督から「あなたが大きくなっていくのをすべて見て知っているので、あなたがどういう表情をして、どういう顔で笑い泣くのか、ずっと脇から見てきた。だから、神部さんの奥さんは何も喋れないけど、ほんの僅かな細い糸で（夫と）繋がっている——、その辺のナイーブさを演じてもらいたい。それを、今日会って『初めまして』という女優にはやってもらいたくないんだ」と言われたんです。本当に役者冥利に尽きると思いました。

「どこまでできるか分かりませんが、頑張ります」と言ったんです。「今の子役たちは本当にうまいんだよ。器用にやるんだよ、巧みにね。けれど、当時のあなたはそういう子とは違っていた。言葉では言い表せないけど……」っておっしゃるんです。

「大人になったあなたにこの役を託すのは、あなたを知っているから」と言われたことが、とてもありがたかったんです。共演した寺尾聰さんも「仕事の話をしても、話が通じるのは、てるみちゃんくらいだよね」って、あの時おっしゃっていました。もう同じ時代や雰囲気が分かる人、話が合う役者さん方とはなかなか出逢えませんね。

N ――二木さんは、やはり〈映画俳優〉なんですね。あの頃からですかね、もうテレビの仕事は私には無理かな、と思いました。危機感ではないけれど、モノ造りのプロセスが少しずつ違ってきているような気がしていました。離れたところで見ていると、なんとなくCMの延長で演技をしている、といった感じがして、少し虚しくなりまして――、時代が違ってきたんですね。しかし、何年経っても、どんな状況でも、〈演ずる〉ということの答えはひとつだと思うんです。

ハリウッドの超有名なスターでも、〝すっぴん〟で演じるべき役は堂々とそのまま――。白黒時代ということもありましたが、そういうことにまでこだわる監督がいらした。刑務所から出てきた女の人が、なんでブランドもののブラウスなんか着て、口紅バッチリ塗ってるのよ～、ってね（笑）！

最近では、是枝（裕和）監督の作品は、とても好きです。

N ――今の子役は泣き叫んだり、わめくのはうまいですが、普通はあり得ないですよね。台詞を言えないほど小さな子役は、犬と同じようなものです。

久松監督は、私に細かな演技指導などなさりませんでしたから――。今、置かれている環境を子供でも分かるように説明してくださり、私のタイミングで走ったり、動いたり、自由にさせる。それを、ベテランの大人の役者陣がカバーして演じる。どれほど見守ってくださっていたか……。〝子役ファースト〟でした（笑）。

昔の映画を見て、なぜみんな感激するのかと言えば、時代の臭いがあるからでしょう？懐かしいわ、で終わるのではなく、その時代の中で人々が、子役たちがどう生きていたのかを、いろんな角度から見ていただきたいですね。

――『七人の侍』出演時、二木さんは劇団に所属されておられましたが、子役はすべてそこからの派遣でしたか？　それに、撮影には親御さんも付き添われたのでしょうか？

N　『七人の侍』に出演していた子役は、当時、数少ない児童劇団から集められていたのでは？　主に「若草」の子供たちだったようですが……。

毎日毎日母に連れられて、東宝の大部屋の控室へ行くんです。汚い着物を着せられ、顔にメイクではなく〈とのこ〉みたいなのを塗られ、「ちょっと待ってて」と――。それでも、夕方まで撮影がないまま待っていることもあり、ほとんど毎日そうでした。

大部屋のかび臭さや、畳のところでかるたやトランプをして、大きなお兄ちゃんやお姉ちゃんたちと遊んでいたことを思い出します。

お昼になると、お弁当を食べていましたね。ロケ弁フタのご飯粒を取って食べて（笑）。

ですね、きっと。一日待っているので、お弁当が出たということでしょうか。憶えているのは、待って、食べて、遊んで、寝て、塗られて、っていうのがほとんど。撮影現場では黒澤組独特の、例の大きな扇風機が動いていて、凄い砂ぼこりの中を行くんですが、その扇風機がとても大きく、とにかく怖くて仕方なかったですね。撮影所には、小田急線の祖師ヶ谷大蔵から歩いたかなぁ。新東宝へもそうやって行ったと思います。

——「東宝通り（筆者注：現在のウルトラマン商店街）」を歩いていったんでしょうね。それに、二木さんが通ったのは、今は大蔵団地になっている辺りの田圃だったんですよ。

右端の小さい女の子（後ろ姿）が二木てるみさん　©TOHO CO., LTD.

N　え〜！　あの団地は、当時なかったの？　いかに私が古いかってことですね。

「若草」に入ったときは、人数合わせですから。私の人見知りがちょっとでも治れば、ということで通っていました。人数を満たすために駆り出されていた、ということですね。でも、小学校に行きながらでしたから、大変でした。労働基準局へ行き、おじさんと面接させられて、「夜までやっている」とか「早朝から」などと余計なことは言わないように、と諭されながらやっていました、いつも。そこで書類を出すのに校長先生の判をもらってね。でも、久松監督の映画が社会派的な、学校でも観るようなものだったから許されました。父からも「社会に役立つようなことを、みんなより一足早くやっているんだよ」と言われていましたので、私の中でもなんとなく納得していました。映画の世界で、派手で華やかな世界にいて注目を浴びている、という感覚もありませんでした。ですから、街で「あの子よ」と指さされたりするのが本当に嫌で、凄いストレスでした。若草の主事がすごい教育者で、躾に非常に厳しかったんです。親に対してもそうで、「けっして前に出るな」などと、よく母に言っていました。

――（『警察日記』で）福島なんかにたった一人で行ったのは、久松監督が両親にちゃんとお話しになったからでしょうか。

N　私は、いつも監督の膝に乗っていましたね。だから、その信頼感というのは、私の記憶にはないけれど、いつも父親のように慕っていました。行けと言われれば行くし……みたいな。スタッフも大事にしてくれました。今で言えば、まるで大切なペットのように……それ以上でしたね！

――現場が学校だった、ということでしょうか。

N 芸能界というより、ある意味、学校でしたね。教育の現場でした。学業を中心とすることが本筋ですので、厳しかったですし、これが私にとっては本当に良かったと思っています。

――二木さんには『赤ひげ』の時のことを伺わないわけにはいきません。

N 『赤ひげ』は、昨日のことのように憶えていますよ。『赤ひげ』のときは、オープン・セットまで車で行きました。

――いわゆる〝農場オープン〟ですね。それに、この映画では杉村春子さんをはじめ、錚々たる女優さんと共演されています。

N 女優さんたちは皆さん、テレビでもご一緒した方たちですから。

――黒澤監督の演出スタイルは、久松監督とは違いましたか？

N （おとよが見せた）〝寄り目〟は監督の思いつき――、そこで一緒に作っていくという感じでした。

久松監督と出会って、「一、二、三で行く」という教育を受けずに、〝演ずるという世界〟

に催眠術のように導かれていたので、虚の世界と実の世界がどこなのか、自分が虚なのか実なのかが混沌としていました。（久松監督は）そういうことがとても上手い方でした。幼児教育のときになにかをすり込んでいく、理屈ではない、そういう教育方針を紐解いていくと、感性が芽生えていこうとする時期に、久松監督が一生懸命育ててくれたのかもしれません。

寒さ、嬉しさ、悲しさなど、役を通していろいろな疑似体験をさせていただけたことが、感性を豊かにすることにつながったと思います。その境地へ入るワクワク感やドキドキ感ですね。撮られているから演ずるのではなく、役に一体化していかないと、私はできないんですよ。昔の子役は社会が育てていた、と言ってもいいかもしれません。

久松監督はストーリーを全部、物語として話してくれました。「だから今、てるみはお腹空いているんだよ」などと言って……。だからこそ、きちんと感じ、集中できて、その世界へとそのまま入り込めたんです。

その先に黒澤監督がいて、その入口が（まず初めに見せられた）アウシュビッツの写真集でした。そこからメイクをして……。そして、私は自然に、おとよにさせられていきました。

N

――二木さんは、黒澤監督から怒られたことはなかったですか？

監督から怒られたりした記憶はないですね。カット割りをせずにワンシーンで繋げたシーンがあり、黒澤監督の好みの色合いに自然に入っていけたことは幸せでした。生意気な言い方ですが、監督の考えていることが不思議と分かりました。
〈世界一怖い監督〉だとすり込まれていたんです。でも、（『赤ひげ』で）初めてお会いしたとき「なんてカッコいいんだろう、やさしい」って思いました。監督が演技についておっしゃることが、一つひとつ「納得！」、「だよね！」って。それまでにいろいろ映画にもテレビにも出ていましたので、もう新人ではなかったから、監督の要求や言うことが飲み込めたんですね。身体にスルスルと染みていく感じで……。そこが監督の信頼を得たポイントではなかったか、と思います。

――同じ子役出身として、長坊役の頭師佳孝さんはいかがでしたか？

N 頭師くんは、お兄ちゃんの頭師孝雄くんといつも一緒にお母さんのそばにくっついていましたから、佳孝くんとはすでに顔馴染みでした。
そう言えば、土屋嘉男さんはいつも怒鳴られる対象でした。「お前はテレビばっかり出ているから、そんな芝居になるんだ！」って怒られていたので、私もびびりました。けれど、黒澤監督のガス抜き役なんですね、土屋さんは。カントクの秘蔵っ子（！）と、あとで知りました。加山さんには、監督は凄く甘かったですよ。

――三船さんと黒澤監督の関係はどんな感じでしたか？

N　三船さんと監督は、あまり話をしていなかったですね。三船さんは、すっかり〝赤ひげ〟になりきっていました。ど〜んとされて、縦のものを横にもしないという頑固なところが三船さんにはありましたが、志村喬さんじゃないんですよね、赤ひげは。やっぱり、三船さんですよ！

——ステージ撮影はどちらで？

N　『赤ひげ』のセットは、すべて東宝の第8・第9ステージでした。順撮りで、一年半かかりました。成長したので、着物を7センチくらい下ろしましたよ。

今年（2018年）の3月30日の「朗読の会」のときに『赤ひげ』を読みました。これで最後、と思ってのことだったんですが、最後の章「氷の下の芽」と初っ端を割愛して読みました。それと黒澤明についてのトークもしました。そういう意味では、〈この作品で〉本当に素敵な出会いをさせていただきました。

今、この業界でも黒澤明を知らない人がいるんですよ。考えられなくないですか！　外国の三十代くらいの若い人が黒澤明を知っているのに、あり得ませんよ。もう少し歴史を学んでほしいです。スマホで検索するだけではなく、ね……。思うことは多いです。

おとよが大人になったら、どんな人生を生きるんだろうか？　よくそんなことを考えました。私は、薄幸な少女役が多かったので。

学校時代は辛かったですね。勉強しなくちゃいけませんでしたから。学校と俳優との両立は大変でした。現場では九九算とか教えてもらっていましたよ、スタッフのお兄さんたちから。

——二木さんは、久松監督のその後の映画、〝駅前〟シリーズなどに出演することはなかったですが……。

N　〝駅前〟シリーズには呼ばれませんでしたね。そのあと、(三木)のり平先生とかの舞台でご一緒しました、森繁先生とは。

そう言えば、西田(敏行)さんが、「ボクね、『警察日記』の撮影を見ていた」って言っていました。私、『がんばれ!! タブチくん!!』の奥さん・ミヨコさんをやっていましたから。それに、新国劇にけっこう出ているんです、私。『警察日記』もやったんですよ! 奈落の下にスタッフ用の牛丼屋さんがあったんですが、美味しい卵焼きを私のために特別に作ってくださり……。劇中で、それを食べさせてもらうシーンがあって、本当に美味しいんです。

その後、久松監督から『二十四の瞳』の先生役でオファーをいただきましたが、テレビドラマで忙しかった頃で、お断りせざるを得ませんでした。小豆島のロケで、〈泣く泣く〉のお断りでした。

以上のインタビューのとおり、二木さんから『七人の侍』に関するエピソードはそれほど多く聞き出すことはできなかったが、伺ったお話からは撮影の様子や撮影所の雰囲気が実に生々しく伝わってくる。加えて、『赤ひげ』や久松静児監督の作品に関する証言も、日本映画の黄金時代を生きた子役ならではの〈重たい〉内容であり、本書で紹介する意義は大きいと考え、あえてほぼ全文を掲載させていただいた。二木さんには改めて感謝申し上げる。

最終章

『七人の侍』は成城メイドの映画

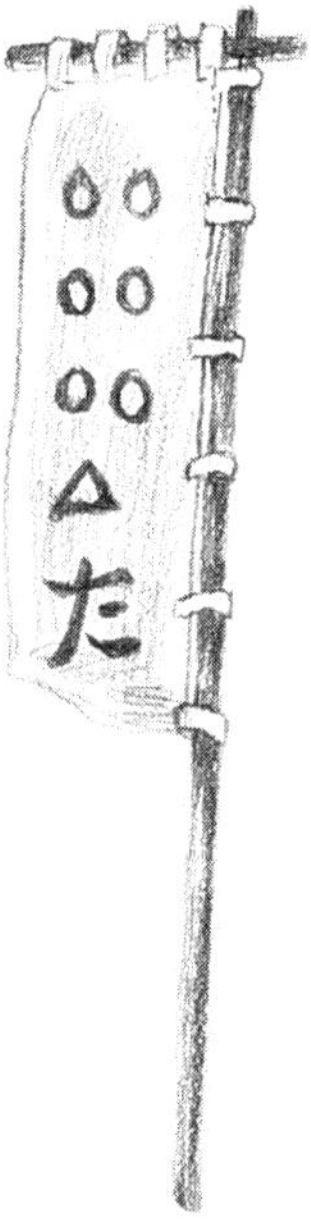

野武士との戦いで生き残ったのは三人。合戦のエキスパートである勘兵衛とその忠実なる家臣・七郎次、そしてまだ“子供”の勝四郎である。勘兵衛は最後に、「勝ったのは百姓たちだ」とつぶやく。しかし、声を大にして言いたい。本当に勝ったのは、己を犠牲にしても百姓とその村を守った、あなたたち七人の侍である——と。

最後に、今さらながらではあるが、本作『七人の侍』がいかに成城という地と深い関係をもって作られたか、について記しておきたい。

監督の黒澤明はこの当時、小田急線の狛江駅近くの「泉龍寺」という寺の裏手に居を構えていた。この家に、俳優座で見つけた俳優・土屋嘉男を下宿させていたことや、撮影中断の折には千秋実を引き連れて、多摩川でのんびり釣りを楽しんでいたというエピソードは、しばしば本人の口から語られているので、ご存知の方も多いだろう。本作が完成し、パーティーを開いたのもこの家であり、この日(1954年4月29日)に生まれたのが、ご長女の黒澤和子さんである。

スタッフや俳優を招いて催される宴会に際しては、「成城学園前」北口駅前に店を構える「石井食料品店」から、大量のウイスキーや肉などの食材を仕入れた黒澤家であったから、のちに石井が「成城石井」という名の高級スーパー・マーケットに変貌したとき、和子さんがいみじくも放った「石井がああいう高級スーパーになったのは、うちのパパのお陰よ」とのお言葉には、誠にごもっともなことと頷かざるを得ない。

東宝に復帰して撮った第一作目『生きる』(昭和27年公開)のあと、次作の構想を練っていた黒澤は、同じ橋本・黒澤・小国のトリオで脚本の執筆を開始。執筆は1952年の十二月から、熱海の旅館・水口園にて行われている。書き始めるにあたって、橋本忍に「ドボルザークの〝ニューワールド〟で行こう」と宣言したという逸話は、古典音楽好きの黒澤らしいものだが、ここからはのちに『影武者』や『乱』でそれぞれの作曲家と衝突する前兆も感じられる。

〈天才〉の存在を信じなかった橋本忍が、結果的に黒澤を「天才だと思った」（TVドキュメント「七人の侍はこうつくられた」）との逸話もむべなるかな、いくら本人が否定しても、やはり黒澤は天才と称すべき監督であることに変わりはない。ジョージ・ルーカスやジョン・ミリアス、スティーヴン・スピルバーグ、アンドレイ・タルコフスキーら、世界中の映画監督から寄せられる黒澤賛歌・黒澤愛に、日本人として誇らしい気持ちにさせられることもしばしばである。

「映画は記憶である」との本人による発言からは、まさに『七人の侍』に宿るドストエフスキーの自己犠牲の精神や、トルストイの『戦争と平和』に見られる戦術や人物造型（注1）、さらにはジョン・フォードの西部劇に潜む映画テクニックや叙情性――黒澤はこれを〝詩情〟（注2）と表現している――が思い起こされ、黒澤映画の創造の秘密の一端に触れた気がしてくる。まこと、創造の源は「記憶」、すなわち知識の集積にほかならない。彼の文学、映画、音楽、古典芸能に関する知見の深さについては、いまさら説明の要もないことである。

当初の構想では、「サムライの一日」の行動を描くはず（タイトルも『さむらい』）だったが、橋本忍がいくら調べても侍の生活に関するディテールはいっこうに分からず、やむなく内容を「剣豪列伝」路線へとチェンジ。ところが、これも黒澤の「クライマックスの連続では映画（ドラマ）にならない」とのひと言により却下され、「百姓が村を守るため侍を雇った」との文献を見つけ出したことから、いよいよ現在、映画として見られる脚本に落ち着く。この経緯からも、黒澤のあくなき探究心と引き出しの多さがひしひしと伝わってくる。

さて、本題である。皆さんは、七人の侍を演じた俳優のうち四人までもが〈成城住まい〉であったことをご存知だろうか。

三船敏郎は、1950年の吉峰幸子（第1期ニューフェイスの同期）との結婚を期に、それまで岡本喜八監督と共に下宿生活を送っていた成城に居を構えることを決意。はじめは、のちに購入することになる「成城町七四六番地」の内野邸（元満鉄の医師）の一室を間借りした三船夫婦だったが、すぐに「成城町七七七番地」の家をやはり内野氏から譲り受ける。

この時、すぐ近所に住んでいたのが志村喬である。三船のデビュー作とされる『銀嶺の果て』（昭22、谷口千吉監督）や、実はその前に撮影されていたと言われる『新馬鹿時代』（同、山本嘉次郎監督）で共演した縁から、その後もずっと「志村のおじちゃん、おばちゃん」と呼び称したほど、志村夫婦と親密な関係を築いていた三船は、結婚後も風呂は志村邸でいれてもらっていたという。三船の長男・史郎氏によれば、夕方になると、志村夫人が「お風呂が沸いたわよ」と誘いに来てくれたというから、本当の親戚のような間柄だったことがうかがえる。

志村はその後、同じ成城町内で三船邸の西南方向（現在の成城四丁目）に引っ越していくが、そのすぐ近所に住んだのが千秋実だ。千秋邸の正面には東宝撮影所裏の家から越してきた石原裕次郎が、その裏には『羅生門』（昭25、大映）で共演した京マチ子が自宅を構え、そのどれもが広大な敷地を誇っていた。

千秋邸を北に上っていけば、そこには加東大介の家があった。加東は、黒澤作品には四本しか出演していないが、本作といい、『生きる』といい、『用心棒』といい、そのどれもが他の出演作品とは大違いのキャラばかり。ここからも、黒澤の加東に対するこだわりの強さが見て取れる。ちなみに加東は、1963年6月2日、成城の自宅に強盗が入り、朝日新聞（同3日付）で報道されたりしているが、やはり朝日新聞の「声」欄（昭和45年8月29日付）で成城地区の道路拡張計画に反対する声を上げるなど、成城の住環境を護る立場を貫いたことでも知られる。

七人のうちの四人までもが成城住まいであったことは、あくまで偶然の結果であったのかもしれないが、『七人の侍』に思い入れが激しい筆者などは、どうしても深い因縁のようなものを感じてしまう。ちなみに、黒澤明、三船敏郎、加東大介らが子息・息女たちを皆、成城学園に通わせたのは、成城の自由でのびのびとした校風に共感してのことであろうが、何よりも近くて通いやすかったことが大きかったと思われる。特に、三船邸から学園（特に中学や高等学校）までは、それこそ「チャイムが鳴ってからでも間に合う」（三船史郎氏談）ほどの近距離であった。また、三船敏郎は成城学園の評議員に名を連ねていた時期があり、自宅からすぐそばにあった成城大学自動車部の部室にふらりとMG－TDでやってきては、まだ学生だった徳大寺有恒氏（のちの自動車評論家）を乗せてくれたりしたそうだ。

さらには、加東大介がご長男の成城学園中学校卒業にあたって、その卒業式で大変見事なスピーチをされたことや、三船敏郎が長男・史郎氏の運動会の日に、調布飛行場からセスナ機を飛ばしてきて、観覧の母親たちにカーネーションの花を撒いていったこと（その日はたまたま「母の日」であった）など、成城学園の教職員間で語り草となっているエピソードは数多い。ちなみに、黒澤和子さんに伺った話では、黒澤が学園へ参観に訪れるようなことはほとんどなかったが、『椿三十郎』撮影前には「若侍」役を探すため、成城学園に通っていた東宝俳優・西條康彦の案内で、高校や大学構内を歩き回ったことがあるという（西條氏談）(注3)。

本作撮影当時、七人の俳優は、最も年長の志村喬が四十八歳、加東大介四十二歳、宮口精二は三十九～四十歳、千秋実三十六歳、三船敏郎と稲葉義男(注4)が三十三歳、一番若い木村功は三十歳（前髪を残している役なのに、三十歳とは！）という年齢構成であった。皮肉なことに実生活においては、映画の中では生き残った加東、木村、志村から亡くなり、その後、宮口、三船、稲葉という順で死去。劇中では最初に戦死した千秋実が、実世界では最後まで生き残るという皮肉な結果となった。

本作の関係者では、他にも、黒澤と同じ山本嘉次郎門下で第二班監督を務めた小田基義、美術助手セカンドの村木与四郎、スクリプターの野上照代が成城に住まった。監督の黒澤は、当時、狛江の泉龍寺裏の邸宅住まい（敷地は三百坪を誇った）であったが、のちに成城の住民となり、終の住処となったマンションは加東大介邸のすぐ西側に位置した。

また、美術監督の松山崇とチーフ助監督の堀川弘通は旧制成城高等学校の卒業生で、その点でも成城とは深い縁がある。黒澤が結婚直後、成城の隣町・祖師谷一丁目にあった堀川の実家を間借りしていたことも、よく知られる逸話である（注5）。

こうしてみると、その主たる撮影場所や馬の調達場所（成城大学馬術部）も含め、『七人の侍』はまさに〝成城メイド〟の映画と言ってよく、幼少時より東宝映画に親しみ、当地・成城で学生生活を謳歌、加えて四十余年にも亘って仕事までしてきた筆者のような者にとっては、誠に感慨深いものがある。

この成城北部地区には、他にも黒川弥太郎、滝沢修、有島一郎、堀雄二、司葉子、勝新太郎＆中村玉緒、田村正和・亮兄弟などの俳優が住み、南部地区（小田急線の南側）には大川平八郎、千葉信男、入江たか子、藤田進、高峰秀子、八千草薫、星由里子、団令子、田崎潤、藤木悠、夏木陽介などのP.C.L.・東宝俳優が居を構えた。さらには、斎藤寅次郎、マキノ雅弘、稲垣浩、山本嘉次郎、成瀬巳喜男、青柳信雄、本多猪四郎、市川崑といった錚々たる顔ぶれの監督たちも、その住まいを当地・成城に置いている。黒澤明を敬愛する山田洋次や大林宣彦（2020年4月逝去）といった監督たちが、すぐ近所にお住まいであることもよく知られ、今この地を〝日本のビバリーヒルズ〟と呼ぶことに躊躇は一切不要である。

加えて、多くの映画会社やプロダクションが撮影所を置き、様々な映画のロケ地となった成城を、〝日本のハリウッド〟と呼ぶことに、どなたもご異論はないだろう。どうか皆さんも一度はこの地を訪れ、〝日本のハリウッド〟そして〝日本のビバリーヒルズ〟である成城の街を歩いてみていただきたい。きっとその耳には、もの悲しくも勇壮な、あの「侍のテーマ」（注6）が鳴り響いてくるに違いない。

（注1）黒澤のロシア文学への傾倒ぶりはよく知られ、久蔵の行動（単身、野武士から鉄砲を奪ってくる）や、勝四郎による「貴方は素晴らしい人です」との憧憬の言葉も「戦争と平和」から来ているとされる。そもそも、黒澤は一貫して「人間（青二才）が成長する姿」を描き続けた作家であり、『我が青春に悔いなし』『素晴らしき日曜日』『酔いどれ天使』『静かなる決闘』『野良犬』『醜聞（スキャンダル）』『生きる』そして本作、それ以降も『隠し砦の三悪人』『用心棒』『椿三十郎』『天国と地獄』などで、葛藤しながらも成長する人間を描き続けた。

（注2）『黒澤明が選んだ100本の映画』（黒澤和子／文春新書）では、『荒野の決闘』について黒澤が語った言葉として、「…馬に乗る人、その風情がまるで詩のよう…」と紹介されている。

（注3）久保明の実弟・山内賢が日活入りのため、役を降板。そこで急遽、久保の弟役の俳優を探すこととなる。その結果、選ばれたのが成城学園の高校生だった波里達彦である。

（注4）本作で〝七人の侍〟を演じた俳優は、それ以前にも黒澤映画で活躍した面々が多かったが、ただ一人、本作が黒澤映画初出演だったのが、副将的存在の片山五郎兵衛を演じた稲葉義男である。稲葉は俳優座の新人で、映画自体にも初出演であった。かくして、常連・ベテランに混じってコチコチに固くなった稲葉に対し、黒澤は容赦なき態度で演出に臨む。それでも〝必死〟の稲葉の緊張を解こうと、自らキャッチボールの相手をしてみたり、撮影中に「炭鉱節」を歌わせてみたりと、様々な策を講じる黒澤だったが、すべては逆効果。「家に帰っても朝にならなきゃいいと思う。また現場に行くのが、それが辛くて――」と悩む稲葉は、助監督の堀川弘通に「途中で死んだことにして欲しい」と懇願するに至る。

（注5）さらにその前は、黒澤は谷口千吉監督と共に、成城にあったブリキ屋に下宿しており、筆者はそのブリキ屋があった場所も解明済みである。

（注6）本作の音楽を担当した早坂文雄は、東宝撮影所の北側（住所は世田谷区砧）に住み、その自宅でこの映画の楽曲を作った。ちなみに、大林宣彦監督が成城大学の学生時代に住んでいた下宿（撮影所の裏手にあった）は、早坂の死後にご息女らが経営していたアパートだったという（大林監督談）。ご長女の卯女《うめ》さんが開いていた関西風おでん屋「早坂」も、撮影所（現東宝スタジオ）を北に上がったところにあったが、2014年末に閉店している。

あとがき

本書の企画は、序章にも記したとおり、拙著『成城映画散歩』で『七人の侍』の大蔵地区における撮影場所を紹介したことがきっかけとなっている。この映画がいかに素晴らしい作品であるかは、多くの著書によって語り尽くされているし、何よりもご覧になった方が一番よくお分かりのことであろう。

しかし、その撮影場所を紹介した書物は前掲の『黒澤明 夢のあしあと』くらいしか存在せず、この貴重な書ですら指摘していないロケ地や、未だ明らかにされていない撮影現場も数多い。この映画がどことどこで撮影され、それがどのように組み合わされて、あのような形に仕上がったのか――。それが分かれば、少しは「創作の秘密」の一端に迫れるかもしれない。

そこで、伊豆や御殿場などのロケ地をさらにピン・ポイントで特定し、皆さんを当地にご案内しようと考えたまではよかったが、なにせ撮影に関わったスタッフや出演者は、今やほとんどこの世を去っている。とすれば、これまで出版された書物やテレビ番組などで得られた情報を頼りに、自分の眼で見て探し当てていくしかない。

こうして現地を訪ね、ロケハンならぬロケ地探しに没頭した一年あまりだったが、一念が通じたものか、それぞれの土地でこの映画に関わった多くの方との出会いがあった。そして、それらの方々は皆、この映画の撮影の模様を——たとえ、それが親や祖父から伝え聞いた事柄であっても——嬉々として語ってくださった。これは、『七人の侍』の威光が今の時代にも通じていることの何よりの証しである。

とすると、貴重な証言を得た我々こそが、これを後世に語り継いでいく役目を担ったことになる。本書は、そんな意識を常に持ちながら書き進めてきた『七人の侍』ロケ地探求本である。

ロケ地の検証にあたっては、東宝が保有する膨大なスチール・スナップ写真の存在が大きかった。本文にも記したとおり、これらのお陰で特定できたロケ地もあったほどだ。これらを立体的にお見せする写真集などが編めたら、どんなに嬉しいことであろうか。もし

平坦な草地で撮られたことが分かる、“七人の侍”が村を見下ろす宣材写真

かするとこれによって、いまだ未特定の「花の裏山」や「榕樹の森」などのロケ地も解明できるかもしれない。

なお、本書では最新の画像処理ソフトを駆使して補正を施したことで、六十七年前の写真が、まるで昨日撮ったかのような瑞々しい画像として蘇っている。この点も意識してご覧いただければ幸いである。


撮影風景写真からは、第五章で紹介した「街道」シーンのアウトテイクの他にも、もうひとつ意外な発見があった。それは、東宝スタジオ正門の壁画にも描かれた本作を象徴する宣材写真、すなわち〝七人の侍〟が村を見下ろすショットが、このシーンのロケ地・下丹那で撮影されたものではなかったことである。東宝マーケティングが保管する膨大な量のスチールの中に眠っていた当ショットの原版には、場所を特定する手がかりはほとんど残されていないが、実際は〈平坦な草地〉で撮影されたものであったのだ。いったいこのショットは、どこで撮られたものなのか？

そのヒントは１７３～１７４頁掲載のアウトテイク写真の中にあった。一連のベタ焼き写真を眺めれ

東宝スタジオ正門壁画（塙雅夫氏作）　©1954. 2007　TOHO CO., LTD.

ば、このショットは周囲の風景から、函南の「一本松」付近で撮影されたものであることは明らか。これは、ボツになった「街道」シーンのついでに宣材用として撮られた写真のうちの一枚に違いない。

さらに、本書に貴重な資料を提供してくださった寺島正芳さんが所蔵する『『七人の侍』東宝シナリオ名作集』にも驚愕すべき記述があった。この書物は書店では販売されておらず（宣伝用に作られ、ファンやマスコミに配布されたとされる）、多くの人の目にとまるものでもなかったことから、これまで紹介されたことはほとんどない。見れば、この書には〈当初の配役〉が載っており、主要キャストは我々が見た映画どおりであるものの、驚くべきことにここには森繁久彌と古川緑波の名が記されている。

森繁の役は「人足A」。この役は実際には多々良純が演じたが、当配役表で多々良の名前は「人足B」のところに載っている。ここからは、森繁が断ったからか、あるいはスケジュールが合わなかったことからか、多々良は「人足A」役へと繰り上がり、「人足B」は堺左千夫が演じることとなった、という事実が浮かび上がってくる。

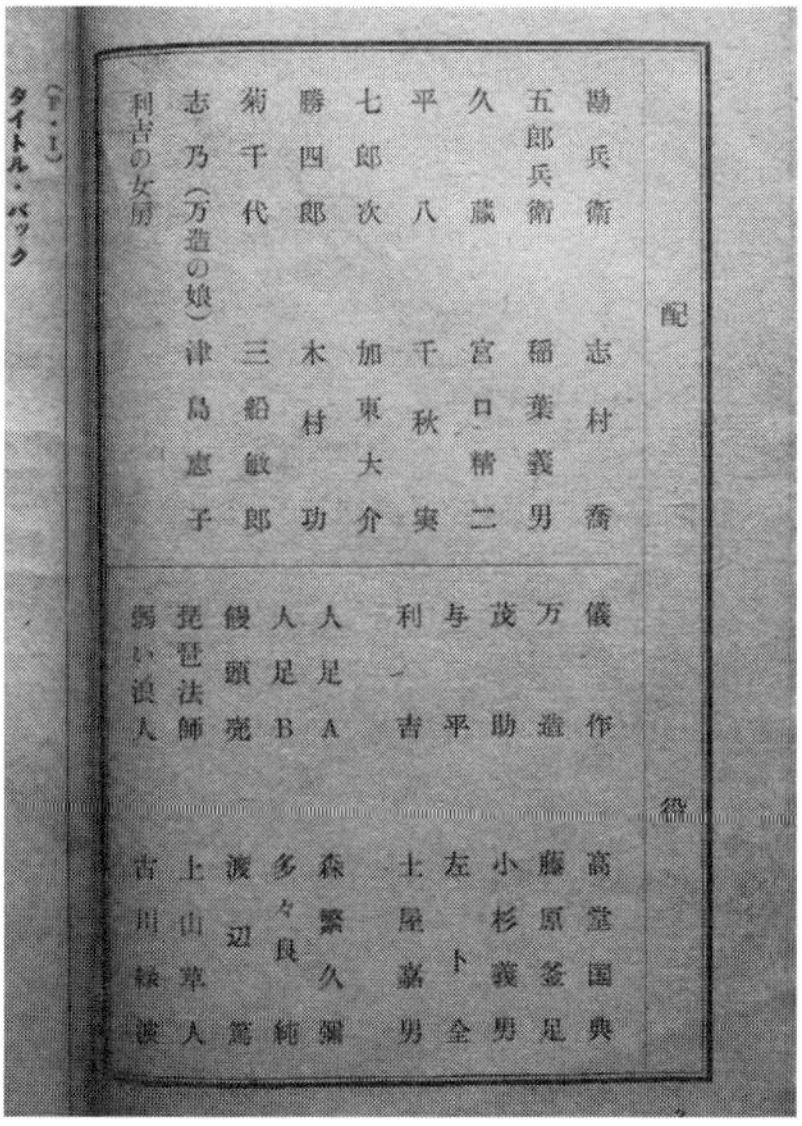

配役

勘兵衛	志村喬
五郎兵衛	稲葉義男
久蔵	宮口精二
平八	千秋実
七郎次	加東大介
勝四郎	木村功
菊千代	三船敏郎
志乃（万造の娘）	津島恵子
利吉の女房	
儀作	高堂国典
万造	藤原釜足
茂助	小杉義男
与平	左卜全
利吉	土屋嘉男
人足A	森繁久彌
人足B	多々良純
饅頭売	渡辺篤
琵琶法師	上山草人
弱い浪人	古川緑波

（F・I）
タイトル・バック

東宝シナリオ名作集『七人の侍』に掲載された配役表　（寺島映画資料文庫所蔵）

そして、古川緑波の役柄はなんと「弱い浪人」。完成した映画では林幹が扮した役である。緑波は自らの日記（『古川ロッパ昭和日記』戦後編／晶文社刊）に、この映画に出なかった経緯について「あんまりひどい役で呆れた。何せこの役では金（ギャラ）も安ひに違ひないし――」（昭和28年4月22日付）と書いているが、このシナリオ集がその事実を完全に裏付けている。

当日記を紐解けば、そもそも古川は小国英雄に役をくれるよう頼んでおいたようで、シナリオを読んだロッパは、東宝のプロデューサー・太田恒三郎に役や出演料について注文をつけている。本木荘二郎、太田プロデューサーとの交渉の結果、結局『七人の侍』出演話は消滅、東宝側から「それでは相済まないから、他のものを六月に廻す」との代替案が示され、事は収まる。おそらくその作品とは、昭和28年7月14日公開の森繁久彌主演作『亭主の祭典』（渡辺邦男監督）と思われるが、日記でロッパが「『七人の侍』は気が進まないものだから、その方が良い。但し、又々アテにしていた金が入らず、何ともハヤ――」と苦しい胸の内を明かしているのが実に痛々しい。

本作における森繁&ロッパの幻のキャスティングは、『天国と地獄』の三木のり平（本人が断り、その役は沢村いき雄が演じた）と同じケースとなったものの、エノケン、渡辺篤らに始まり、ジェリー藤尾や坂本九（『用心棒』で夏木陽介が演じた役に配されたが実現せず：松尾民夫氏の証言による）、さらには伴淳三郎、三波伸介、所ジョージに至るまで、黒澤が喜劇役者や人気タレントを配したがる監督であったことの何よりの証拠である。

また、２０１０年に出版された『黒澤明「七人の侍」創作ノート』（文藝春秋刊）の解説文にも興味深い記述が見られる。黒澤は当初、自筆ノートに菊千代を「善兵衛」と記していたが、メインライターである橋本忍はそのことをまったく知らなかったというのだ。当書には、菊千代はあとから作られたキャラクターであるという、今では定説となっている逸話を「ド頭から『七人の侍』ということでスタートしたので、事実でない」と、橋本が断言するくだりもある。

このように、本作には研究・検証を要する事項がまだまだありそうだ。今後も、この傑作映画が何らかの形で論じ続けられることを期待して、本書の〈結び〉とさせていただきたい。『七人の侍』ほどの〈宝の山〉は、そうあるものではない――。

最後に、共に一年間、ロケ地探索に尽力してくれた星加正紀、神田亨の両氏、素敵な装丁を施してくれた岡本和泉さん、貴重な資料を提供いただいた寺島正芳さん、このような書を世に送り出してくださったアルファベータブックスの春日俊一社長、加えて、多くの証言と示唆を賜った竹中和雄さん、安藤精八さん、加藤茂雄さん、二木てるみさん、松尾民夫さん、西村雄一郎さん、池谷俊一さん、勝間田太郎さん、漆畑充さん、黒澤明研究会の安田勤さん、他にも貴重な証言をしてくださった各ロケ地の方々、そして何よりも、こんな凄い映画を残してくれた黒澤明監督と、三船敏郎という偉大な俳優に、最大の感謝と敬意を込めて本書を捧げたい。皆さんがいらっしゃらなければ、この本はけっして生まれることはなかったであろう。

黒澤監督生誕百十年、三船敏郎生誕百年という記念すべき年の春に——。

高田 雅彦

堀切ロケには電源車が出動。よく見ると、三船敏郎の愛車ＭＧ-ＴＤも写っている　©TOHO CO., LTD.

撮影の合間にバッティングに興じる千秋実。稲葉義男は黒澤監督とキャッチボールか？

女子生徒に取り囲まれ、照れまくる三船敏郎が微笑ましい　

堀切では休憩のための民家を借りられなかったのか、俳優たちは地べたで一休み　

宿舎「南山荘」の女中さんたちに送られて撮影へと向かう　

野武士の斥候を待ち伏せるシーンのリハーサルは、宿の庭で？　

【主要参考文献】

『映画40年 全記録』キネマ旬報増刊（1986、キネマ旬報社）
『東宝行進曲 私の撮影所宣伝部50年』斎藤忠夫（1987、平凡社）
『全集 黒澤明』第4巻（1988、岩波書店）
『村木与四郎の映画美術』丹野達弥（1998、フィルムアート社）
『黒澤明と「七人の侍」〝映画の中の映画〟誕生ドキュメント』都築政昭（1999、朝日ソノラマ）
『黒澤明 夢のあしあと』黒澤明研究会編（1999、共同通信社）
『クロサワさーん！ 黒澤明との素晴らしき日々』土屋嘉男（1999、新潮社）
『評伝 黒澤明』堀川弘通（2000、毎日新聞社）
『KUROSAWA』全3巻 塩澤幸登（2005、河出書房新社）
『複眼の映像 私と黒澤明』橋本忍（2006、文藝春秋）
『もう一度天気待ち』野上照代（2014、草思社）
『黒澤明「七人の侍」創作ノート』黒澤明・野上照代（2010、文藝春秋）

【参考テレビ番組】

「七人の侍はこうつくられた」（1991年6月2日 NHK－BS2）
「シネマパラダイス 我こそは七人の侍」（1999年12月4日 NHK－BS2）

著者略歴

高田 雅彦（たかだ まさひこ）

『七人の侍』と『ゴジラ』公開の翌年、昭和 30（1955）年1月、山形市生まれ。実家が東宝の封切館「山形宝塚劇場」の株主だったことから、幼少時より東宝映画に親しむ。黒澤映画、クレージー映画には特に熱中。以来、成城学園に勤務しながら、東宝映画研究をライフワークとする。現在は、成城近辺の「ロケ地巡りツアー」講師と映画講座、映画文筆を中心に活動。

著書に、『成城映画散歩――あの名画も、この傑作も、みな東宝映画誕生の地・成城で撮られた』（白桃書房）、『三船敏郎、この 10 本――黒澤映画だけではない“世界のミフネ”』（同）、共著に『山の手「成城」の社会史』（青弓社）がある。

『七人《しちにん》の侍《さむらい》』ロケ地《ち》の謎《なぞ》を探《さぐ》る

2020年7月9日　初版第1版発行

著者	高田雅彦
発行人	春日俊一
発行所	株式会社アルファベータブックス 〒102-0072 東京都千代田区飯田橋2-14-5 定谷ビル Tel 03-3239-1850　Fax 03-3239-1851 website http://ab-books.hondana.jp/ e-mail alpha-beta@ab-books.co.jp
装幀	岡本和泉
本文イラスト・作図・デザイン	岡本和泉
本文写真撮影	神田 亨　岡本和泉
ロケ地検証・取材協力	神田 亨　星加正紀　岡本和泉
資料提供	TOHOマーケティング株式会社 寺島正芳（寺島映画資料文庫）
協力	東宝株式会社　株式会社三船プロダクション
画像補正	蒔田 剛　岡本和泉
組版	松田 陽（86グラフィックス）
印刷	株式会社エーヴィスシステムズ
製本	株式会社難波製本

定価はカバーに表示してあります。
落丁本、乱丁本はお取り替えいたします。
ISBN978-4-86598-081-3 C0074